경기도 여성문인 (1)

—고전편

韓國文化院聯合會京畿道支會

간행사

우리 경기도는 예로부터 많은 문화 인물들을 배출하여 왔으며, 문화 창조의 중요한 터전이었습니다. 예로부터 무수한 문화적 전통이 형성되고 그 유적들이 지금도 풍부하게 남아 있습니다.

문화적 자산들이 풍부하게 남아있는 것과 더불어, 경기도는 탁월한 문인들을 많이 배출하고 또 활동한 것으로도 특히 유명합니다. 예로부터 문학은 문화의 꽃과도 같은 것이었으며, 시대와 사회의 문화적 표상과 척도가 되어 왔습니다. 경기도에는 실로 많은 문인들이 살다 갔으나 그중에서도 여성문인들은 그다지 주목받지 못했습니다. 전통시대에는 더욱 그러하였습니다. 그러나 이러한 현상은 바람직하다할 수 없습니다. 여성적인 감수성은 문학의 형성과 발전에 매우 중요한 역할을 해왔기 때문입니다. 경기도는 역사적으로 볼 때, 우리 고전 여성문학사의 중요인물들인 허난설헌(許蘭雪軒), 황진이(黃眞伊), 강정일당(姜靜一堂), 혜경궁홍씨(惠慶宮洪氏), 홍랑(紅娘)이 직접적이고도 중요한 관련을 맺고 있던 곳입니다. 뿐만 아니라 현대의 여성문인들도 경기도를 중심으로 활발한 활동을 벌이고 있습니다.

그러므로 우리 여성문학사에서 경기도는 매우 중요한 의미를 지니고 있습니다. 이 책에서는 우선 경기도와 중요한 인연을 맺었던 전통시대의 여성문인들인, 허난설헌(許蘭雪軒), 황진이(黃眞伊), 강정일당(姜靜一堂), 혜경궁홍씨(惠慶宮洪氏), 홍랑(紅娘)의 작가적 면모를 종합적으로 다루고 있습니다.

특히 각 작가들의 삶의 현장에 대한 성찰을 깊이 있게 시도하고 있어서 문학지리학적으로 경기도가 지닌 위상을 잘 보여주고 있어서 매우 흥미롭습니다. 이 책이 경기도 지역사회의 문화적 위상을 다시 한번 부각시키는 계기가 될 수 있으리라 기대해 봅니다. 또한 책 말미에 영문 해설을 넣어 간략하나마 외국인들도 경기도의 여성문인들에 대하여 이해할 수 있도록 하였습니다.

이 책이 나오게 되기까지는 여러 분들의 도움이 있었습니다. 김문수 경기도지사와 권영빈 경기문화재단 대표이사님, 그리고 양태홍 경기도의회의장은 물심양면으로 많은 도움을 주셨습니다. 이 자리를 빌어 감사의 말씀을 드립니다.

감사합니다.

2007년 12월 일

한국문화원연합회 경기도지회장 남선우

책머리에

이 책에서는 경기도의 여성 문인들의 양상을 전반적으로 조명하였다. 작업 과정에서 고전과 현대 작가를 모두 아울렀으나, 고전시대의 여성 문인들에 대한 연구결과를 먼저 세상에 내놓는다. 경기도의 현대 여성문인들에 대한 연구결과는 다음번에 이어서 책으로 간행될 예정이다.

경기도와 관련된 고전여성문인들로는 허난설헌(許蘭雪軒), 황진이(黃眞伊), 강정일당(姜靜一堂), 혜경궁홍씨(惠慶宮洪氏), 홍랑(紅娘)등 다섯 문인이 있다. 허난설헌의 묘소는 광주에 있고 강정일당은 광주(廣州)로 시집 와서 생활하였고 묘소는 성남에 있다. 황진이는 서화담(徐花潭), 박연폭포와 더불어 송도삼절(松都三絶)로 불리어지며 개성의 명기로 알려졌다. 또한 혜경궁홍씨의 묘소는 그의 남편이었던 사도세자와 함께 정조에 의해 수원에 묻혔다. 그리고 홍랑도 그의 정인(情人)이었던 최경창(崔慶昌)과 함께 파주에 묘소가 있다.

이 책에서는 위의 다섯 문인들을 대상으로 하여, 대략 일곱 가지 사안을 중점적으로 논의하였다. 그것은 생애에 따른 작품세계의 변모 양상, 문학지리학적인 관점에서 삶의 공간적인 추이 양상, 경기도와의 문학적 관련성, 작품세계의 특성과 문학사적 위상, 작가의 인적 교류와 그 계보 같은 것들이다. 이와 더불어 작품목록과 관련문헌, 현대의 문화적 변용양상에도 중점을 두어 집필하였다. 이러한 집필은 관련 문헌의 조사와 자료의 수집, 그리고 엄밀한 현지조사를 바탕으로 하여 이루어졌다.

기존에 이들 여성문인들에 대한 논의가 전혀 없었던 것은 아니다. 그럼에도 불구하고 이 책에서는 이들 문인들과 경기도와의 관련성, 그리고 이들 문인들의 삶과 유산을 현대적으로 활용하는 문제에 대해 새롭게 주목함으로서 기존 논의와는 다른 변별점을 확보하려고 하였다.

이 책을 통해, 조선시대 경기도 여성문인들의 문학세계 재조명하고, 종합적인 연구문헌목록과 작품목록을 제공함으로써 관련 연구자들의 편의 도모를 도모하며, 지역사회 역사문화 인물에 대한 정리를 통해 지역문화단체에서 교육적으로 활용할 수 있는 기초자료로 제공할 수 있으리라는 기대를 갖는다. 또한 황진이, 허난설헌, 혜경궁홍씨등 조선시대에 살다간 문제적 여성의 삶을 밝혀냄으로써 현대적 문화콘텐츠(영화, 드라마, 뮤지컬, 애니메이션 등)로의 활용, 해당 지역의 문화 관광사업 촉진에 기여하게 되기를 바란다. 더불어 경기도의 현대여성문인 연구를 위한 발판이 될 것이라는 점도 기대하는 바이다.

이 책은 경기도와 한국문화원협회 경기도지회의 예산 지원을 받아 이루어진 것이다. 필자들의 노력이 경기도의 문화적 전통과 가치를 올바로 이해하고 현재와 미래사회에서 창조적으로 계승 · 발전시킬 수 있는 좋은 계기가 되었으면 한다.

2007년 12월 일

건국대학교 교수 박혜숙

차례

허난설헌(許蘭雪軒)

프롤로그

학문을 하지 않는 것이 미덕이자, 여성의 행복이라고 생각했던 조선시대에 일천여 편의 시를 지은 여성이라면 시대정신을 거역한 당찬 인물임에 틀림없을 것이다. 게다가 한지에 붓으로 곱게 써 놓은 그 많은 작품들을 불태워버렸다면 그 배짱 또한 남자 못지않다. 아니 무슨 사연이 있든간에 삶의 굴레를 훌훌 떨쳐내는 서늘한 정신이 느껴진다. 한 그릇 떠 놓은 정한수 마냥 정갈하고 오똑한 한기마저 느껴진다. 그러기에 이 세상에 대한 세 가지 한을 품었다는 말은 지나치게 세속적으로 비쳐질 뿐이다. 후세 사람들이 명민한 이 여성에게 붙여준 이야기거리였을 것이다. 남자가 아닌 여자로 태언난 것, 작은 땅덩어리 조선에 태어난 것, 하필 많은 남자 중에 김성립의 아내가 되었다는 것이 세 가지 한이었다는 것을 말하기 좋아하는 후세 사람들에 의해서 입에서 입으로 전해진다.

그의 이름을 우리는 허난설헌(許蘭雪軒)이라고 부른다.

여자는 그릇 한 죽도 셀 줄 몰라야 행복해진다고 믿었던, 그런 시대를 거스르며 천여 편의 시를 썼던 사람이 허난설헌이다. 여자가 시를 쓴다는 이유로 끊임없이 구설수에 올랐던 여자, 이제까지 남성들의 글에 허난설헌만큼 그 이름이 올랐던 여자는 없었다. 그 글들 속에는 더러 칭찬도 있었고, 더러는 비아냥 섞인 조롱도 있었지만 그만큼 허난설헌에 대한 사람들의 관심이 컸다는 증거일 것이다. 이제 허난설헌과 그의 문학은 우리 문학사에서 중요한 자리매김을 할 때가 왔다. 27세의 나이로 요절했던 난설헌이지만 그는 부활한 것이다.

1. 출생과 성장 배경

바로 이 허난설헌은 조선조 최고의 여류시인으로 본명은 허초희(許楚姬)이며 자는 경번(景樊)이다. 난설헌은 그의 호다. 남들은 하나의 이름도 제대로 갖지 못했던 그 시대에 세 가지나 되는 호칭을 가졌다는 것은 놀라운 일이 아닐 수 없다. 온전한 자기 이름 하나 얻기도 어려웠던 전통시대의 여인들은 나주댁, 안성댁 등의 어느 고장 사람인가를 나타내는 호칭으로 불린다거나 신분이 있는 집안이면 당호를 써서 정일당 강씨, 사임당 신씨 등으로 불렸다. 허난설헌의 이름이 이렇듯 다양하게 불린 것은 그만큼 다른 여성들과는 다른 성장 배경을 가졌으며, 시인으로서의 치열한 삶을 살았다는 의미도 된다. 많은 사람들에게 회자된 인물이었기에 남자들처럼 세 가지나 되는 호칭이 필요했으며, 낯설지도 않았을 것이다. 실제로 허난설헌에 대한 기록은 당대, 혹은 후대에까지도 많은 사람들의 문집 속에 수록돼 있다. 난설헌의 시에 대한 칭찬도 있었고 비난도 있었지만, 고루한 사대부들이 한 아녀자에 대하여 그 같은 평가를 내렸다는 것 자체가 그 시대로서는 경이로운 일이다.

허난설헌은 1563년 명종 8년에 태어나서 1589년 선조 23년에 세상을 떠났다. 그의 나이 만 27세였으니 아깝게도 너무 젊은 나이였다. 아버지 초당 허엽(許曄)은 대사성과 대사간, 홍문관 부제학에 올랐으며, 그의 큰오빠인 허성(許筬)은 예조·병조·이조 판서를 지내 형제들 중에서 가장 순탄한 벼슬길에 올랐던 인물이다. 둘째 오빠 허봉(許篈)도 18세에 생원시에 장원 급제하고 22세에 문과에 급제하여 사가독서한 수재였지만 홍문관 교리 시절 이이 율곡을 탄핵했다가 유배된 후 풀려 나와 방랑생활을 하다 금강산에서 죽었다. 동생 허균(許筠)도 당시 최고의 문장가로 날렸다. 이런 수재들 사이에서 난설헌 또한 자신의 시심을 거리낌 없이 발휘할 수 있었는데 집안의 분위기가 매우 자유로워서 누이의 공부를 적극 밀어주고 도와주었기 때문이다. 난설헌에게는 두 명의 언니가 있었지만 난설헌과는 달리 그 시대의 모든 여자들처럼 한 남자의 아내로서 평범하게 살아가던 사람들이었다.

두 언니와 큰 오빠 허성과는 어머니가 다른 이복형제였다. 아버지 허엽의 첫 번째 아내 서평군(西平君) 한숙창의 딸인 청주 한씨가 일찍 죽어서 초당은 예조참판 김광철의 딸과 두 번째 결혼하여 허봉과 허난설헌 그리고 막내 허균을 낳았다. 허균은 그의 문집 『성소부부고』에서 자신의 집안에 대하여 이렇게 말했다.

> 고려조 5백년이 끝나도록 과거 급제가 잇달았고, 벼슬이 혁혁하여 정승된 사람이 11명이고 재추(宰樞:정승 아래 대신)가 6명이고, 학사가 9명이고 부마가 5명이고, 원나라에 들어가 벼슬한 분이 2명이고 군(君)에 봉해진 분이 14명인데, 대마다 각각 문장과 명인이 있었다. 조선조에 들어와서는 조금 쇠하여져서 정승이 3명, 찬성(贊成:이조의 종일품 벼슬)이 2명, 판서가 4명, 공신이 3명, 학사가 12명인데 충정공 형제와 지사(知事) 집(輯)과 찬성 자(磁)와 돌아가신 아버님 초당선생이 가장 유명하다.[1)]

이 글을 통해서 허균이 자신의 가문에 대하여 얼마나 긍지를 갖고 있었는지 알 것 같다. 실제로 허씨 집안에 정승이 끊이지 않았고, 판서를 비롯한 공신들이 줄을 이었다는 사실은 이 집안이 최고의 문벌임을 확인할

1) 許筠, 『惺所覆瓿藁』24권, 「惺翁識小錄」下.

수 있는 대목이다. 허난설헌의 아버지 허엽은 강직한 인물로 이름이 났던 인물이며 화담 서경덕에게 가르침을 받았다. 허엽은 동·서로 당파가 나뉜 뒤 동인의 영수가 되었다.

난설헌의 형제들은 외가인 강릉에서 출생하였는데 당시의 풍습으로는 고려 때의 풍습인 남귀여가혼(男歸女家婚)이 아직 남아 있었기 때문에 외가에서 태어난 것이다.[2] 조선조에 와서 민가의 이 풍습을 법으로 금했지만 오랜 세월 행하던 백성들의 풍속이 갑자기 없어지기란 어려운 법이다. 그렇기 때문에 외가에서 출생하거나 어린 시절을 외가에서 보내는 것은 흔한 일이었다. 율곡의 어머니 신사임당이 강릉 친정에서 이율곡의 어린 시절 보낸 것도 다 같은 이유였다.

아무튼 외가에서 보낸 이들의 어린 시절은 각별한 의미로 남아 있었다. 허균도 임진왜란이 일어나자 가족들과 함께 강릉 외가로 피난을 갔었다. 그 곳에서 시간을 보내며『학산초담 鶴山樵談』이라는 책을 지었는데 그가 머물러 있던 외가 마을을 "큰 냇물 한 줄기가 백병산에서 나와 마을 가운데로 흘러들었다."고 썼다. 이 냇물 주위에 사는 사람들이 위아래 수십 리에 걸쳐서 수백 호나 되었다. 이 집들은 모두 양 쪽 언덕에 기대어 있었는데, 냇물을 바라보며 문을 내었다."고 정겨운 마을 풍경을 이 책에서 말했다.

출생을 비롯하여 어린 시절 강릉 외가의 추억이 많았다는 것은 난설헌의 동생인 허균의 글로도 짐작이 가겠지만 이들의 본가는 서울 건촌동이

2) 결혼을 하면 남자가 일정기간 처가에서 지내는 풍속. 보통 일년 이상 처가에서 지냈지만 조선초에 법으로 금지되었다. 그러나 장기간 처가에서 지내지는 않았지만 결혼 한 후 일정기간 처가에 가는 것은 오랫동안 남아 있었다. 요즘도 신혼여행 다녀와서 처가부터 가는 풍속은 그 흔적이라고 볼 수 있다. 그러므로 여자가 친정에서 아이를 낳고 오래 머물던 것도 같은 이유라고 볼 수 있다.

었다. 허균은 그의 글에서 조선조가 건국한 이래 이 동네에서 이름난 사람이 많이 나왔다고 소개했다. 그가 밝힌 알만한 인물을 열거하지면 김종서, 정인지, 양성지, 김수온, 노수신, 유성룡, 이순신, 원균과 같은 인물들을 꼽을 수 있다. 허엽을 비롯한 이 집안의 묘는 경기도 용인시 원삼면 맹리에 있는데, 이 가운데 허엽의 신도비(神道碑)는 노수신이 찬(撰)하고, 명필 한호(韓濩)의 글씨로 새겨져 있다.

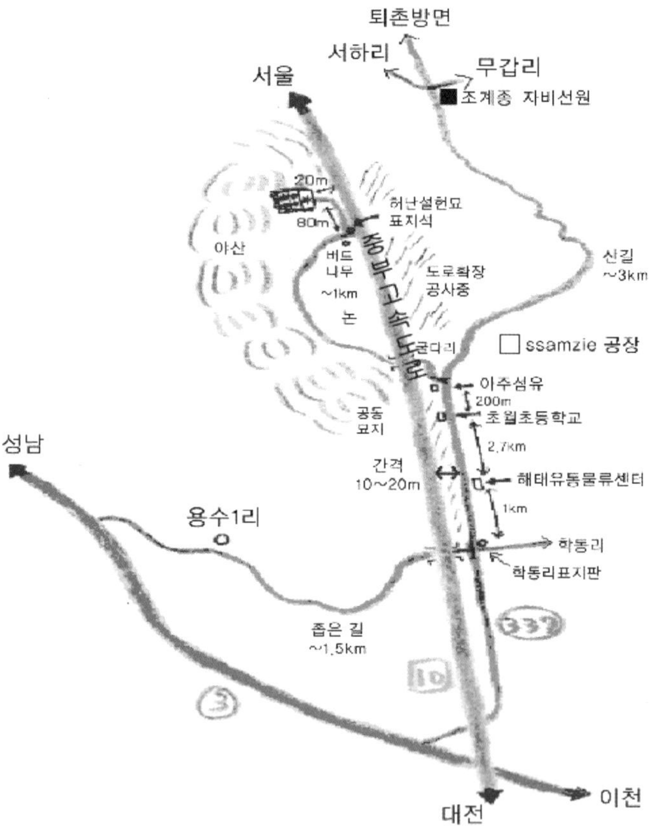

강릉 초당마을의 난설헌 생가

난설헌의 묘소는 남편 김성립과 함께 경기도 광주시 초월면 중부 고속도로 제2 터널 옆에 안치되어 있다. 그러므로 이들의 본거지는 서울 건촌동이었지만 출생은 외가인 강릉이며, 죽어서 영면한 곳은 경기도 일원이라고 말할 수 있다. 건천동에 유명한 사람들이 많이 살았는데 이에 대하여 허균은 『성소부부고』(惺所覆瓿藁)에서 다음과 같이 밝혔다.

청녕공주 저택 뒤로부터 본방교에 이르기까지 겨우 서른 네 집인데, 나라가 시작된 이래로 이름난 사람이 많이 나왔다.

김종서·정인지·이계동이 같은 때였고, 양성지·김수온·이병정이 한시대였으며, 유순정·권민수·유담년이 같은 시대 인물이었다. 그 뒤에도 정승 노수신과 나의 아버님, 변협이 같은 때에 살았고, 근래에는 서애 유성룡과 나의 형님·이순신·원균이 한 시대였다. 유성룡은 나라를 중흥시킨 공이 있었고, 원균과 이순신 두 장군은 나라를 살린 공이 있었으니, 이때에 와서 인물이 더욱 성하였다.

다만 난설헌의 어머니는 동생 허균과 전라도를 두루 여행하다가 햇감을 잘못 먹고 돌아가셔서 양천 허씨 선영에 모셨다고 한다. 원주 법천사 북쪽 10리쯤에 양천 허씨의 선영이 있다고 허균의 『성소부부고』에 기록돼 있다.[3] 법천사는 원주시 부론면 법천리에 소재하는 폐사지인데, 같은 부론면의 손곡리가 허씨 집안의 형제들과 문학적 교류를 했던 손곡 이달이 묻혀 살던 곳이기도 하다. 허균이 손곡 이달을 기리며 <손곡산인전(蓀谷山人傳)>을 썼을 정도니까 이달과 허씨 형제들과의 교분은 서자 출신인 이달의 신분을 초월하여 돈독했다는 것을 알 수 있다.

원주 법천사지 석조물들

그렇다면 신분이 달랐던 허씨 형제들과 손곡 이달이 어떻게 만나 교분이 이루어 졌을까 하는 의문이 약간은 풀리는 듯하다. 원주의 손곡과 시를 잘 쓰는 시인들, 이러한 공통점만으로도 가까워질 수 있었을 것이다.

3) 『성소부부고』, '유원주법천사기(遊原州法泉寺記)'.

하여간 손곡 이달은 선조 때 유행했던 당시(唐詩)풍의 시를 잘 지어서 최경창(崔慶昌)·백광훈(白光勳) 과 더불어 삼당시인으로 불리던 시인이었다. 당대의 최고 시인이었던 손곡 이달은 이미 난설헌의 둘째 오빠 허봉과 친분을 맺고 있었는데 그 뒤로 난설헌과 동생 균과도 교분을 맺으며 시를 논하는 사이가 되었다. 당시로 보면 허씨 집안의 이러한 행동은 파격적인 것이라고 볼 수 있다. 서얼 출신과 시를 나누는 것도 그렇지만 여성인 난설헌이 외간 남자에게 시를 배웠다는 것도 파격이 아닐 수 없다.

용인의 허엽 신도비

2. 문학적 도반(道伴)

아버지 초당 허엽의 첫 번째 부인이었던 청주 한씨는 1남 2녀를 낳고 병으로 죽었다. 한씨에게서 태어난 아들이 악록(岳麓) 허성(1548~1612)이다. 초당이 두 번째로 맞이한 부인인 강릉 김씨는 예조참판 김광철의 딸로 봉, 초희, 균을 낳았다. 허균은 『성소부부고』에서 이복형인 허성을 경전에 밝고 문장에 무게가 있었다고 칭찬했다. 허봉과, 허난설헌, 허균이 거침없는 분방함과 문학적 감성이 풍부했던데 비해서 허성은 어느 곳에 치우치지 않는 무게와 절도를 지니고 있었다. 어머니가 다르기 때문에 형제들의 성품도 달랐던 것 같다. 허성은 아버지 허엽이 죽은 후 장남으로서 집안의 동생들을 돌보며 어른 역할을 맡아 문과 급제도 늦은 나이에 했다. 그러나 두 형제보다는 탄탄한 벼슬길에 올라 병조·예조·이조 판서를 지낸 것을 보면 그의 정치적 명망이 두터웠다는 것을 알 수 있다.

큰오빠 허성은 허난설헌과 나이 차이도 많았고, 또 허봉이나 허균보다는 더 이성적이고 절도가 있었다. 그러한 허성보다 감성이 풍부했던 허봉이나 허균이 허난설헌에게는 문학적 힘이 되었을 것이다. 이달과의 관계도 그렇게 해서 형성된 것이다. 허봉과 이달이 문학적 친구였고 허봉이 동생 균에게 이달을 소개했으며, 그 과정 속에서 자연히 난설헌도 함께 어울릴 수 있었기 때문이다.

둘째 오빠 허봉은 1551년 형 허성보다 세 살 아래로 태어났다. 일곱 살 때부터 글을 짓기 시작한 후 22세에 문과 급제를 하였는데 재주 많기로 이름났던 그의 형제들 가운데서도 가장 빠른 나이에 세상에 자신의 이름을 알리게 된 것이다. 그러나 동서 당쟁의 풍파 속에서 유배 길에 오르는 수난을 겪어야 했다. 그 고통을 이겨내지 못하고 서른 여덟의 젊은 나이로 세상을 떠났지만 누이동생 난설헌에게는 문학적으로 많은 격려를 아끼지 않았던 도반(道伴)이었다. 건천동에 함께 살았던 서애 유성룡과는 절친한 사이여서 허균이 누이의 유고시집 발문을 부탁하자, "내 친구 허미숙(許美叔- 허봉의 자)은 세상에서 보기 드문 재주를 가지고 있는데 불행히 일찍 죽었다"고 아쉬움의 말을 남겼다. 허봉의 재주가 뛰어나고 문장이 훌륭했다는 것은 여러 기록에 남아 있다. 허균은 그의 형 허봉이 임금에게 칭찬을 받았던 일화를『성소부부고』에 소개했다.

선왕(선조를 말함)은 문장에 능하여 여러 임금 중에 뛰어났으므로 신하들로서는 미칠 바가 아니었는데 유독 나의 망형(亡兄- 허봉)의 시를 칭찬하였다. 북방에 사명을 띠고 갔다가 돌아와서(진하사로 중국에 갔다온 일을 말함) 삭계(朔啓- 호당에서 사가독서하는 사람의 성적 등급을 대제학이 매겨 보고하는 것)하는 가운데 거산역(居山驛)에서 지은 시가 있었다. 끝의 연구(聯句)에 "천년 전 부러진 창은 모래에 묻혀 있고(千年折戟沈沙短) 평평한 넓은 벌엔 비가 오자 비릿하네(十里平蕪過雨腥)"라는 구절이 있었다. 주상께서 직접 비점(批點)을 쳐서 내렸다.

임인년에 고(顧-고천준을 말함)·최(崔-최정건을 말함) 두 칙사가 왔을 때 월사(月沙-이정귀의 호)가 임금과 대면하면서 나를 해운판관의 자리에 그대로 두자고 청하자, 임금과 대면하면서 나를 해운판관의 자리에 그대로 두자고 청하자, 임금이 묻기를 "그의 형 아무개와 비교해 볼 때 재주는 누가 나은가"하였다. 이로 보면 대개 만년까지도 잊지 않고 있었던 것이다.

그러나 허봉의 곧은 성격은 비록 임금 앞에 서더라도 굽히지 않을 정도였다. 이런 성격은 어떤 경우에는 쉽게 부러져 일을 그르치게도 된다. 결국 허봉도 임금의 미움을 얻게 되있고 정적과의 싸움에서 밀려 후에 계미삼찬(癸未三竄)[4]이라고 역사에서 말하는 통한의 귀양길에 올랐으며, 그 후유증으로 젊은 나이에 세상과 하직하게 되었다.

허난설헌은 허봉이 유배당할 때 나이가 겨우 열 네 살이었다. 난설헌은 15세에 김성립과 결혼했기 때문에 아직 시집가기 전이었을 것이다. 허봉이 귀양길에 오르게 된 것을 위로라도 하듯이 난설헌은 시를 한 편 지어 오빠에게 보냈다. 허난설헌은 이 시에서 허봉을 중국 전한시대의 가태부가 억울하게 장사(長沙)로 귀양갔던 고사와 비교하고, 한편으로는 중국 전국시대의 회왕이 바른 말 잘하는 삼려대부 굴원을 미워했던 사실

4) 선조 16년(1583)에 이율곡을 비난하고 공격한 동인의 송응개, 박근원, 허봉을 각각 회령, 강개, 갑산으로 귀양보냈던 사건.

을 상기한다. 우리 임금이야 어찌 초나라 회왕과 같겠냐고 은근하게 물러서지만 감히 겉으로 표현을 못했을 뿐이지 마음속으로는 오빠를 귀양 보낸 임금을 원망하고 있는 듯하다. 당시로 보아서는 나라의 일을 남녀 불문하고 이만큼 담대하게 표현할 수 있는 사람은 드물었다. 그러나 허난설헌은 중국의 고사를 인용하여 은근하게 오빠의 억울함을 위로하고 있는 것이다.

멀리 갑산으로 귀양가는 나그네
함경도길 가시느라 발걸음도 마음도 바빠보이네
쫓겨나는 신하는 가태부 같지만
임금이야 어찌 초나라 회왕이리오
강물은 가을언덕으로 잔잔히 흐르고
변방의 구름은 석양에 물드는데
서릿바람 불어 기러기떼 날아가지만
중간이 끊어져 행렬을 못이루네

遠謫甲山客
咸原行色忙
臣同賈太傅
主豈楚懷王
河水平秋岸
關雲欲夕陽
霜風吹雁去

『송하곡적갑산』(送荷谷謫甲山)

허봉도 갑산(甲山)[5] 유배지에서 아직 출가 전인 누이동생이 생각나 난

5) 우리나라에서 가장 험한 산골은 삼수와 갑산인데 합해서 삼수갑산이라고도 한

설헌에게 주는 시를 남겼다. 유배지에서의 스산하고 슬픈 심정을 담아 사랑하는 누이동생에게 주는 시였다. 이와 같이 시로써 마음을 전해줄 수 있는 오누이 사이는 분명 문학적 도반(道伴)이라고 일컬어도 손색이 없을 것이다.

영마루에 선 나무는 천겹으로 요새의 성에 둘렀고
강물은 동으로 흘러 바다는 아득하구나
집을 떠난 만리 길은 매우 슬픈데
모래밭에서 병든 할미새를 걱정스럽게 보네

嶺樹千重遶塞城
江流東下海冥冥
離家萬里堪怊悵
愁見沙頭炳鶺鴒

기매씨(奇妹氏)

허봉이 누이 동생 난설헌에게 준 이 시는 갑산이라는 첩첩 산골의 귀양지 모습이 그대로 전해진다. 영마루에 선 나무가 천 겹으로 둘러서서 마치 요새의 성과 같아보였을 것이다. 산속 깊은 곳에 와 있으므로 바다 또한 아득하게 멀리 있었을 것이니 집 떠난 만리 길 얼마나 슬펐을까? 허봉의 이 시에서 그런 마음이 보이는 듯하다.

다. 조선 시대에 귀양지의 하나였다. 김소월의 시에도 <삼수갑산>이라는 작품이 있는데, "삼수갑산이 어디뇨 내가 오고 내 못가네/ 불귀(不歸)로다 내 고향 아하 새가 되면 떠가리라" 라고 노래했다. 삼수라는 고장과 갑산이라는 고장은 첩첩 산골의 오지였고, 나라에서 유배를 많이 보내던 곳이다. 이런 의미들이 중첩되어 삼수갑산에 한 번 오면 다시 돌아가기 어려운 곳으로 사람들이 인식하게 되었다.

양천 허씨 다섯 문장가의 막내 허균은 1569년 선조 2년에 태어났다. 그는 어렸을 때부터 문재가 뛰어나서 주위의 촉망을 받았다. 유몽인은 『어우야담』에서, 허균은 총명함이 매우 뛰났으며, 아홉 살 때 지은 시가 아름다워 보는 사람들마다 후에 문사가 될 것이라고 칭찬했다고 한다. 그러나 매부 우성전(禹性傳) 만은 그의 시를 보고 후에 문사가 되겠지만 허씨 가문을 망하게 할 것이라고 했다니 허균의 역모 사건 이후의 결과를 보면 우성전의 이 말은 그대로 적중했다. 허균의 총기가 뛰어난데다 거침이 없고 분방한 성격이었기 때문에 주변 사람들이 불안하여 이런 예측을 했을 것이다.

허균은 어려서 허봉 형의 주선에 의해서 손곡 이달에게 시를 배웠다. 허봉은 손곡과 가까운 사이여서 어느 날 이달이 허봉을 찾아왔으나 허균이 이달에게 인사를 하지 않자 허봉이 "이 자리에 시인이 왔는데 아우는 그 이름을 들어보지 못했는가" 하면서 이달에게 운을 불러 주고 시 한 편을 지어달라고 말했다. 그러자 이달이 즉시 시 한 편을 지었는데 충분히 허균을 감탄케 할 만한 작품이어서 허균은 놀라며 사죄하고 그 후부터 시를 논하는 벗이 되었다. 허균은 임진왜란이 일어난지 2년 후인 스물 여섯의 나이가 되었을 때 문과 급제를 하였다

허균이 등과한 후 처음 얻은 벼슬은 외교문서를 맡아보는 승문원이었다. 또한 종사관(從事官)이 되어 중국 사신을 접대하게 되었는데, 허균은 종사관에 세 차례나 임명된 바 있다. 그만큼 외교 방면에 뛰어난 능력을 발휘했던 것 같다. 또한 중국에 사신으로도 두 번이나 다녀왔던 것을 보면 아버지나 형들이 외교사절로서 능력을 발휘했던 집안의 내력을 허균도 이어받았다고 할 수 있다. 이런 능력을 발휘하던 허균에게 오명제를 비롯한 중국 문인들과의 만남은 그의 삶에서 매우 중요한 의미를 부여했

다. 바로 오명제를 비롯한 중국 문인들 때문에 허난설헌의 시가 중국에 알려졌고 높은 평가를 받을 수 있었기 때문이다.

이 들 가운데 오명제를 소개하면 다음과 같다. 1598년 선조 31년 봄 조선에 온 명나라 군사들 가운데 오명제라는 시인이 병부급사중(兵部給事中) 서중소(徐中素)를 따라왔는데 조선의 시들 200여 편을 선별하게 되었다. 그 때 허성은 중국 장수들을 접대하는 책임을 맡고 있었기 때문에 허균도 그를 도와 오명제를 자신의 집에 묵도록 하였다. 이 때 오명제에게 알려준 허균이 기억했던 수백 편의 조선 시와 특히 허난설헌의 시 58수를 더하여 오명제는『조선시선』을 엮었다. 이 책에서 오명제는 자신의 서문과 허균이 쓴 후서를 덧붙였다. 그리고 허균이 그들 형제들 가운데 가장 영민해서 한번 보면 잊지 않아 수백 편의 시를 외워주었다고 썼다. 이 책은 1998년 북경도서관에서 원본이 발견돼 최근 세상에 알려졌다. 표지엔 '朝鮮詩選'이라 한 다음에 '明高麗刊本'이라고 표기되어 있다.

이 책이 간행된 후 중국에서는 다른 여러 종류의 '조선시선'이 간행되었다. 그 후 전겸익이 엮은『열조시집』에서 '조선'조 부분은『조선시선』을 저본으로 하였다. 특이한 것은『열조시집』에 오명제가 조선을 떠날 때 허균이 지어준 한글로 쓴 시도 들어 있다. 이『열조시집』엔 한글 활자가 없었기 때문에 필요한 글자를 깎아 만들어 써서 글자를 그려 넣은 듯 깨진 것이 많다. 이 시집에는 이달, 허난설헌, 허균 등의 시가 가장 많이 실려 있는데『조선시선』이 저본이 되었기 때문이다. 그 이후에 펴낸『명시종』(明詩綜) 도『조선시선』이 저본이 되었다.

허균의 활약으로 허난설헌의 시는 세상에 빛을 보게 되었지만 아쉽게도 난설헌은 이미 생존 시 천여 편의 작품을 불태워 없앴다고 한다. 문집에 나와 있는 시들은 그나마 친정집에 남아 있었거나 허균의 비상한 머릿속에 남아 있던 시들이다.

그렇다면 이달과 허씨 집안은 어떤 사이였을까? 이달을 소개하면 다음과 같다. 양반인 아버지와 관기였던 어머니 사이에서 서출로 태어난 이달의 삶은 곤궁했다. 그는 신분의 제약으로 세상에 뜻을 펴지는 못했으나 시만큼은 당대에 손꼽히던 최고의 시인이었다. 그가 그 당시 최고 문벌 중의 하나였던 양천 허씨 집안의 허균 형제들과 교류할 수 있었던 것도 시 쓰는 재주가 출중했기 때문이었을 것이다. 허균은 이달을 문학적 스승으로 삼아 그와 관련된 기록도 많이 남겼는데 허균이 쓴 『손곡산인전』은 소설의 형식을 빌어 쓴 사실적인 기록이다. 여기에서 허균은 손곡을 쌍매당 이첨의 후손이라고 소개한 후 그의 어머니가 미천한 기생이었기 때문에 이달이 세상에 쓰이지 못했다고 했다. 또한 젊었을 때 벌써 읽지 못한 글이 없었고, 지은 글도 많았다. 한 때 한리학관이라는 벼슬을 얻었지만 뜻에 맞지 않아 그 벼슬을 버리고 최경창, 백광훈[6] 등과 함께 어울리며 시사(詩社)를 맺었다고 했다. 또한 『손곡집』 서문에서도 스승의 시문을 칭송하는 다음과 같은 구절을 확인할 수 있다.

> 그 시는 공봉(供奉) 이백(李白)에 근원을 두고 우승(右丞) 왕유(王維)와 수주(隨州) 유장경(劉長卿)에 출입하여 기운은 따뜻하고 지취(志趣)는 빼어났으며, 빛은 곱고 말은 맑았으니, (중략) 그 부드럽기는 봄볕이 온갖 꽃에 내려 비치는 것과 같으며, 그 울림의 맑음은 구소(九霄)의 생학(笙鶴)이 오색 구름의 표면을 노니는 것 같으며, 당기면 노을 빛 비단이 바람에 일렁이는 듯, 펼치면 옥 빛 자리에 옥구슬이 내닫는 듯하고, 쨍그렁 하고 소리내어 그것을 몰아치면 비파가 슬피 울고 옥구슬이 우는 듯하고, 눌러서 잡으면 천리마가 멈춰 서고 용이 웅크렸다가 천천히 가는 것과 같았다.[7]

6) 이달과 함께 소위 삼당시인이라고 불려졌던 인물들이다.

한 시인의 문집에 붙이는 서문이라면 응당 찬사의 말로 예의를 갖추는 것이 법도이긴 했어도 위의 글은 지나치다 싶을 정도로 이달의 시를 격찬하였다. 이달이 자신의 호를 손곡으로 지었던 것은 그가 원주시 부론면에 소재한 손곡에 와서 시를 지으며 살았기 때문인데, 허균은 그의 누이 난설헌과 이 곳을 찾아와서 이달을 만나기도 했다. 허균의 『성수부부고』의 '유원주법천사기(遊原州法泉寺記)' 에는 양천 허씨 선영이 법천사에서 10여리 떨어진 곳에 있었고, 허균의 어머니도 그 곳에 모셨다고 하니까 허씨 집안 사람들이 법천사에 올만한 이유는 충분했다고 본다. 또한 법천사 근처에서 손곡 이달이 살았으니 이들의 관계가 그 지역을 중심으로 얽혀 있었던 것은 분명한 것 같다.

현재 원주 부론면 손곡리에는 이달의 시비가 세워져 있는데 한문학자 이가원 선생의 필체로 새겨진 이달의 시 '예맥요(刈麥謠, 보리 베는 노래)'가 오가는 행인들의 눈길을 끈다.

시골집 아낙네 저녁거리 떨어져서
빗속에 보리를 베어 수풀 속을 지나 오네
생나무 습기 젖어 불길마저 꺼지도다
문에 들자 어린 아이들 옷자락 당기며 우는구나

田家少婦無夜食
雨中刈麥林中歸
生薪帶濕煙不起
入門兒女啼牽衣

<예맥요>(刈麥謠)

---

7) 조달순 역, 『삼당시』, 태학사, 1999, p.479.

이달 시비

가난한 시골 아낙네가 저녁거리 없어서 보리를 베어 보리밥이라도 지으려 하지만(아마 이 시의 전 후 문맥이나 작품 분위기로 보아서 보리도 채 익지 않은 걸 베어왔을 것이다.) 비가 오는지라 젖은 나무는 불길도 일지 않는다. 배고픈 아이들은 어미의 옷자락을 잡아당기며 우는데 이 모습을 보는 시인 또한 가슴이 미어지지 않을 수 없다. 이런 정경이 눈에 선한 이 시를 읽노라면 생생한 삶의 현장성이 눈앞에 어른거리는 듯하여 독자의 마음 한구석이 뭉클해져 온다. 이달 시의 진수를 보는 듯하다.

이달이 죽은 아내를 위해서 썼다는 다음의 만시를 보자.

경대는 거미줄 치고 거울에는 먼지가 앉은 채
문 닫힌 집에 복사꽃만 쓸쓸히 봄을 맞네
옛날 마냥 다락 위로 달빛은 휘영청 밝은데
모르겠네, 그 누가 주렴 걷을 사람인지

粧奩虫網鏡生塵
門掩桃花寂寞春
依舊小樓明月在
不知誰是捲簾人

<도망>(悼亡)

아내가 죽은 후 경대의 거울에는 먼지만 앉아 있고 봄이 왔다고 복사꽃 환하게 피었지만 문은 닫혀 있어 쓸쓸한 봄이다. 안주인을 잃은 집안 정경이 너무나 외롭고 쓸쓸하여 을씨년스럽기까지 한데, 아는지 모르는지 그 옛날처럼 다락 위로 달빛은 휘영청 밝기만 하다는 이 시는 죽은 아내에 대한 애절한 슬픔이 담겨 있다. 주인은 없어도 변함없이 찾아오는 자연의 이치에 화자의 그리움은 더해 가 주렴을 걷을 사람 모르겠다고 하소연 한다.

이러한 이달에게 시를 배운 허균과 허난설헌이 최고의 시인으로 이름을 세상에 알리게 된 것은 너무나 당연한 이치일 것이다. 아마도 허난설헌과 허균 남매는 이달을 방문해서 서로 시를 이야기하며, 이달의 집에서 가까운 법천사 절터도 방문했을 것이다. 물론 그 근처에 양천 허씨 선영이 있었다고 하니 이들의 인연은 묘하게 얽혀있다고 볼 수 있다. 허균이 이달을 모델로 하여 썼다는 소설 홍길동전까지 생각해 본다면 이들의 관계는 정말 끈끈했다고 말할 수 있다.

이처럼 허난설헌은 오빠인 허봉과 함께 시를 나누던 친구였던 이달에게 허균과 더불어 시를 배웠지만 여자가 시를 공부했다는 것, 그것도 남자에게 배웠다는 것은 흉이 될 수 있던 시대였다. 그렇지만 허씨 집안은 달랐다. 그만큼 개방적이고 깨인 집이었다는 말이 옳을 것이다. 그의 작은 오빠 허봉은 경번(허난설헌의 자)의 글재주는 배워서 얻을 수 있는 것이 아니다라고 극찬했는데, 중국의 이태백과 이장길에게 비교할 정도였다. 허봉은 난설헌의 시 공부도 열심히 도왔는데 그의 문집인『하곡집』에는 누이 동생 난설헌에게 자신이 아끼던 두보의 시집을 주면서 두보의 시를 배우도록 배려하는 오빠의 마음을 이렇게 표현하고 있다.

『두율』(杜律) 시집 뒤에 누이 동생 난설헌에게 주다

이 『두율』 1책은 문단공 소보(邵寶)가 가려 뽑은 것인데 우(虞)의 주석에 비하면 더욱 간명하면서 읽을 만하다. 만력 갑술년(1574년)에 내가 임금의 명령을 받들어 황제의 생신을 축하하러 갔다가 섬서성의 큰 인물 왕지부(王之符)를 만나서 하루가 다하도록 얘기를 나누었다. 헤어질 때 이 책을 내게 주길래 내가 상자 속에 보물처럼 간직한지 몇 해 되었다. 이제 귀하게 잘 묶어 네게 보여주니 내가 열심히 권하는 뜻을 저버리지 않으면 희미해져 가는 두보의 소리가 누이의 손에서 다시 나오게 할 수도 있을 것 같다.
만력 임오년(1582년) 봄 하곡 쓰다.[8)]

난설헌이 자신의 재주를 펼칠 수 있었던 것은 바로 이러한 형제들 틈에서 자랐기 때문일 것이다. 난설헌의 동생 허균은 그의 저서 『학산초담』에서 누이는 어린 시절 이미 신동이라는 소리를 들었다고 말하면서 다음과 같이 허난설헌의 시를 칭찬했다.

누님의 시와 문장은 모두 하늘이 내어서 이룬 것들이다. <유선시>(遊仙詩) 짓기를 좋아했는데 시어가 모두 맑고 깨끗해서 사람의 솜씨가 아니라 할만하다. 또한 문장이 기이하게 뛰어났으며, 그 중에서도 사륙문이 가장 아름다웠는데, <백옥루상량문>이 세상에 전한다. 작은형이 일찍이 이렇게 말씀했다. 경번의 글재주는 배워서 얻을 수 있는 힘이 아니다. 대체로 이태백과 이하가 남겨놓은 글이라고 할만하다."[9)]

허난설헌은 이렇듯이 좋은 환경에서 시를 공부할 수 있었고, 그의 형제들은 그를 후원했는데, 그런 가운데도 난설헌의 시가 다양한 내용들로

8) 허봉, 『하곡집』
9) 허균, 「鶴山樵談」.

짜여 있고, 특히 유선시가 많은 것은 난설헌이 읽은 전적(典籍)들의 영향이 컸다고 본다. 특히 『태평광기』는 난설헌이 늘 곁에 놓고 읽던 책이었다. 임상원(任相元)은 그의 『교거쇄편』(郊居瑣編)에서, "난설헌은 태평광기를 즐겨 읽었다. 그 긴 이야기를 다 외웠으며 중국 초나라 번희(樊姬)를 사모했기 때문에 또한 호를 경번이라 지었다." 라고 하여 허난설헌이 『태평광기』를 즐겨 읽은 사실을 말하고 있다.

『태평광기』에는 설화나 패설(稗說), 진당(晉唐)의 전기소설 등 후에 소설의 연원이 되는 글들이 많아서 서사문학의 귀중한 자료라고 할 수 있는데, 특히 신선에 대한 이야기가 가장 많다. 난설헌이 신선들의 이야기인 '유선시'를 많이 지은 것은 『태평광기』의 영향이 컸으리라고 본다. 허난설헌은 이 책을 좋아하여 여기에 나오는 이야기들을 다 외웠다고 하는데 그 많은 이야기들을 다 외웠다는 것은 불가능한 일이고, 다만 허난설헌이『태평광기』의 내용을 좋아하여 여러 번 읽었다는 뜻이라고 본다. 우리나라에서 최근 번역된 『태평광기』에서 번역자인 김장환은 '옮긴이의 말'에서 태평광기를 다음과 같이 해설하고 있다.

> 『태평광기』에 수록된 고사는 신선괴기(神仙鬼怪) 와 인과응보(因果應報)에 관한 것이 비교적 큰 비중을 차지하고 있다. 어떤 경우는 한 부류가 한 권으로 되 있기도 하고 어떤 경우는 한 부류가 여러 권으로 되어 있기도 한데, '신선'류는 55권이며, '귀'(鬼)는 40권, '보응'류는 33권, '신(神)류는 25권, '여신'류는 15권, 요괴'류는 9권으로 기타 다른 부류의 권수보다 상대적으로 분량이 많다.[10]

특히 허난설헌은 『태평광기』의 인물들 가운데 중국 초나라의 번희를

10) 김장환 등 역, 『태평광기』.

경모했으며, 그렇기 때문에 자신의 호를 경번(景樊)이라고 지었다고 한다. 서포 김만중도 경번은 도교에 나오는 여자 신선인 번부인(樊夫人)을 경모하여 지은 이름이라고 말했다. 이러저러한 사실들로 미루어 볼 때 허난설헌이 『태평광기』 읽기를 좋아했으며, 그의 시에 보이는 신선 이야기나 다양한 소재의 시들 가운데 많은 부분은 『태평광기』의 영향이 컸다는 것을 알 수 있다.

허난설헌의 시 가운데 민요적인 악부체의 시들이 있는데 이런 시들은 민요가 원래 그렇듯이 모든 사람들이 함께 불러왔던 공동체적인 노래다. 이런 작품들은 허난설헌의 독창적인 작품이라기보다는 중국에서 온 시집들을 읽으면서 자연스럽게 알게 된 악부체의 시일 것이다. 이런 작품들 가운데는 허난설헌과 같은 양가집 규수의 삶과는 너무 거리가 먼 내용도 보이지만 그만큼 허난설헌의 관심사가 넓었다는 것을 의미하는 것이기도 하다. <축성원>(築城怨)이나 <빈녀음>(貧女吟) 같은 시를 보면 허난설헌이 어떻게 가난한 집 딸의 서러움을 알것이며, 성곽을 쌓는 막노동꾼들의 고된 삶을 알 수 있었을까 의문이 들 정도이다.

용모가 어찌 남보다 빠지랴
바느질도 길쌈도 또한 잘하네
어려서부터 가난한 집에서 자라
좋은 중매가 알아주지 않는구나

豈是乏容色
工鍼復工織
少小長寒門
良媒不相識

밤 깊도록 쉬지도 않고 길쌈을 짜니
찰칵찰칵 베틀 소리 차갑게도 울리네
베틀에 있는 한 필의 비단
끝내 누구의 옷을 짓게 될까

夜久織未休
戛戛鳴寒機
機中一匹練
終作阿誰依

쇠 가위 잡은 손
밤이 되니 열 손가락 곱아지네
다른 사람의 혼수를 짓고 있으나
해가 바뀌어도 홀로 잠자네

手把金剪刀
夜寒十指直
爲人作嫁衣
年年還獨宿

<빈녀음>(貧女吟)

<빈녀음>(貧女吟)은 가난한 집의 혼기를 넘긴 처녀를 생각하면서 쓴 시다. 가난한 집이라고 중매가 들어오지 않아서 시집도 못 가고 베틀에 앉아 남의 혼수감이나 짜야 되는 혼기 넘긴 처녀의 슬픔이 고스란히 전해져 온다. 그 만큼 이 시는 처량한 화자의 눈물이 금방이라 떨어질듯 느껴지는 사실감이 넘치는 시다. 사실 난설헌이 이런 처녀들의 사정을 알리 없었겠지만, 한편으로는 허난설헌의 삶에 대한 다양한 관심사를 엿볼 수 있는 시이기도 하다.

3. 고단한 결혼생활

허난설헌은 세 가지의 한이 있었다고 한다. 김태준이 쓴『조선한문학사』를 보면 난설헌이 품었다는 삼한에 대한 설명이 있는데, 작은 나라 조선에 태어난 것, 여자라는 것, 그리고 김성립의 아내가 되었다는 것이라고 했다.[11] 이 말은 남의 말 좋아하는 후대 사람들이 꾸며낸 말일지도 모른다. 그러나 김성립과의 관계는 그리 좋지 않았던 것 같다. 이덕무는『청장관전서』에서 허난설헌이 죽으면 중국의 시인 두목지를 따르고 싶다는 말을 했다고 기록했지만 과연 허난설헌이 그런 말을 했는지는 알 수 없다. 당시 일반 여성들과는 다른 난설헌이었기에 추측성 소문이 퍼졌을지도 모른다. 이수광은 허난설헌을 방탕하다고까지 할 정도였으니까 당대의 편협한 남성들은 천재적인 시인 허난설헌을 그다지 곱게 보아주지 않았던 것 같다. 민요적 악부체의 시인 <채련곡> 같은 시를 방탕한 내용이라고 하여 문집에 실리지 못했다고 하니 어처구니 없을 정도이다. 사실 악부체 시는 어느 개인의 작품이라기보다는 집단적인 민요풍이기 때문에 한 개인의 정서로 보기는 어렵지만 이런 풍의 시를 썼다는 의식 자체를 당대의 고루한 남성들은 참을 수 없었을 것이다.

> 가을날 고요한 장호는 푸르른 옥처럼 반짝이고
> 연꽃 우거진 깊은 곳에는 목란배를 매었네
> 님을 만나 물 건너로 연을 따서 던지고는
> 행여 누가 보았을까 한나절 부끄러웠네

11) 김태준,『조선한문학사』, 조선어문학회, 1931, p.172.

秋淨長湖碧玉流
荷花深處繫蘭舟
逢郎隔水投蓮子
或被人知半日羞

<채련곡>(採蓮曲)

이와 같은 시는 많은 사람들이 민요조로 부르던 악부시라서 개인적인 정서는 아니지만 규중의 여성이라면 한번쯤은 느껴보고 읊어보고 싶은 주제일 수 있다. 더군다나 전통시대의 여성이라면 말할 것도 없다. 그러나 용기를 내서 이런 시를 쓸 수 있는 사람은 당시의 현실로 거의 불가능했다고 보는 것이 옳을 것이다. 우리 민요에도 이와 비슷한 연정이 담긴 연밥 따는 노래가 많은데, 실제로는 할 수 없어도 마음으로는 사랑을 나누고 싶은 젊은 여성들의 심정을 읊은 노래라고 할 수 있다.

저 건너　　연당 앞에
연밥 따는　　저 처녀야
따는 연밥은　　내 따주께
요 내 품안에　　잠들어라
잠들기　　늦지는 않아도
연밥 따기가　　늦어간다

<연밥 따는 노래>

예산지방 민요인 위 노래는 <채련곡>과 비슷한 내용을 담고 있는 전형적인 '연정요(戀情謠)'이다. 또한 이와 같은 <채련곡>은 허난설헌 뿐만 아니라 최경창이나 이달과 같은 삼당시인들도 남기고 있어 시를 짓는 사람이라면 누구나 하나쯤은 지었던 내용이었던 것이다.

아무튼 허난설헌의 <채련곡>이 비난의 대상이 되었던 것은 남편과의 불화도 한 몫을 했다고 본다. 난설헌은 안동 김씨 집안의 김성립과 혼인을 했는데 그의 나이 15세쯤 되었을 때라고 한다. 명망이 높았던 이 집안과 혼사가 이루어진 것은 오빠 허봉과 김성립의 부친인 김첨이 문과 급제 후 함께 호당에서 공부했기 때문에 친숙한 사이였고 그래서 두 집안이 인연을 맺게 된 것이다. 그러나 김성립이 감당하기에 난설헌은 그 시대의 어느 여성보다도 주체성이 강한 여자였기 때문에 암울한 그림자가 두 사람 사이에 드리워질 수밖에 없었다. 일 천여 편이 넘는 시를 지은 여자라면 어떤 남자보다도 앞선 의식의 소유자였음을 부인할 수 없을 것이다. 그러나 남편 김성립은 아내의 기대에 못미쳤던 평범한 사람이었다. 하라는 공부보다 친구들과 기생집에서 어울려 놀기를 좋아하여 난설헌을 실망시켰다. 그러나 허난설헌이 이러한 남편을 비난만 하지는 않았다. 신흠은『시화휘성』에 이러한 글을 남겼다.

> 내가 젊었을 때 김성립과 다른 친구들과 친구들과 함께 집을 얻어서 과거 공부를 같이 했는데, 친구가 "김성립이 기생집에서 놀고 있다"고 근거없는 말을 지어냈다. 계집종이 이를 듣고는 난설헌에게 몰래 일러 바쳤다. 난설헌은 맛있는 안주를 마련하고 커다란 흰 병에다 술을 담아서 병 위에다 "낭군께서는 이렇듯 다른 마음은 없으신데, 같이 공부하는 이는 어떤 사람이기에 이간질을 시키는가" 그래서 남설헌은 시에도 능하고 그 기백도 호방함을 비로소 알게 되었다.[12)]

위의 내용을 보면 허난설헌이 남편을 생각하는 마음은 깊고 넓었다는 것을 알 수 있다. 그러나 남편과 관련되는 많은 기록들을 살펴보면 김성

12) 허미자,『허난설헌 연구』, 성신여대출판부, 1984, p.44.

립의 자질은 그리 높지 않았다고 한다. 허긴 천재적인 아내를 흡족시킬 수 있는 남자가 얼마나 될까마는 기생방에나 출입하는 남편 때문에 난설헌이 속상했으리라는 것은 짐작할 수 있는 일이다. 김성립의 일화 가운데 다음과 같은 이야기는 김성립의 인물됨을 추정하는데 실마리가 될 만하다. 남편의 친구 중에 송도남(宋圖南)이란 익살맞은 사람이 집에 찾아와 남편을 부를 때면 "멍석닙이 덕석닙이 김성닙이 있느냐"라고 했다. 그럴 때마다 별 대꾸도 못하고 얼굴만 붉히고 나오는 김성립을 보다 못한 허난설헌이 하루는 이러저러 하라고 남편에게 일러주었다. 어느 날 송도남이 와서 또 김성립을 놀려대듯 불러대자, 그 날은 김성립이, "오냐, 귀뚜라미 맨드라미 송도람이 왔구나"라고 응수하는 것이었다. 그러자 송도남이 웃으면서 "자네 부인한테 한 수 배웠나 보군" 하고 넘겨잡았다는 이야기가 전해온다.[13] 주변머리 없는 김성립과 재치 있는 허난설헌을 비교하는 일화가 아닐 수 없다. 난설헌의 동생 허균도 매부인 김성립을 높게 평가하지 않았다. 허씨 집안의 문장가들 사이에서 단련한 허균에게 매부의 실력은 그다지 눈에 차지 않았던 것 같다.

> 세상에 문리는 모자라도 능히 글을 짓는 사람이 있다. 나의 매부 김성립에게 경전이나 역사를 읽도록 하면 제대로 혀도 놀리지 못한다. 그러나 과문(科文)은 아주 요점을 잘 맞추어서, 논(論)·책(策)이 여러 번 높은 등수에 들었다.[14]

그러한 김성립은 허난설헌이 죽고 나서 그 해에 문과 급제를 했다. 난설헌이 27세에 요절했으니까 김성립이 급제한 나이도 엇비슷했을 것으

---

13) 김용숙, 『조선조여류문학의 연구』, 숙대출판부, 1979, p.373.
14) 허균, 『성옹지소록』하권.

로 본다. 난설헌의 오빠들이나 동생 허균보다는 늦게 급제했지만 그렇다고 그다지 늦은 것도 아니었다. 워낙 출중한 허씨 형제들과 비교가 돼서 그렇지 그 나이에 문과 급제를 했다면 결코 뒤떨어진다고 볼 수는 없다. 다만 불행하게도 급제 후 3년 만에 임진왜란이 일어나고 전쟁에 참가 했다가 전사하는 바람에 높은 벼슬까지 올라가지 못했을 뿐이다. 김성립의 벼슬은 정 9품인 홍문관 정자(正字)로 끝났다. 세상은 허난설헌이 너무 우뚝했기 때문에 난설헌과 그의 남편을 비교하면서 그를 못난 남편으로 그려왔던 것이다.

남편과의 부조화 외에도 또 한편으로는 시어머니와의 불화가 허난설헌의 불행을 부채질 했다. 어쩌면 자식을 연거푸 잃어버린 불행이 고부간의 갈등을 더욱더 부채질 했는지도 모른다. 허난설헌의 시 <곡자>(哭子)라는 작품을 보면 자식 잃은 애절함이 눈물겹게 전해져 온다.

> 지난해엔 사랑하는 딸을 여의고
> 올해는 사랑하는 아들까지 잃었네
> 슬프디 슬픈 광릉 땅
> 두 무덤 나란히 마주하고 있구나
> 백양나무에 쓸쓸히 바람 일고
> 소나무 숲엔 도깨비불 반짝이는데
> 지전을 태워서 너희 혼을 부르고
> 네 무덤에 맑은 술을 올린다
> 그래 안다 너희 남매의 혼이
> 밤마다 서로 따르며 함께 놀고 있음을
> 비록 뱃 속에 아이 있다지만
> 어찌 제대로 자랄지 알겠는가
> 하염없이 슬픔의 노래 부르며

피눈물 나는 슬픈 울음 삼키고 있네

去年喪愛女
今年喪愛子
哀哀廣陵土
雙墳相對起
蕭蕭白楊風
鬼火明松楸
紙錢招女魂
玄酒奠汝丘
應知弟兄魂
夜夜相追遊
縱有服中孩
安可冀長成
浪吟黃臺詞
血泣悲呑聲

<자식을 곡하며>(哭子)

무슨 까닭이었는지 허난설헌은 연이어 사랑하는 딸과 아들을 잃어버렸다. 나란히 있는 두 무덤가에서 슬픔에 젖어있는 한 여인의 모습은 너무나도 외롭고 쓸쓸해 보인다. 한꺼번에 자식 둘을 떠나보낸 어미가 살아갈 의욕마저 있었을까? 더군다나 이 시에서는 뱃 속의 아이마저 제대로 자랄 수 있을까 걱정을 한다.(縱有服中孩 - 비록 뱃 속에 아이 있다지만, 安可冀長成 - 어찌 제대로 자랄지 알겠는가) 이런 걱정은 현실이 되었던 것 같다. 난설헌에게 자식이 없었다는 것은 시 가운데 나오는 아이도 살아남지 못했음을 의미하는 것이기 때문이다. 더군다나 이 아이는 무덤도 남아있지 않은 것으로 볼 때, 유산했을 가능성이 있다. 연이어 딸

경기도 광주시 초월리의 허난설헌 묘역

과 아들을 잃은 허난설헌의 심신은 몹시 쇠약해졌을 터이지만 사이가 벌어져 있던 남편으로부터 얼마나 위로 받았을까? 또 시어머니로부터는 또 얼마나 눈총을 받았을까 짐작이 간다. 이러한 상태였기 때문에 뱃속의 아이가 온전히 자라지 못하고 유산이나 사산됐을지도 모를 일이다. 결국 이러한 불행은 다시 불행으로 이어져 허난설헌을 극도로 쇠약하게 만들었고 자식들을 따라서 27세의 젊은 나이로 세상을 뜨게 만든 원인이었다고 본다.

경기도 광주시 초월리에는 김성립과 난설헌, 그리고 그의 후처의 묘가 안장되어 있으며 아이들의 무덤도 함께 있다. 아이들 무덤 앞에는 외삼촌 하곡 허봉이 지은 묘비가 있다. 누이 허난설헌의 재주를 사랑하여 시집을 골라주며 격려를 아끼지 않았던 허봉의 비문은 난설헌의 아픔을 대변해주는 듯하다.

허난설헌 아이들 무덤과 허봉의 비문

"피어보지도 못하고 진 희윤아, 희윤의 아버지 성립은 나의 매부요 할아버지 첨(瞻)이 나의 벗이로다. 눈물을 흘리면서 쓰는 비문. 맑고 맑은 얼굴에 반짝이던 그 눈. 만고의 슬픔을 이 한 곡(哭)에 부치노라"

피어보지도 못하고 죽은 조카에 대한 내용이 애절하다. 비록 허봉과 난설헌의 시아버지 김첨(金瞻)은 친구 사이로서 그 인연 때문에 두 집안이 사돈지간이 되었지만 누이의 결혼 생활이 평탄하지 못해 허봉의 아픔은 더욱 컸을 것이다. 동생 허균도 『학산초담』에서 살아있을 때 부부 사이가 좋지 않더니 죽어서도 제사를 받들 아들 하나 없구나 하고 탄식하였다. 그러한 심정을 허균은 또 이렇게 말했다.

돌아가신 나의 누님은 어질고 문장이 있었으나, 그 시어머니에게 인정을 받지 못했다. 또 두 아이를 잃었으므로 한을 품고 돌아가셨다. 언제나 누님을 생각하면 가슴 아픔을 어쩔수 없다. 황태사(黃太辭)의 애사를 읽게 되었는데 그가 홍씨에게 시집간 누이동생을 슬퍼한 정이 너무나 애절하고 슬퍼서, 그로부터 천년이 지난 후 동기간을 잃은 슬픔이 이처럼 서로 같기 때문에 그 문장을 본떠서 슬픔을 펴본다.

허균이 자신의 누이 허난설헌을 어질다고 한 표현은 단지 누이이기 때문에 한 말은 아닐 것이다. 어진 누이였기에 허난설헌의 유고집을 만드는데 그토록 애썼는지도 모른다. 허균은 누이의 시집을 엮으려고 난설헌의 시를 모아놓았지만 임란 때문에 발간이 늦어졌다. 허씨 집안과 함께 건천동의 한 동네에 살았던 유성룡에게 1590년 한겨울에 허균이 부탁하여 그 이듬해(1591년) 발(跋)을 받았는데 임란 때문에 그 발문을 잃어버렸다. 그러나 허균은 시집 발간을 포기하지 않고 1604년 다시 입수하여 유성룡에게 전번의 발문과 같은지 확인 작업까지 했다. 누이를 위한 허균의 마음이 이처럼 정성이었던 것은 시를 잘 쓰는 누이의 재주 때문만은 아니었을 것이다. 어질었지만 불행이 이어졌던 누이에 대한 사랑 때문이었을 것이다.

허난설헌이 어질면서도 시어머니한테 인정을 받지 못한 이유 중의 하나는 손자를 안겨주지 못했기 때문일 수도 있다. 비록 손자가 태어났어도 자라는 도중 죽고 마는 일이 연이어 일어났으니 손자에 대한 아쉬움이 며느리에 대한 미움으로 변했는지도 모른다. 난설헌은 오빠 허봉이 1588년 삼십 팔 세의 젊은 나이에 강원도 금화현 생창역에서 생을 마감한 후 일년 뒤인 1589년 27세의 나이로 요절한다. 추측하건대 연이은 자식의 죽음과 시어머니와의 불화, 아내를 다독여줄 지 모르는 남편, 거기다가 당쟁에 휘말렸던 오빠 허봉의 죽음 등은 허난설헌에게 한꺼번에 밀려왔던 불행들이었고 그것을 감당하지 못했던 난설헌은 그의 생을 마감하게 된다.[15] 현실에 대한 실망과 고통이 컸던 허난설헌의 작품 세계는 도가적 세계인 유선시가 많다. 허난설헌이 신선세계의 유선시를 많이 썼던 것은 신선세계를 피안의 도피처로 생각했기 때문이었다고 본다. 마치 꿈속의 일처럼 환상성을 띤 이런 시를 썼기 때문인지 허난설헌의 죽음도 꿈 속에서 예언되었다. 즉 자신의 죽음이 예언처럼 나타나는 <몽유광상산시>(夢遊廣桑山詩)도 꿈 속의 일이다. 난설헌은 이 작품이 어떻게 나왔는지 그 서문을 썼는데 꿈 꾼 내용과 난설헌이 쓴 시와 후일의 결과는 희안하게도 꿈과 현실이 뒤엉켜 있는 듯한 느낌을 준다. 이 글을 한 번 보면 다음과 같다.

을유년에 내가 상을 입어 외삼촌 댁에 묵고 있을 때, 밤에 자다 꿈에 바다 위에 있는 산으로 오르니, 산은 모두 구슬과 옥이었다. 여러 봉우리는 온통 첩첩이 쌓여 있는데, 흰 구슬과 푸른 구슬이 현란할 정도로 밝게 빛나 똑바로 쳐다 볼 수 없을 정도였다. 무지개 구름이 그 위 서리니 오색 빛깔은 곱고도 선명하였다. 구슬처럼 맑은 물 몇 줄기가 벼랑 사이에서 쏟아져서, 구슬이 서로 부딪치는 듯한 소리가 났다.

두 여인이 있는데 나이는 스무 살 가량의 모두 빼어나게 고은 얼굴이었다. 하나는 자주빛 노을 옷을 걸쳤고, 하나는 푸른 무지개 옷을 입었다. 손에는 모두 금색 술병을 들고 사뿐사뿐 걸어와 내게 절을 하는 것이었다. 시냇물을 따라 구비구비 올라가니 이상한 풀과 꽃이 곳곳에 피었는데 무어라고 이름할 수가 없었다. 난새와 학과 비취색 공작이 훨훨 날고, 숲 저편에서 풍겨오는 향기가 진동하였다.

마침내 산 꼭대기에 오르니 동남쪽은 큰 바다가 하늘과 맞닿아 온통 푸르고, 붉은 해가 막 돋아오르니 파도에 해가 목욕을 하는 듯 했다. 봉우리 위

15) 허균의 기록에 의하면 을유년(1585년) 봄에 자식의 상을 당했다고 한다.

에는 큰 연못이 있는데 아주 맑았다. 연꽃은 빛깔이 푸르고 잎이 큰데 서리를 맞아 절반은 시들어 있었다. 두 여인이 말하기를, "이곳은 광상산이랍니다. 십주(十洲) 중에서도 으뜸이지요. 그대가 신선의 인연이 있는 까닭에 감히 이곳에 이르렀으니 어찌 시를 지어 기념하지 않겠습니까." 하므로, 나는 사양하였으나 한사코 청하기에 절구 한 수를 읊었더니, 두 여인은 박수를 치고 크게 웃으며 말하기를, "완전히 신선의 말씀이로군요." 하였다. 잠시 후 한 떨기 붉은 구름이 하늘 한 가운데서 떨어져 봉우리 꼭대기에 걸리더니, 둥둥 북소리에 정신이 들어 깨어났다. 잠자리엔 아직도 연기와 노을이 자욱하였다. 이백이 꿈에 천모산에서 노닐었다는데 그것이 이에 미칠 수 있는지는 알 수 없다. 이를 기록해둔다.

이에 대한 내용을 난설헌이 시로 지었는데 다음과 같다.

푸른 바다가 구슬 바다를 적시고
푸른 난새는 오색 난새에 기대네
아리따운 연꽃 스물 일곱 송이
붉은 꽃은 떨어지고 서릿달은 차갑구나

碧海浸瑤海
靑鸞倚彩鸞
芙蓉三九朶
紅墮月霜寒

<몽유광상산시서>(夢遊廣桑山詩序)

<몽유광상산시>의 내용은 꿈결이자 곧 현실의 이야기이기도 하다. 꿈 속의 광상산에서 두 여인은, 난설헌이 신선의 인연이 있는 까닭에 신선이 사는 곳인 광산산까지 왔으니 어찌 시를 지어 기념하지 않겠냐고 하자 꿈 속의 주인공 난설헌은 그 자리에서 시를 짓는다는 내용이다. 그

런데 "스물 일곱의 붉은 꽃송이 떨어지고"라는 말이 현실이 되고 말았다. 이와 같은 내용에 대하여 허균은, "우리 누님이 기축년 봄에 세상을 버렸으니, 그 때 나이가 27세였다. 그 삼구(三×九=27)에 꽃이 떨어진다는 말은 징험(徵驗)이 되었다."라고 했다. 여기에서 을유년(1585년) 봄에 당했다는 상은 자식의 죽음을 말하는 것이다. 아버지 초당 허엽은 훨씬 전인 1580년에 세상을 떠났으므로 부모상은 아니다.

난설헌의 시 <곡자>(哭子)에 나오는 것처럼 "작년에는 사랑하는 딸을 잃고 올해는 아들을 잃었다" 는 구절이 나오는데 이에 해당하는 상(喪)일 것이다. 외삼촌 집이라 한 것도 아마 아이들의 외삼촌, 즉 허난설헌의 친정을 말하는 것이 아닐까 생각한다. 아들 희윤이 죽고 나서 오빠 하곡 허봉이 비문까지 지어준 것으로 볼 때 여기에서 외삼촌은 아이들의 외삼촌을 말하는 것이 분명하다.

아이를 연이어 잃어버린 몸과 마음이 극도로 쇠약해져 있던 허난설헌에게는 시 <곡자>에 나와 있듯이 뱃속에 있는 아이마저 지킬 수 있을까 하는 불안감을 떨칠 수 없던 때였다. 위에서도 말한 것처럼 이 무렵 난설헌은 불행을 연이어 겪게 되는데, <몽유광상산>을 짓기 5년전에 이미 아버지가 돌아가셨고, 아이들 죽음 이후 3년이 지나서 둘째 오빠 허봉이 정치적 실각의 고통을 겪으면서 황달로 38세에 죽었다. 오빠의 죽음은 허난설헌보다 일년 앞선 것이다. 이러한 슬픔을 겪는 과정에 꾼 꿈이 <몽유광상산>이었다. 그런데 아름다운 연꽃 스물 일곱송이 떨어진다고 자신의 운명을 예언했다고 하니 허난설헌은 그 죽음마저도 예사롭지 않았다.

4. 중국에서 유명해진 난설헌의 시

스물일곱의 나이로 생을 마감했지만 난설헌이 쓴 시는 천여 편이 넘는다. 그러나 대부분의 시를 불태워 버렸기 때문에 그의 남동생 허균이 없었다면 허난설헌이라는 시인의 이름은 후대에 남겨지지 못했을 것이다. 난설헌의 이름이 후세 사람들에게 알려질 수 있었던 것은 허균이 자기 집에 남아 있던 시들과 자신이 기억하고 있던 누이의 시들을 수습하여 문집으로 간행했기 때문이다. 또한 난설헌의 시가 조선을 뛰어넘어 중국에 알려지고 중국에서 난설헌의 시선집이 간행되었던 것도 모두 허균의 공이다.

허균은 누이가 젊은 나이로 요절하자 누이의 시집을 간행하기로 마음먹고 시들을 모아 편집하고 서애 유성원에게 발문까지 얻었지만 곧바로 임진왜란이 발발하는 바람에 시집 간행을 늦추게 되었다. 그리고 1597년 정유재란이 일어났을 때 조선에 원정 나왔던 명나라 군인이자 시인인 오명제(吳明濟)가 조선의 시를 모으고 있었는데, 그는 허균을 만나게 되자 본격적으로 시선집을 낼 수 있게 되었다. 당시 허균의 큰 형 허성이 경리도감(經理都監)으로서 중국 장수들을 접대하는 책임을 맡고 있어서 허균은 자연스럽게 자신의 집에 묵게 된 오명제의 신선 작업을 도와주게 되었다. 이 때 허균이 추천한 조선시 수백 편과 더불어 난설헌의 시 58수를 더해서 오명제는 『조선시선』을 엮게 되었다. 앞에서도 언급한 바 있지만 중국에서 간행된 이 시집은 허난설헌의 시가 중국에 알려지는 계기가 되었다. 무엇보다도 조선 사람으로 이렇게 많은 시가 중국에서 간행된 시집에 수록된 것은 처음이었다. 이런 뜻에서 본다면 허난설헌은 우리나라 최초의 국제시인이라고 일컬을 만하다.

오명제보다 일년 뒤 조선에 왔던 명나라 장수인 남방위도 조선의 시를 수집하여 『조선고시』라는 시집을 냈는데 이 시집에도 난설헌의 시는 25수나 실려 있다. 이로써 허난설헌은 중국인들에게 조선의 최고 시인으로 대접 받았다는 것을 알 수 있다. 이 후에도 허난설헌의 시들은 『열조시집』이나 『명시종』과 같은 중국에서 간행되었던 시집들에 다시 소개되었다. 소개된 조선시 가운데서도 난설헌의 시가 가장 많이 실렸던 만큼 난설헌은 조선에서보다 중국에서 더 많이 알려진 시인이 되었다고 볼 수 있다. 그러나 허난설헌의 시들을 중국에 알려준 저본인 『조선시선』 『조선고시』는 찾아 볼 수가 없었다. 『조선시선』은 그간 문헌 속의 기록을 통해서 이 책이 누가 어떻게 만들었는지 알 수 있었지만 정작 최근까지도 조선이나 중국 어디에서도 찾을 수가 없었다. 최근에 중국과의 관계가 가까워지고 학문적으로나 문화적으로도 활발한 교류가 이루어지게 되어 드디어 1998년 중국 중앙민족대학의 기경부 교수가 북경도서관선본실에서 『조선시선』을 발견하여 세상에 보고하게 되었다. 발견된 이 책의 서문에서 『조선시선』이 간행되었던 과정을 오명제는 이렇게 설명했다.

> 나는 동해의 명사였던 최치원 등 여러 사람들의 문집들을 좀 보려했는데 모두 말하기를 "없습니다. 작은 나라에 난리가 나서 군신들이 풀숲처럼 누추한 곳에서 보낸 지가 거의 7년입니다. 우두머리도 제대로 보전하지 못하는 판에 하물며 그런 것들이 있을 리가 없지요."라고 하였다. 그러나 기억할 수 있는 사람들이 있어서 바로 써서 (시를) 내주었는데 일이백 편이나 되었다.

오명제의 이 글을 보면 전쟁 중이라 그 누구도 조선시를 오명제에게 추천해주지 못했는데 일이백 편의 시를 써준 사람이 있었다는 것이다. 바로 그 사람이 허균이었던 것이다. 오명제가 허성의 소개로 허균 집에 머물렀기 때문에 오명제의 『조선시선』을 편찬에 허균이 큰 역할을 할 수 있었다. 이에 대하여 오명제는 『조선시선』에서 다음과 같이 말하고 있다.

> 나는 나와서 허씨 집에 있게 되었다. 허씨 형제 삼인은 봉·성·균이라고 하는데 동해에 글로서 이름을 날렸다. 봉과 균은 장원 출신인데, 균은 더욱 총명하여 한번 보면 잊지 않아 동국의 시를 수 백편이나 외울 수 있었다. 그래서 내가 얻은 시는 갈수록 많아졌고 다시 그 여동생의 시도 이백 편이나 얻을 수 있었다. 위의 글에서 알 수 있듯이 허균은 오명제가 펴낸 『조선시선』의 시를 제공하는데 가장 큰 역할을 한 인물이었다. 현재 『허난설헌집』에 실려 있는 시의 대부분이 오명제에게 넘겨졌음을 알 수 있을 것이다.

오명제가 『조선시선』을 편찬한 뒤에도 명나라 장수 남방위가 『조선고시』를 냈다. 그러나 남방위(藍芳威)의 『조선고시』도 원본은 발견되지 않은 채 나라나 청나라 때의 문헌에는 자주 인용돼 왔다. 그러다 최근 북경대학 도서관에서 원본이 발견되어 많은 의문점들을 해소시켰다. 이 책의 교열을 본 사람 가운데는 한초명(韓初命)이 들어있는데 이 사람은 오명제의 『조선시선』을 교열하기도 했던 인물이다. 최근 발견된 남방위의 『조선고시』는 많은 부분이 유실된 필사본이지만 이 두 책에 모두 수록되어 있는 시는 116수나 되며, 남방위의 『조선고시』에서 오명제의 『조선시선』에 수록되지 않은 작자는 27명이다. 오명제의 『조선시선』에 미수록된 『조선고시』의 시는 모두 126수다. 남방위의 『조선고시』에는 신라 여왕 승만(勝曼)의 시 1수를 비롯하여 이숙원, 성씨, 유여주의 처 등의 시가 각 1수씩 실려 있어서 여성 시에 대하여 많은 관심을 보였다. 그 가운데 허난설헌의 시는 25수나 실려 허난설헌 시가 얼마나 인기가 있었는지 짐작할 수 있다.

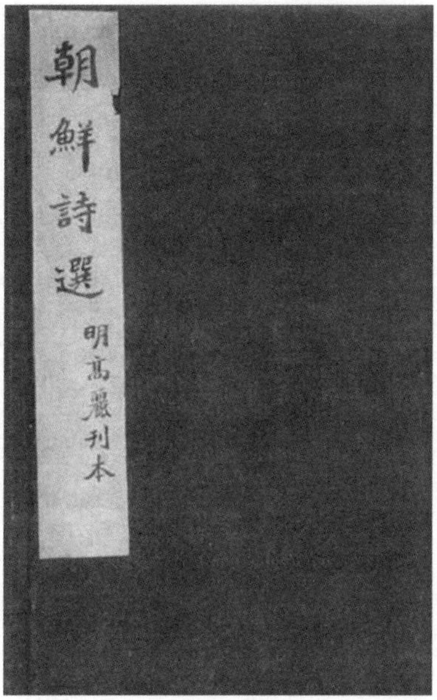

조선시선

교열을 했던 한초명은『조선시선』에 <각조선시선서>(刻朝鮮詩選序)를 썼다. 그 글에는 1598년 조선에서 오명제가 편집한 초고를 읽었다고 했다. 또한 허균이 지은 <조선시선후서>는 1600년 3월에 지었다고『조선시선』에 나와 있는데, 이런 사실들로 볼 때 이 책은 적어도 1600년 이후에 조선이 아닌 중국에서 간행되지 않았나 생각한다. 조선에서 이 책이 발견된 적은 없지만, 명나라 장수들과 자주 만났던 윤국형(尹國馨,1543~1611)이 1602년 명나라 사신으로 돌아 온 성영(成泳)에게서 오명제가 편찬한『조선시선』을 보았다는 이야기를 들었다.

> 임인년(1602) 여름에 내가 황강(黃岡)으로 근친(近親) 갔을 때, 성영 영공이 북경에 갔다가 돌아 왔다. 서로 만나 이야기 하던 중, 그가 이런 말을 했다.
>
> "조정(朝廷 - 명나라를 말함)에 있는 동안 새로 간행한『조선시선』을 보았는데, 바로 오명제가 편찬한 것이었습니다. 그런데 그 안에 영공께서 오(吳)와 작별하는 율시 한 수가 있었습니다."
>
> 돌이켜 생각해보니 내가 무술년(1598)에 서울에 있을 때, 어느 장군의 막하인지는 모르지만 오명제라고 하는 사람이 있었는데, 문장에 능한 사람이었다. 내가 사는 곳과 가까워서 서너 차례 찾아왔지만, 앞에 말한 별시(別

詩)는 내가 지을 수도 없거니와 실제로 그런 적도 없었다.[16)]

이 글의 내용으로 볼 때 『조선시선』이 중국에서는 유통되었지만 조선에서는 유통되지 못했다는 것을 알 수 있다. 그러다 중국판 『조선시선』 한 권이 서장관 조성립의 짐보따리를 통해서 조선에 들어왔다. 윤국형이 그 책을 얻어 보았다고 했기 때문이다. 그런데 윤국형이 구해본 이 중국판 『조선시선』은 현재 북경 도서관에 소장된 책과 편집 형태가 다르다는 것을 『패림』(稗林)을 통해서 알 수 있다. 시만 뽑아놓은 것이 아니라 시인들의 성명을 나열하고 출처까지 밝혔다고 기록돼 있기 때문이다. 따라서 윤국형이 본 『조선시선』은 개정판일 가능성이 있다.[17)] 이렇게 본다면 이 책은 간행 된 후 인기가 있어서 다시 간행되었던 것이 아닐까 추측할 수 있다.

우리 문학이 중국에 단발적으로나마 소개된 것은 신라의 최치원이나 고려의 이제현을 통해서 있었지만 『조선시선』나 『조선고시』에서처럼 신라에서 조선 선조시대까지의 문인들과 그의 시들이 한꺼번에 소개된 적은 없었다. 그러므로 이 두 권의 시집은 우리나라에 처음 있는 최대의 문학 전파였고 문학유통이라고 할 수 있다. 다만 우리나라 사람에 의해서 이루어진 것이 아니고 중국 문인 오명제나 남방위가 스스로가 조선시에 대한 호기심과 수집 의욕으로 만들어진 시선집이라는 점에서 자부심을 가질만 하다. 더군다나 오명제는 『조선시선』의 시들을 평가하면서 부드럽고 우아하고 담백할 뿐만 아니라, 황당하고 요염한 곡조가 없고 웅혼하고 밝고 넓은 기상이 조선시에 있다고 극찬을 했다. 이런 오명제의

16) 『稗林』, 「甲辰漫錄」.
17) 허경진, 『조선시선이 편집되고 조선에 소개된 과정』, 아세아문화연구, 6집, 2002, pp.51~52.

평가가 있었기 때문에 그 후에도 『조선시선』과 『조선고시』를 저본으로 한 여러 시들이 중국의 여러 시선집에 채택되어 읽혔을 것이라고 본다. 이와 같이 임진왜란이라는 국난의 시기에 이루어진 조선시의 전파에는 허난설헌의 수많은 시들과, 오명제에게 좋은 조선시들을 소개한 허균이 있었기 때문에 가능했다. 그러므로 이들 남매는 한국문학의 국제화에 의미 있는 역할을 한 인물로 평가되어야 마땅할 것이다. 허균의 시는 『조선시선』에 15수밖에 수록되어 있지 않은데 누이 허난설헌의 시는 58수나 수록되어 가장 많은 분량을 차지하고 있다. 특히 『조선시선』의 교정을 맡았던 중국인 왕세종이 허난설헌의 시 <상현요>(湘絃謠)를 칭찬한 내용이 허균의 『국조시산』(國朝詩刪)에 다음과 같이 적혀 있다. 이로써 허난설헌의 시를 추천한 허균이나, 그것을 자신이 편찬한 시선집에 채택한 오명제나 모두 난설헌의 시를 높이 평가했다는 것을 알 수 있다.

> 왕세종이 말했다. "이 작품은 우리 명나라의 시인들이 이를 수 있는 수준이 아니다. 설사 이백이나 온정균이 붓을 잡는다 하더라도, 또한 이보다 반드시 낫지는 않을 것이다.

아무튼 거의 동시에 중국에 소개된 『조선시선』과 『조선고시』는 중국 문단에 돌풍을 일으켰는데, 그 중심에는 허난설헌이 있었다고 볼 수 있다. 이 후 많은 시선집에 수록된 조선시는 『조선시선』과 『조선고시』가 그 저본이 되었다는 것을 여러 기록들을 알 수 있으며, 조선시 열풍이 청나라가 들어선 후에도 쉽게 꺼지지 않았다.

이 『조선시선』과 『조선고시』는 허난설헌의 시가 중국에 알려지는데 큰 역할을 했지만 그동안 실체를 찾을 수 없어서 많은 사람들이 궁금해

했다. 그러다 최근 중국과의 수교 이후 학문적 교류가 왕성해 지면서 두 시집 모두 북경 도서관에서 발견할 수 있었던 것은 오랜 세월에 걸쳐졌던 궁금했던 점들을 해결해 주었다. 오명제의 서문에는 자신이 장안으로 돌아갔을 때, 장안의 선비들이 조선시를 편찬한다는 말을 듣고는 모두가 동해 시인들이 읊조린 것과 난설헌의 유선시 보길 원했다고 썼다. 또한 이 시들을 본 사람들은 모두 기뻐하며, "오선생이 동쪽에서 돌아왔는데 행낭에 담은 것이 특별하니 옥돌 같은 보배구나 라고 말했다"고 오명제는 서문에 서 밝히고 있다.

이후 남방위의 『조선고시』까지 출간이 되어 세상에 나오니 중국인들은 조선시에 대한 특별한 느낌을 받았을 뿐만 아니라 일대 돌풍까지 일으켰다. 왜냐하면 이후에도 전겸익의 『열조시집』이나 주이존의 『명시종』 등에도 이들 시집을 바탕으로 한 시들이 계속 수록됐는데 이것은 조선시에 대한 그들의 높은 관심을 보여 주는 것이었다고 해석할 수 있다. 이러한 가운데 중국의 명 말기부터 청나라까지 여성 시인들이 대거 출현했고 그들의 시집을 엮는 것이 유행이었다. 이런 유행 속에서 허난설헌의 시가 『조선시선』이나 『조선고시』에 대거 실려 있었기 때문에 중국인들에게 난설헌의 시가 알려지게 되었고 결국 주지번과 같은 명대의 유명한 시인이 조선의 사신으로 가서 허난설헌의 시집을 구하고자 했던 것이다. 주지번은 이미 자기 나라에서 허난설헌의 시를 읽고 알았던 것이다. 주지번은 중국에서 장원급제를 하여 주장원이라 불렸던 시인이다.[18] 명나라 3대 문사로 꼽히던 주지번(朱之藩)이 신종 황제의 장손이 태어나자 그 소식을 알리기 위하여 양유년(梁有年)과 함께 우리나라에 사신으로 왔

18) 주지번의 자는 원개(元介, 혹은 元价), 호는 난우(蘭嵎)인데 장원을 했다 해서 주장원(朱狀元)이라고도 불렸다. 그는 유명한 문장가일 뿐만 아니라 서화가이기도 하다.

다. 이 때 원접사로 유근이 임명되었다. 유근이 주지번과 함께 문장을 대적할 수 있는 인물로 허균이 필요하다고 임금께 청하자 선조는 허균에게 의흥위대호군(義興衛大護軍) 이라는 임시 벼슬을 내려주어 중국 사신들을 접대하도록 했다.

주지번은 조선으로 오기 전 이미 중국에서 유행하던 조선 시집들을 알고 있었다는 듯 허균에게 난설헌의 시집을 보여달라고 했다. 이 때는 오명제의『조선시선』을 선두로 해서 많은 조선 시집들이 중국에서 읽히고 있을 때였으니까 주지번이 난설헌의 시들도 읽었을 것이라는 추측은 가능할 것이다. 더군다나 오명제에게 시를 모아 준 사람이 허균이었고 그 시들 가운데는 허난설헌의 시가 가장 많았는데 자신을 접대하러 온 조선의 관리가 바로 허균이었으므로 주지번으로서는 당연히 허난설헌의 시들을 읽고 싶었을 것이다. 이미 허균은 누이 난설헌의 시집을 벌써부터 간행하고 싶었기 때문에 필사본으로 이미 편집을 해 놓았었다. 누이가 세상을 뜬 다음 해인 1590년의 일이었다. 허균은 출간하려고 준비해 놓았던 난설헌의 시집 초고를 주지번에게 주었다. 허난설헌의 시들을 읽어본 후 감탄해 하는 주지번에게 허균은『난설헌집』의 서문을 부탁했는데 주지번이 서울에서 10여일 머무르다 임무를 마치고 중국으로 돌아가던 길에 글을 지어주었다. 이 때 주지번은 허균이 양천 허씨 68명의 시들을 편집한『양천허씨세고』의 서문도 같이 지어 주었다. 서울에서 출발한 사신 일행이 4월 26일 평양에 이르렀을 때 허균은 부사 양유년에게도『난설헌고』의 서문을 부탁했지만 귀국길이 바빴던 양유년은『양천허씨세고』의 서문만 지어주었다. 그러나 허균은 그 해가 다 가기 전 다시『난설헌집』의 초고를 중국으로 보내 1606년 12월 16일, 양유년에게 제사(題辭)를 받아냈다. 1606년에 있었던 허난설헌 시집과 관련한 이러한 사실들로 인해서 그간은 주지번에 의해 『난설헌집』이 중국에서 간행되었다고 잘못 알려지기도 했다. 또한 그동안 학계에 알려지지지 않았던 허난설헌의 또 다른 시집이 『취사원창』이라는 이름으로 반지항(潘之恒)의 문집인 『긍사』(亘史)에 실려 있어 중국에서 유행한 허난설헌 시의 참 모습을 다시 한 번 확인할 수 있다. 『취사원창』은 우리나라에서 소개된 적이 없었지만 중국에서는 호문해(胡文楷)의 『역대부녀저작고』에서 책명만 나오고 유실된 책이라고 적혀 있다. 그러다가 최근에서야 이 책이 발견되어 연구자들의 관심을 끌게 되었다.

그리고 최근 발굴된 『조선시선』에는 허균이 오명제에게 준 시에 한글음을 붙여준 것이 있어 이채롭다. 그 제목은 <송送오吳참參군軍ᄌ子어魚대大형兄환還텬天됴朝> 인데 전쟁이 끝나지 않았으니 곧 다시 돌아와 달라는 내용이다. 허균이 중국 문인에게 우리 문자를 써준 의도는 조선 사람으로서의 자긍심을 한글로써 표현한 것이 아니었을까 추측해 본다.

4. 허난설헌의 작품세계

조선시대에 여자가 시를 지었다는 것은 결코 칭찬받을 일이 아니었다. 그럼에도 불구하고 허난설헌의 시를 긍정적으로 칭찬한 남성들이 없는 것은 아니었다. 심수경은 중국에는 조대가·반희·설도 등과 같은 훌륭한 여자 시인들이 좋은 작품들을 남겼지만 우리나라는 그런 시인들이 드물다고 했다. 그러면서 심수경은, "문사 김성립의 처 허씨는 재상 허엽의 딸이며, 허봉·허균의 누이이다, 허봉과 허균도 시를 잘 써 이름이 났지만 그의 누이 허씨는 더 뛰어났다. 문집이 있었지만 당시 세상에 간행되지 못했다. <백옥루상량문>같은 것은 많은 사람이 외워 전하였고 시 또한 절묘하였는데, 일찍 죽어 아깝다."고 했다.[19] 중국에 비교해서 우리나라의 여성 시인은 드물지만 허난설헌 같은 시인은 당대의 문장가로 알려진 그의 오빠 허봉이나 동생 허균보다도 뛰어났다고 칭찬한 글이다.

> 내 친구 허미숙(許美叔)은 세상에서 보기 드문 재주를 가지고 있는데 불행히 일찍 죽었다. 나는 그가 남긴 글을 보고 무릎을 치면서 탄복하여 칭찬해 마지않았다. 하루는 아우 단보(허균의 자)그의 죽은 누이가 지은 『난설헌고』를 가지고 와서 보여 주었다. 나는 놀라서 말하기를, "훌륭하구나 , 부인의 말이 아니다. 어떻게 허씨 집안에 뛰어난 재주를 가진 사람이 이렇게 많단 말인가"라고 했다. 나는 시학에 대하여 잘 모른다. 그렇지만 난설헌의 시를 본 바에 따라 평하자면 말을 세우고 뜻을 창조함이 허공의 꽃이나 물속에 비친 달과 같아서 형철영롱(瑩澈玲瓏)하여 눈여겨 볼 수가 없고, 소리가 울리는 것은 형옥(珩玉)과 황옥(璜玉)이 서로 부딪치는 것 같다

이 글은 서애 유성룡이 쓴 헌난설헌 문집의 발문이다. 허씨 집안 사람들이 재주가 많다는 것을 감탄하지만 그 보다도 허난설헌과 같은 여성의 글 쓰는 재주에 놀라와 하는 모습이 눈에 선하다. 이 후에도 신위는 그의 『신자하시집』에서 허난설헌을 최고의 규수 시인이라고 했으며, 황현은 <독국조제가시>라는 시에서 "초당가문의 세 그루 보배로운 나무 중에서 제일의 신선 재주는 경번에게 돌아갔네"라고 하였다. 허봉, 허난설헌, 허균 중에서도 제일이라는 뜻이다.

분명 시를 쓰는 여성들이 없던 시대, 허난설헌의 시들은 많은 사람들

19) 심수경, 「견한잡록」, 『대동야승』권3.

에게 감탄을 자아내게 할만 했다. 우리나라에서 시를 잘 짓는 부인이 드물지만 난설헌의 솜씨는 뛰어났다고 평한 허균의 시화(詩話)는 반드시 누이이기 때문에 칭찬을 한 것만은 아니다.

> 우리나라의 부인들 중에 시를 잘 짓는 사람이 드물었다. 이른바 음식 경정이나 할 뿐이지 문장같은 것은 배우지 않는다는라고 해서일까. 그러나 당나라 사람들 가운데 규수 시인으로서 시를 잘 지었다고 하는 이십 여명이 있다고 문헌에서 찾을 수가 있다. 요즘에 우리나라에도 규수 시인들이 많아졌는데 경번(景樊)은 하늘 선녀의 글재주를 지녔다.[20)]

허균은 시 쓰는 여성들이 많아졌다고 했지만 매창이나 옥봉 등과 같이 기생이나 처첩과 같은 신분이 낮은 여성들이었다. 그러나 이런 여성들도 한정적이었기 때문에 시 쓰는 여성들이 별로 없던 그 시대에 난설헌의 시가 정말 난설헌 본인의 작품인지에 대하여도 의심을 많이 샀던 것도 사실이었다. 여자가 시를 쓰는 것은 좋은 일이 아니라는 발언에서부터 많은 시들이 표절이라는 말까지 허난설헌은 끊임없는 구설수에 휘말리기도 했다. 연암 박지원과 같이 한 시대를 초월하는 개혁적 사상을 지녔던 인물도 여성이 글을 쓴다는 것 자체가 영예롭지 못하다고 했다. 그러면서 난설헌이라는 호 하나로도 분에 넘치는데, 하물며 경번(景樊)의 이름으로 잘못 알고는 여기저기 기록되어 천추에 씻지 못할 일이 되었으니 이것이 어찌 세상의 재주 많은 규중 여성들이 경계해야 할 거울이 아니겠는가?[21)] 하고, 말할 정도였다. 이 글은 연암이 중국 연경에 가서 중국 문사들과 이야기를 나누는 과정에서 그들이 허난설헌에 대하여 이야기

20) 허균, 『학산초담』.
21) 박지원, 『열하일기』, 「피서록」.

하자 난설헌에 대하여 잘못 알고 있는 점이 많다는 것을 지적하면서 평한 내용이다. 한 마디로 요약하자면 여자가 글을 쓴다는 것 자체가 아름답지 않다는 내용이 함축되어 있는 것이다.

광주시 초월리의 허난설헌 시비

이수광도 『지봉유설』에서 허난설헌의 시 두 편을 소개했는데 앞서 소개한 <채련곡>(採蓮曲)과 <기부강사독서>(寄夫江舍讀書)라는 시다. 그러나 그 뜻이 방탕하다 할 정도이므로 시집에 싣지 않았다고 했다. 이 가운데 <기부강사독서>(寄夫江舍讀書)를 보면 다음과 같다.

제비는 처마에 비끼어 쌍쌍이 날고
지는 꽃 어지러히 비단 옷에 스치네
방에서 기다리는 이 봄 마음 슬픈데
풀은 푸르러도 강남 가신 님 돌아오지 않네

燕掠斜簷兩兩飛
落花撩亂撲羅衣
洞房極目傷春意
草綠江南人未歸

<기부강사독서>(寄夫江舍讀書)

이 <기부강사독서>(寄夫江舍讀書)는 중국에서 간행된 『역대여자시집』에는 그 제목을 <규정>이라고 했으며, 이수광의 『지봉유설』에는 <규원>으로 제목이 붙여져 있다. 그러나 『허난설헌집』에는 실려 있지 않은 시다. 이 시의 배경을 보면 다음과 같다. 남편 김성립이 한강변 서재에서 공부를 한다고 했지만, 기생들과 어울려 노느라고 글공부를 제대로 하지 않는다는 소문만 무성했다. 이에 대한 속마음을 시인은 시에서 봄풀 푸르러도 소식 없는 님에 대한 그리움으로 표현했다. 그러나 이러한 내용조차도 고루한 선비들에겐 마땅치 않았을 뿐만 아니라 방탕한 내용이라는 생각을 했던 것 같다. 규방의 여자가 비록 남편이라 할지라도 그리워하는 속내를 시로 읊어 세상에 알려졌다는 것 자체가 잘못됐다고 생각했던 시대였기 때문이다. 이러한 허난설헌은 작품세계를 통해서 자신을 과연 어떻게 드러내고 있을까?

1) 꿈의 시인

난설헌의 수많은 유선시(遊仙詩)들은 선계의 도가적 세계를 그리는 시로서 그 자체가 현실의 이야기가 아닌 가상적인 세계 즉 환상이 시의 중요한 내용이 된다. 여기에서 선계(仙界)라는 공간은 현실하고는 다른 공간이 펼쳐진다. 그 공간을 구성하는 것도 백옥경, 광한전 같은 그 곳 나름대로의 사물들과, 삼신산, 곤륜산과 같은 이 세계의 자연물들을 배치된다. 유선(遊仙)이라는 말이 의미하듯이 선계에서 노닌다는 뜻의 이런 시들은 현실 도피적인 의미가 강하다. 다시 말하자면 꿈속의 일과 같은 환상적인 세계라고 할 수 있다. '유선사'라는 제목으로 87수나 되는 유선시를 남긴 허난설헌이 질곡의 삶을 살다 27세 젊은 나이의 요절이 말하듯,

그가 남긴 유선시들을 통해서 삶의 갈등을 뛰어넘어 환상의 세계에 머물고자 했던 시인의 마음을 느낄 수 있다.

자신의 죽음이 예언처럼 나타나는 <몽유광상산시>(夢遊廣桑山詩)도 꿈속의 일이다. 앞에서도 말한것처럼 이 시는 희안하게도 꿈과 현실이 뒤엉켜있는 듯한 느낌을 준다. 즉, 꿈 속 광상산에서 만난 두 여인이 허난설헌에게 신선의 인연이 있는 까닭에 신선이 사는 곳인 광산산까지 왔으니 어찌 시를 지어 기념하지 않겠냐고 하자 꿈 속 주인공인 난설헌이 그 자리에서 시를 지었다. 그것이 바로 유명한 삼구시인데, 이에 대하여 동생 허균은, “우리 누님이 꿈속의 일을 시로 썼는데, 이듬해에 세상을 떴다. 삼구 이십칠(三九 二十七) 누린 햇수와 똑 같았다.”라고 그의 문집에 전한다.[22)]

허난설헌은 <효심아지체>(效沈亞之體)처럼 본받았다는 뜻의 효(效)를 써서 창작한 작품에 세 편이 남아 있다. 당나라 때의 시인 심아지의 <몽만진농옥>(夢輓秦弄玉)이라는 글은 서사적인 내용의 전기문과 그 내용에 대한 심상을 시로 표현하고 있는 시다. 그 내용은 선계의 전기(傳寄)와 그 내용을 시로 쓴 독특한 형식의 글인데, 허난설헌은 선계에 대한 흥미롭고도 신비스러운 이야기를 시로 풀어 쓴 심아지 시를 모방하여 자신도 나름대로의 선계를 그려내고 있는 것이 <효심아지체>(效沈亞之體)다. 물론 그렇다고 하여 <효심아지체>(效沈亞之體)가 심아지의 시와 심상이 일치하는 것은 아니다.

봄별이 붉은 정자를 비추고
맑은 물결은 푸른 연못에 흔들리네

22) 성균관대 대동문화연구원(1981), 『허균전집』, 성균관대출판부, p.348.

버들 우거진 숲에 앙증맞은 꾀꼬리
꽃잎 떨어지니 제비는 지지배배 우네
진흙길 흙 금신발에 묻힐까봐
머리를 숙이니 옥비녀 윤이 나네
은 병풍에 비단 방석은 따스하고
봄빛에 젖어 강남 꿈을 꾸네

遲日明紅樹
晴波斂碧潭
柳深鸎睍睆
花落燕呢喃
泥潤埋金履
鬟抵膩玉篋
銀屛錦茵暖
春色夢江南

봄비 맞자 배꽃은 더욱 희고
얼마 안 남은 이 밤에 아직 촛불은 붉다
우물가 까마귀 새벽빛에 놀라고
들보 위의 제비는 새벽 바람에 놀라네
비단 장막 처량히 걷어올리니
침상도 쓸쓸히 비어있구나
구름 수레 돌려서 학을 타고
은하수 동쪽의 누각에 반짝이네

春雨梨花白
宵殘小燭紅
井鴉驚曙色
樑燕怯晨風
金幕凄凉捲

銀床寂寞空
雲輧回鶴馭
星漢綺樓東

<효심아지체>(效沈亞之體)

심아지가 쓴 <몽만진농옥>은 그 심상이 현실에서 꿈의 세계로 이행되고 그 곳에서 혼인한 사람의 죽음을 경험 한 뒤 다시 현실 세계로 돌아오는 과정이 전기문에 나와 있다. 또 시에는 자기가 겪은 이런 이상한 꿈 즉 농옥의 죽음을 시로 표현했다. 허난설헌의 <효심아지체>에서 첫 번째 수의 마지막 구처럼 봄비에 젖어 강남 꿈을 꾼다고 한 것은 선인처럼 학을 타고 은하수 건너서 동쪽의 누각으로 향하고픈 마음이 절실했기 때문이다. 허난설헌은 현실에서 이루어질 수 없는 세계를 꿈에서 얻고 싶은 갈망이 <효심아지체>(效沈亞之體)와 같은 시를 쓰게 했다고 본다. 학이 끄는 구름 수레를 돌려 은하수를 건너는 이미지 자체가 현실의 세계가 아닌 꿈의 세계임을 알 수 있다.

2) 눈물의 시인

허난설헌의 눈물은 유년기 시절의 슬픔 때문이 아니라 결혼 이후 겪어야 했던 시집과 남편과의 갈등, 아이들의 죽음과 같은 불행한 일들의 연속 때문이었다. 게다가 친정도 당파에 휘말려 편안하지 못했으며, 결국 둘째 오빠 허봉마저도 세상을 떠나는 불행이 이어졌다. 특히 허난설헌은 님을 기다리는 애타는 마음을 그린 시들이 많은데 이런 내용의 시를 지었다는 것은 그 당시로 볼 때 파격적이라고 할 수 있다. 이 시에서 "비단띠 비단치마 위에 눈물흔적이 겹쳐쌓였으니(錦帶羅裙積淚痕)"라고 하여 기다림과 원망 그리고 슬픔의 눈물을 함축적으로 표현하였다. 이와 같은 그리움과 기다림의 정서는 언제나 여인의 눈물을 동반하기 마련이다.

자주색 통소 소리에 구름 흩어지고
수렴 밖에는 서리가 차고 앵무새 지저귀네
밤에 난간의 외로운 촛불 비단 휘장에 비추니
반짝이는 별들과 은하수도 오락가락 보이네
또옥 똑 물시계 소리 서풍에 울리고
오동잎 이슬 방울에 벌레소리 울어댄다
생명주 손수건으로 한 밤을 적신 눈물
내일엔 점점 붉은 자국 남아있으려니

紫簫聲裏彤雲散
簾外霜寒鸚鵡喚
夜闌孤燭照羅帷
時見踈星度河漢
丁東銀漏響西風
露滴梧枝語夕蟲
鮫綃帕上三更淚
明日應留點點紅

<동선요>(洞仙謠)

위의 시에서는 깊은 밤의 정경이 아름답게 펼쳐져 있다. 난간 위의 촛불, 하늘의 은하수와 같은 시각적 이미지 너머에는 깊은 밤의 물시계 소리 벌레 소리 등과 같이 고요하고 고독한 청각적 심상이 어우러져 있다. 이러한 시공간을 배경으로 한 이 시의 화자는 삼경이 지나도록 잠 못 이루며 눈물을 적신다. 작품 속 여성의 고독한 모습을 생생하게 느낄 수 있

는 시다.

허난설헌은 <자식을 곡하며>(哭子)라는 시에서는 자식을 여윈 슬픔을, "하염없이 슬픔의 노래 부르며(浪吟黃臺詞) / 피눈물 나는 슬픈 울음 삼키고 있네(血泣悲呑聲)라고 하여 그 슬픔이 얼마나 큰가를 간접적으로 표현하고 있다. 비록 이와 같은 시는 자신이 겪은 슬픔을 눈물로 표현한 것이지만, 허난설헌의 시에 슬픔과 눈물을 나타내는 말(淚, 泣, 哀, 恨, 愁)들이 유독 많은 것은 단순히 일상적인 감상의 차원만은 아닌 것 같다. 한편으로는 삶의 체험에서 나온, 또 한편으로는 삶을 바라보는 태도나 인생관에서 우러나온 것이라고 보아야 할 것이다.

3) 유선시(遊仙詩)의 시인

허난설헌의 시집에는 모두 87수의 <유선사>(遊仙詞)가 있다. 이런 제목 말고 그 내용을 읊은 시까지 합하면 모두 11개의 제목에 99수에 이른다. 한 중 양국의 유선시를 지은 여성들은 허난설헌을 제외하고는 찾아보기 어렵다. 이와 같은 허난설헌의 유선시는 시인으로서의 개성을 드러내고 있는 것이라고 본다. 허난설헌의 성품이 신선 같아서 항상 꽃으로 화관을 만들어 쓰고 향을 피워 놓고 책상 앞에 앉아 시문을 읊었다는 이야기는 난설헌의 시에 유선시가 많기 때문에 나온 말일 것이다.

유선시는 시의 제목을 통해서도 알 수 있듯이 선계의 세계를 그린 시다. 유선(遊仙)·몽선(夢仙)·망선(望仙)·보허(步虛)·선유(仙遊) 등의 제목을 보면 이런 유의 시들이 선계에서 노니거나 경험한 내용이 담겼다는 것을 짐작할 수 있다. 그래서 이런 유선시의 내용은 신선설화에다 자신의 상상력을 보태어 스스로 주인공인 신선이 된 이야기나, 제 삼자로서 신선들의 세계를 그려내는 방법이 있다. 누구나 현실이 구차하고 괴로울 때는 현실을 벗어난 꿈의 세계로 가고 싶어 하는 것처럼, 허난설헌 역시 괴로울 때면 이 현실을 극복하고 싶었다. 그리고 그에게서 현실 극복의 방법은 유선시와 같은 별세계를 그리는 것이었다. 명나라 종군 문인 오명제가 편집한 『조선시선』에는 허난설헌이 친필로 쓴 <유선곡> 81수를 구했지만 본래 작품은 3백수에 달한다고 기록해 놓았다. 이 기록을 보더라도 허난설헌이 얼마나 유선시를 즐겨 썼는지 알 수 있다. 그러나 아쉽게도 나머지 많은 유선시들은 허난설헌의 다른 작품들과 함께 불에 타 없어졌다니 아쉬울 뿐이다.

자양궁의 궁녀가 단사를 받들고
서왕모의 영으로 무제의 집 지나다가
창 아래서 우연히 동방삭을 만나 웃었네
헤어진 후 복숭아 나무는 여섯 번이나 꽃 피었다네

紫陽宮釐捧丹砂
王母令過漢帝家
窓下偶逢方朔笑
別萊琪樹六開花

<유선곡. 68>

3000년이나 되도록 오래 살았다는 동방삭을 만났는데 헤어진 후 벌써 여섯 번이나 복숭아 나무 꽃이 피었다고 한다. 이 나무는 선계의 세계에서 500년이 지나야 꽃이 피는 나무라고 한다. 그러므로 여섯 번을 피웠으면 삼천 년의 세월이 흘렀다는 이야기가 되는 그야말로 현실이 아닌 다른 세상의 이야기이다. 다른 세계의 이야기를 그리는 데는 몽상이 아니

면 꿈속의 일일 수밖에 없다. 난설헌의 시에 유독 꿈 이야기가 많은 것은 다른 세상을 꿈꾸던 시인의 소망을 대변해 주는 것이다. 이를테면 <감우>(感遇)라는 시를 보면 꿈속에서 봉래산에 올라 신선들을 만나고, 발 아래 동해를 굽어본다는 내용이다. 그러므로 허난설헌의 시에서 꿈은 초월과 상승의 이미지 혹은 탈출의 이미지로 나타난다.

4) 자유의지의 시인

허난설헌은 자신의 천재성을 바탕으로 일천여 편의 시를 지었다. 허난설헌은 일곱 살 때 <광한전백옥루상량문>을 지어 주위 사람들을 놀라게 했는데, 여성이 시를 짓는다는 것 자체가 경이로운 시대에 어린 나이부터 시를 짓고 또한 일천여 편이나 시를 썼다는 것은 그 당시의 여성으로서는 상상하기 어려운 일이다. 뿐만 아니라 자신의 신분으로서는 경험할 수 없는 제재로 쓴 시들은 허난설헌의 세상에 대한 호기심이 어떠했는가를 말해주는 단서이기도 하다.

봉화불 황하강에 비추니
관군들이 서울집을 떠나네
창을 베개로 삼아 눈 위에서 자며
말을 몰아 사막에 도달했다.
북풍 속에서 딱따기 소리 들려오는데
변방 오랑캐 소리에 국경을 지키는 호적소리
해마다 수비에 힘쓰지만
날랜 수레 쫓는 것 괴롭더라

烽火照長河

天兵出漢家
枕戈眠白雪
驅馬到黃沙
朔吹傳金柝
邊城入塞笳
年年長結束

<입새곡>(入塞曲)

위의 시 역시 규방의 여성으로서는 쓸 수 없는 내용이지만 이런 악부체의 형식은 민중들의 공동의식이 담긴 민요조의 시이기 때문에 체험 없이도 쓸 수 있었다고 본다. 악부시의 원래 모습이 민간인들에게서 수집한 곡조이기 때문에 허난설헌이 지은 위와 같은 시들도 난설헌 개인의 정서를 담은 시라고 볼 수 없다.

난설헌이 남긴 시들 가운데 많은 시들이 이처럼 여성으로서는 쓰기 어려운 내용이 많았지만 천재적인 이 시인의 독서와 상상력으로 충분히 소화할 수 있었다. 성곽을 쌓는 노래인 <축성원>(築城怨)이나 가난한 처녀에 대한 노래인 <빈녀음>(貧女吟), 혹은 장사꾼을 노래한 <가객사>(賈客詞) 같은 시를 쓰기에는 그의 삶이 이런 내용들과 너무 동떨어져 있었다. 허난설헌이 가난을 맛본다거나, 성을 쌓는 사람들의 어려움을 느껴본다든가 장삿배를 타고 이리저리 떠돌이 생활을 하는 하층 서민의 애환을 부딪혀 보았을 리 없다. 그렇기 때문에 많은 사람들 가운데는 난설헌의 시를 그녀 자신이 지은 시가 아니라고 주장하는 경우도 있었다. 그러나 허난설헌의 독서력은 이 모든 것을 수용할 수 있었다. 난설헌처럼 호기심 많은 천재는 직접 겪어보지 않고도 그가 읽고 들었던 수많은 책에서 얼마든지 시의 소재들을 찾아낼 수 있으며, 상상력으로만도 우주

삼라만상의 신비로움을 창작할 수 있기 때문이다.

난설헌의 자유로운 상상력은 위에 소개한 시들 외에도 궁녀들의 생활을 소재로 한 궁사(宮詞)에서도 찾아볼 수 있다. 20여수의 궁사가 남아 있는데 원래 중당(中唐) 때의 시인 왕건이 궁사 100여수를 지어 유명해졌다고 한다. 동생 허균도 궁에서 살았던 사람의 이야기를 듣고난 후 궁사를 100여수 지었다. 선조비인 의인왕후를 24년 동안 모시다가 늙어서 궁 밖에 나와 살게 된 늙은 궁녀출신으로부터 궁중 이야기를 듣고 시를 지었는데, 후세의 임금들이 지난 왕과 왕비들의 덕을 본받게 하기 위해서 쓴 것이라고 밝혔다. 허균의 작품들과는 허난설헌의 궁사는 전적으로 그 배경이 중국이다. 궁궐의 여자 관리인 여상서(女尙書)가 등장하는 등 난설헌이 읽었던 책에서 얻어낸 궁중 생활의 영감과, 또 많이 읽었던 <궁사> 시가 자신의 시 <궁사>를 이루는 주축이 되었다.

깨끗한 가을 궁궐의 밤은 깊어가는데
궁인들 마음대로 임금 곁에 갈 수 없다네
때때로 가위 잡아 아름다운 비단 자르며
촛불 앞에서 하염없이 원앙수나 놓고 있네

淸齋秋殿夜初長
不放宮人近御床
時把剪刀裁越錦
燭前閒繡紫鴛鴦

<궁사. 8>

임금을 위해서 궁에 들어온 궁녀들은 한평생 임금 한 사람 바라보며 늙어야 하는 처지인데 평생 승은을 입지 못하고 늙을 수도 있는 처지이

다. 그래서 마음대로 임금 곁에 갈 수 없는 궁녀의 처량한 심정을 비단 잘라 원앙 자수나 놓는 모습으로 노래하고 있다. 화려할 것 같은 궁궐 생활이지만 그 궁궐이 얼마나 고독한 곳인지를 허난설헌은 파악하고 있는 것이다. 이와 같은 시를 통해서 우리는 시인으로서 허난설헌이 얼마나 다양한 곳에 관심을 갖고 있었는지 알 수 있다. 이런 다양한 호기심들을 통해서 또한 허난설헌이 인습을 뛰어넘어 얼마나 자유로운 영혼을 갈망하던 인물인지도 추측할 수 있다.

6. 문헌정보

허난설헌에 대한 논의는 조선 시대 남성들의 문집에서도 발견할 수 있지만 단편적인 내용들일 뿐이다. 김억은 1944년 조선 여류 한시선집인 『꽃다발』을 편역했는데 여기에서 허난설헌의 시를 다수 번역하여 실었다.

허난설헌에 대한 연구는 최근 학위논문에서 시 연구는 물론 페미니즘 관점에서 난설헌을 조명한 것도 많다. 특히 허미자, 김명희, 김성남의 연구는 주목할 만하다. 비교적 최근의 연구 성과들을 소개해 보면 다음과 같다.

구지현, 「쇄미록에서 발견된 허난설헌 시에 대하여」, 『열상고전연구』 14권, 2001.

김명희, 『소설헌 허경란의 시와 문학』, 국학자료원, 2000.

______, 『허난설헌의 문학』, 집문당, 1987.

김성남, 『허난설헌』, 동문선, 2003.

______,『허난설헌시연구』, 소명출판, 2002.
김용숙,「규원과 별한 고」,『아세아여성연구』,
나까이겐지, 허미자역,『허난설헌 한시의세계』, 국학자료원, 2003.
류성준,『중국성당시론』, 푸른사상, 2003.
박현규,「명 오명제『조선시선』의 문헌 정리」,『미국학논집』1권, 1997.
순천향대학교 인문과학연구소
______,「허난설헌의 또 하나의 중국 간행본『聚沙元倡』」,『한국한문학연구』제26집, 한국한문학회, 2000.
박혜숙,『허난설헌』,건국대학교 출판부.2004.
안대회,『한국한시의 분석과 시각』, 연세대출판부, 2000.
이가원 저·허경진 옮김,『유교반도 허균』, 연세대출판부, 2000.
전성경,「중국내『조선시선』유행의 문학배경」,『아시아문화연구』제6집, 경원대아시아문화연구소, 2002.
정끝별,『패러디 시학』, 문학세계사, 1997.
차용주,『허균연구』, 경인문화사, 1998.
최경창, 백광훈, 이달 저, 조달순 역,『삼당시』, 태학사, 1999.
최홍기외,『조선전기 가부장제와 여성』, 아카넷, 2004.
허경진,「『조선시선』이 편집되고 조선에 소개된 과정」,『아시아문화연구』제6집, 경원대 아시아문화연구소, 2002.
______,『허균평전』, 돌베개, 2002.
______,『허난설헌연구』, 성신여대출판부, 1984.
황유복,「『조선시선』편집출판배경연구」,『아시아문화연구』제6집, 경원대 아시아문화연구소, 2002.

에필로그

경기도에 연고를 둔 여성 문인 가운데 허난설헌과 같은 우뚝한 시인이 있다는 것은 매우 자랑스러운 일이다. 경기도 광주시 기념물 95호로 지

정돼 있는 허난설헌 묘는 중부 고속도로에서 쉽게 확인할 수 있는 위치에 안장되어 있다. 행정구역상으로 초월리인 이 묘역에 허난설헌의 남편 김성립과 두 번째 부인 홍씨가 나란히 누워 있고 허난설헌은 맨 아랫 쪽에 따로 안장되어 있다. 용인시 원삼면 맹리에는 허난설헌의 친정 식구들의 묘와 더불어 아버지 허엽의 신도비 등이 있으므로 허난설헌을 비롯한 그의 친정 식구들은 경기도 땅에서 영면하고 있는 셈이다.

지금까지 허난설헌과 그의 문학에 대한 논의는 어느 일부분만 과대하게 부각시키는 경우가 많았다. 많은 연구자들 가운데는 그의 시가 표절이냐의 문제나, 황진이와 문학적인 라이벌이 될 수 있는가 등 매우 표피적인 내용으로 접근하며 흥미위주의 관심을 보이는 경우도 많았다. 그러나 수많은 시를 쓰면서, 치열하게 살다간 한 인물의 온전한 모습을 담기엔 조선시대의 특별한 여자였다는 그런 소개들로는 부족하지 않을 수 없다.

허난설헌은 짧은 생을 살았지만 중국에까지 널리 알려졌던 국제적 시인이었다. 조선시인 가운데 중국에서 이렇듯이 집중적으로 그 작품이 소개된 이는 일찍이 없었다. 단순히 소개로만 그친 것이 아니다. 난설헌의 시는 처음 오명제에 의해서 『조선시선』에 58편이 수록됐지만 이 후에도 『조선고시』 『취사원창』과 같은 조선시 선집에 수록되었다. 이것을 바탕으로 『명시종』 『열조시집』 등에도 난설헌의 시는 가장 많은 편수가 실렸는데, 이것은 중국에서 그의 시가 돌풍을 일으켰다는 것을 의미하는 것이기도 하다. 그렇게 되기까지는 난설헌의 동생 허균의 공이 매우 컸다. 누이의 시 쓰는 재주를 무척 사랑했던 허균은 난설헌의 유선시(遊仙詩)를 하늘 선녀가 쓴 시와 같다고 칭찬할 정도였다. 최근에는 학위논문을 비롯하여 허난설헌에 대한 연구가 활발하여 그의 존재 가치는 우리 문학에서 매우 커져가고 있다.

강정일당(姜靜一堂)

- 프롤로그
1. 생애
2. 작품세계
3. 문헌정보
- 에필로그

프롤로그

강정일당[1]은 근래에 이르러서야 새롭게 주목받기 시작한 여성문인이다. 조선시대 양반가에서는 중국의 여성문인으로는 반소(班昭)를 으뜸으로 여겼으며, 우리나라의 여성문인으로는 신사임당(申師任堂)과 임윤지당(任允摯堂)을 대표적인 인물로 여겼다. 그러한 인식은 정일당시의 발문을 쓴 권우인(權愚仁)의 다음과 같은 글에서 확인할 수 있다.

아아, 예로부터 재능 있는 여성이 매우 많았지만, 조대가(曹大家)가 문장에 능하고 현철하여 여성학자로 이름이 있었고, 그 외에는 손가락을 꼽을 수 있을 정도이다. 우리나라에는 사임당과 윤지당 두 부인이 모두 덕행이 있었다.

嗚呼! 古之名媛甚多, 曹大家能文而賢, 以女師名, 其餘, 則指不必僂, 而我東有思任允摯兩夫人, 俱有德行.[2]

그런데 아래에서처럼, 권우인은 우리나라를 대표하는 여성문인 두 사람, 즉 사임당과 윤지당의 특장을 겸비한 인물로 정일당을 제시하고 있다.

그러나 사임당은 시에만 전념하였고, 윤지당은 저술이 널리 전파되어 가장 칭송되고 있다. 정일당은 이 시들 뿐만 아니라, 사서(四書)를 즐겨 읽어 주석을 붙인 것이 많으니, 두 부인이 능한 것을 겸비하였다.

1) 이하는 정일당으로 지칭함.
2) 權愚仁, 「靜一堂詩跋」, 『靜一堂遺稿』(성남문화원영인본, 2002)

而思任傳吟詠, 允摯播著述, 最有稱焉. 今孺人, 非特此詩, 好讀四書, 多有箚記, 兼兩夫人之所能.[3)]

권우인의 말에 따르자면 정일당은 우리 여성문학사를 대표하는 인물이라 하여도 지나치지 않을 것이다. 과연 어떠한 점들이 이러한 평가를 불러온 것일까. 여기에서는 정일당이라는 인물의 생애와 문학세계를 검토해보고 또한 그에 대한 문헌정보와 연구현황을 아울러 소개함으로써 그녀가 지닌 여성문인으로서의 위상을 재정립해 보고자 한다.

1. 생애

1) 생애의 중요 흐름

강정일당(姜靜一堂: 1772-1832)은 영조 48년(1772)에 충북 제천 근우면(近右面) 신촌(新村)에 있는 외가에서 태어났다. 본관은 진주(晉州)이며, 아버지는 재수(在洙), 어머니는 안동권씨 서응(瑞應)의 딸이다. 부계를 보면, 세조 때의 공신이며 유명한 문장가인 사숙재(私淑齋) 강희맹(姜希孟)이 10대조이고, 9대조 강귀손(姜龜孫)은 우의정, 8대조 강극성(姜克誠)은 의정부 사인을 지냈고, 7대조 강종경(姜宗慶)은 도승지에 증직되었고, 고조부 강석규(姜錫圭)는 지제교를 지냈다. 증조부 강계우(姜桂宇)는 진사였으나 조부 강심환(姜心煥)과 아버지는 벼슬길에 나가지 못하고 단명하여 가문이 점차 쇠락하였다.

3) 權愚仁, 같은 글.

정일당의 어머니는 옥소산인(玉所山人) 섭(燮)의 증손이며, 조선중기의 대유인 한수재(寒水齋) 권상하(權尙夏)의 아우인 참판 권상명(權尙明)의 현손녀이기도 하다. 부계와 모계가 모두 혁혁한 명문가로 정치적으로는 정통 노론의 계열에 속한다. 특히 부계 쪽으로는 시문을 주로 하는 문학의 전통이 강하였고, 모계 쪽으로는 기호학파 성리학의 전통이 강하게 이어졌는데, 정일당은 이러한 가문의 기풍을 이어받은 것으로 여겨진다.

어렸을 때의 이름은 지덕(至德)이었다. 그것은 어머니 권씨부인이 꾼 태몽에서 비롯된 이름이다. 권씨부인이 임신했을 때 돌아가신 두 어머니가 꿈에 나타나 "여기 지극한 덕을 갖춘 사람을 너에게 부탁한다."는 말을 전했다고 한다. 그 때문에 그의 이름은 지덕이 되었다. 어렸을 때부터 성품이 곧고 조용하고 단정하였으며, 기쁨과 노여움을 안색에 나타내지 않았다고 한다. 발은 문지방 밖을 나서지 않았고 가냘프고 병이 많았으나 정력은 다른 사람보다 지나쳐 여성의 본분을 가르치지 않아도 잘 하였다고도 한다.

여덟 살 때 이미 아버지로부터 『시경』, 『예기』 등의 경전에 나오는 구절을 배웠다고 전해진다. 또한 효행이 지극하여 부모님의 병수발을 지극히 하였으며, 부친상을 당하자 슬퍼함이 지나쳐 목숨이 위태로울 정도였다고 한다.

정일당은 1791년 그녀의 나이 20세 되던 해에 혼인을 하게 된다. 신랑은 충주에 살던 탄재(坦齋) 윤광연(尹光演)이었는데, 그때 나이 14세였다. 윤광연의 본관은 파평(坡平)이며, 자는 명직(明直)이다. 고려시대 윤관(尹瓘)과 윤언이(尹彦頤)가 먼 조상이며, 10대조 윤곤(尹坤)은 이조판서, 7대조 윤전(尹傳)은 사헌부 장령, 6대조 윤재신(尹在莘)은 현령, 조부 윤심진(尹心震)은 지중추부사를 지냈다. 아버지 윤동엽(尹東燁)은 대학자인 미호(渼湖) 김원행(金元行)의 제자였고, 어머니 천안전씨(天安全氏)도 호를 지일당(只一堂)이라고 하였는데 시문으로 명성이 높았다.

정일당의 친가와 시가가 모두 명문의 후예이기는 하였으나, 당대에는 벼슬길이 끊어지고 가세가 점차 기울어 경제적으로 몹시 곤궁하였던 것으로 여겨진다. 두 집안이 모두 가난하여 혼수를 마련할 수가 없었고 1793년 시아버지가 별세한 이후, 1794년 여름에 이르러서야 겨우 남한강 뱃길로 시집에 갈 수가 있었다. 모부인은 시집가는 딸에게 "시어머님을 잘 받들고 남편의 뜻을 어기지 마라. 여러 동서와 친척들에게 모름지기 너의 진심을 다하라. 가난이란 늘 있는 것이다. 언제나 운명에 맡기고 절대로 걱정하지 마라."는 말을 했고 정일당은 이를 죽을 때까지 잊지 않았다고 한다. 특히 시어머니 지일당을 극진히 섬겨 돌아가실 때까지 16년을 하루같이 봉양하였다. 남편에게도 공경을 다하여 외출하고 하룻밤이상 자고 오는 날이면 반드시 절하여 보내고, 돌아와도 그와 같이 하였다. 남편의 동생 두 사람에게도 우애가 독실했으며 시부모님이 세상을 떠난 후에는 더욱 잘 보살폈다.

시아버지의 상을 지낸 후에는 가계가 더욱 빈한하여 남편은 상복을 입은 채 충청도와 경상도를 분주히 오가며 생계를 도모했으나 가정 경제는 나아지지 않았다. 그럼에도 불구하고 정일당은 남편에게 "배우지 않으면 사람의 도리를 할 수가 없습니다."라고 하며, 자신이 바느질과 베 짜기를 밤낮으로 부지런히 하여 죽이라도 끓일 터이니 남편은 학문에 전념하라고 권한다. 남편이 학문에 전념하게 되자, 스스로 남편과 함께 학문을 논하고 스승과 벗들을 사귀게 하였다.

1798년부터는 결국 고향을 떠나 경기도 과천(果川)으로 거주를 옮겼다. 남이 버린 외딴 집을 빌려 살아야 했다. 행장에 의하면, 낮에는 호랑

이와 표범이 울고 밤에는 도깨비들이 울어대는 곳으로 보이는 것이 모두 황량했다고 한다. 또한 철마다 양식이 떨어져 빈궁하였고, 아이들도 9명이나 낳았으나 모두 1년이 되기 전에 죽어 하나도 제대로 키우지 못 하였다. 1809년에는 한결같이 모신 시어머니 지일당도 세상을 떠났다. 그러나 어려운 살림에도 불구하고, 각고의 가계관리와 철저한 저축을 통해 살림이 점차 나아졌다. 근검절약하는 생활을 하면서도 형제와 친척들의 혼례와 상례를 대신해준 적이 많았다. 나중에는 노력한 덕으로 서울 남대문밖 약현(藥峴)으로 이사 가서 탄원(坦園)이라고 명명한 정원이 딸린 집을 마련하여 살게 되었다.[4] 또한 광주 대왕면에 산을 사서, 3대 조상 7위의 묘를 이장하기도 하였다. 1822년에는 7월에는 심하게 병을 앓다가 사흘 동안이나 혼절하기도 하였다. 그 와중에 그녀가 평소에 기록해 두었던 많은 저술들을 망실하였기 때문에 크게 상심하는 일도 있었다.

그러다가 1832년 가을에 다시 심각한 병에 걸려 9월14일 한양의 약현리 탄원에서 세상을 떠났다. 그녀는 같은 해 10월30일, 광주 청계산 동쪽 대왕면(大旺面) 둔퇴리(屯退里)의 선영에 묻혔다. 그녀의 행장은 삼종형인 진사 강원회(姜元會)가 지었고, 묘지(墓誌)는 형조판서를 지낸 대학자 홍직필(洪直弼)이 찬술하였다.

2) 인적 교류와 그 계보

정일당은 여러 사람들과 인간적인 관계를 맺었다. 그녀가 주로 교류한 사람들은 친정부모와 시가의 부모, 남편 윤광연, 그리고 남편의 스승이

4) 이 시기를 정확히 상고할 수는 없으나 기록에 의하면 그녀의 막내딸이 탄원에서 출생했다고 하는데, 그녀의 막내딸은 1814년에 출생한 것으로 되어있다. 그러므로 대략 1814년 이전에 탄원으로 이사했다는 점을 알 수 있다.

었던 강재(剛齋) 송치규(宋穉圭)를 들 수 있으며, 같은 여성으로는 임윤지당(任允摯堂)을 들 수가 있다.

강정일당의 묘소

첫째, 그녀의 부모에 대해서는 이미 앞에서 살펴본 바 있다. 그들은 모두 명사의 후예이다. 이들의 영향 속에서 어린 시절을 보내면서, 문학을 중시하는 부계 쪽 가풍과 성리학을 중시하는 모계 쪽 가풍이 정일당에게 온전히 이어졌다. 행장을 보면 정일당이 그의 부모에게 받은 훈도의 내용이 간간히 나타나 있다.

두 번째, 시댁 사람들과는 혼인을 한 후에 인연을 맺었다. 시아버지 윤동엽(尹東燁)은 대학자인 미호(渼湖) 김원행(金元行)의 제자였다. 김원행은 노론 낙론 계열의 학통을 이은 대학자였다. 이점은 노론 호론 계열의 가문을 모계로 하여 태어난 정일당의 입장에서 볼 때 노론의 호락을 아우를 수 있는 중요한 계기이기도 하였다. 시아버지는 비록 일찍 세상을 떠났으나 생전에 정일당의 덕을 몹시 흡족하게 여겼다. 시아버지가 일찍 세상을 떠났으므로 정일당은 시집간 후 주로 시어머니를 모셨다. 시어머니 천안전씨(天安全氏)도 호를 지일당(只一堂)이라고 하였는데 시문으로 명성이 높았다. 정일당은 시댁의 최고 어른으로 16년 동안 시어머니를 한결같이 모시면서 문학적으로도 깊은 영향을 받은 것으로 생각된다. 이러한 점은 정일당이 시어머니의 시에 차운한 시를 지은 것에서도 확인된다. 그 시는 그녀의 문집『정일당유고(靜一堂遺稿)』의 시들 중에서도 가장 앞에 수록된 작품이며, 그 제목은 <시어머니 지일당의 시에 공경하며 차운함 (敬次尊姑只一堂韻)>이다. 시집에서 생활한 지 4년 되던 해에 지은 그 시의 내용은 아래와 같다.

배움이란 모름지기 인륜을 돈독히 해야 하니,
어린이를 자애롭게 또 노인을 안락하게 해야겠지요.
고삐 바로 하여 이 길을 가다보면,
이로부터 탄탄한 길 될 터이니.

下學須敦倫
慈幼且安老
直轡從此行
自始坦坦道

이시는 노(老)와 도(道)를 운자로 하였는데, 이 '노'와 '도' 운자는 그의 시어머니가 지었던 아래 시의 '노'와 '도'의 운자에서 비롯된 것이다.

봄이 오니 꽃은 활짝 피건마는
세월 가면 사람은 더욱 늙어만 가네.
탄식한들 장차 무엇 하리,

단지 한결같은 선한 길이 중요하네.

春來花正盛
歲去人漸老
歎息將何爲
只要一善道

두 작품 모두 도를 실현하는 것이 가장 중요함을 말하고 있다. 다른 점이 있다면, 지일당의 시에서는 연륜 있는 사람이 느끼는 인생의 무상감이 도의 소중함과 함께 표현되어 있는 데 반하여, 정일당의 시에서는 일상을 돈독하게 가꿔 가면서 미래를 개척해가는 젊은 사람의 튼실한 희망이 잘 나타나 있다.

세 째, 정일당의 생애에서 가장 많은 교분을 나눈 사람은 그녀의 남편 윤광연이다. 윤광연은 정일당보다 여섯 살이나 아래였다. 젊은 시절에 남편이 생업에 실패하자, 정일당은 삯바느질로 생계를 담당하고 남편에게는 학업을 권유한다. 남편이 학업에 정진하자, 그녀도 그 옆에서 바느질을 하며 함께 공부하였다. 그녀는 비록 옆에서 바라보는 위치이기는 하였으나, 비상한 재능을 지니고 있었고 나이도 여섯이나 위였으므로 학업의 성취가 늘 남편보다 앞서 나갔다. 윤광연이 중년이후에 학문을 열심히 하는 선비로 이름을 얻었던 것은 순전히 정일당의 덕이었다고 할 수 있다. 그리고 학문적 스승과 벗들이 있어야함을 강조하고 이를 적극적으로 후원하였다. 이러한 점에서 정일당은 남편 윤광연에게는 든든한 학문적 후원자였다고 할 수 있다.

그리고 이것은 정일당이 사력을 다해 가계의 생업을 꾸려나갔기에 가능할 수 있었다. 먹을 것이 없어 사흘 동안 아무 것도 먹지 못하던 살림이었지만 조금씩 나아져 갔다. 그래서 일곱이나 되는 조상들의 묘를 이장하고, 친척이 양자 들이는 일과 그들의 혼례와 상례 등을 돌보아주었다. 또한 먼 지방에 있는 스승, 친구들과도 자주 교제할 수 있었다. 그리고 나중에는 서울 남대문밖 약현(藥峴)으로 이사 가서 탄원(坦園)이라고 명명한 정원이 딸린 집을 마련할 수 있었다. 이러한 점에서 정일당은 남편 윤광연의 경제적 후원자이기도 했다.

정일당은 윤광연에게는 훌륭한 아내로서 인생의 반려자였다. 당대의 가치관에 비추어보아도 시부모와 남편을 지성으로 섬겼기 때문에 추앙받기에 모자람이 없었다. 제사 받들기와 손님 대접하기에 극진하였고 순종과 겸손으로 집안의 화목을 도모하였다. 윤광연에게 정일당은 단순히 좋은 인생의 반려자에 머무는 것이 아니라, 친구이자 선생이자 상담자와 같은 인물이었다고 할 수 있다. 그러한 점에서 그녀는 윤광연에게는 인생에서 멘토가 되었던 인물[5]이다. 그녀의 문집에 남아 있는 46건의 척독(尺牘)들은 바로 정일당이 남편 윤광연에게 주었던 멘토링의 구체적인 사례들이라고 할 수 있다. 그 외에도 정일당의 문집에는 남편에게 지어준 시문들이 여러 편 남아 있으며, 이것들은 다른 이와 주고받은 글 중에서 가장 많은 수를 차지한다.

또한 그녀가 '남편을 대신해서 지은 글(代夫子作)'들도 상당히 많이 남아있다. 대작은 한문학의 관습에서 종종 나타나는 글쓰기 형태이지만, 조선시대 여성문인 중에서 남편을 대신하여 지은 사례는 매우 드물다. 그녀의 문집『정일당유고』에는 척독 82편, 명(銘) 5편, 서(書) 10편, 기(記) 3편, 설(說) 1편, 제발(題跋) 2편, 묘지명(墓誌銘) 3편, 행장(行狀) 3편, 제

5) 조혜란, 「남편의 스승이 된 여인, 강정일당」, 『조선의 여성들, 부자유한 시대에 너무나 비범했던』(돌베개, 2004), 270~275면 참조.

문(祭文) 3편, 잡저 2편이 수록되어 있고, 시는 모두 38제가 수록되어 있다. 이중에서 남편을 대신해 지은 작품은 서 5편, 기 2편, 제발 2편, 묘지명 3편, 행장 3편, 제문 3편이다. 그리고 시 중에는 8제가 남편을 대신하여 지은 작품이다. 이러한 것으로 보면, 정일당의 작품 창작에 있어서, 남편이 그 창작의 동기가 되었던 경우가 매우 많았음을 알 수 있다.

이들 작품 대부분이 남편과 교류가 있었던 사람들을 대상으로 하여 지어진 것들이다. 대부자작 시들은 해석공 김재찬, 청한자, 이관하, 박병운, 안준갑, 고정식, 남편의 동갑친구 등 당대의 관료들이나 정일당이 직접 만나 교류하기 힘들었던 정일당의 '외부'에 속한 사람들이었다.[6] 그러므로 남편은 정일당이 외부세계와 교제하게 할 수 있도록 하는 통로와도 같은 존재였다. 그러한 점에서 남편을 대신하여 지은 글들은 사적인 영역의 글쓰기보다는 공적인 영역의 글쓰기였다고 할 수 있다. 그러한 이유 때문에 사적인 글과는 다르게 공적인 글쓰기의 규범과 격식에 보다 충실하려는 태도를 발견할 수 있다.

여러 가지 면에서 남편은 정일당이 문학작품을 창작하는 데 중요한 동기가 되었고 통로가 되었던 사람임을 알 수가 있다. 정일당이 세상을 떠난 후 정일당의 문집을 간행하기 위해 적극적으로 나섰던 사람도 남편 윤광연이다. 그는 집안 살림이 풍족하지 않았음에도 불구하고 4년 동안 노력하여 아내의 문집을 간행한다. 부녀자의 글은 세상에 공개하기 꺼렸던 당대의 문화적 관습에 비추어 보면 이러한 그의 행동은 특별한 바가 있다. 당대와 후대에 그녀의 글들이 세상에 알려지게 된 것은 온전히 그

6) 김남이, 「姜靜一堂의 '代夫子作'에 대한 고찰 - 조선후기 사족여성의 글쓰기와 학문적 토양에 관한 보고서로서-」, 『한국고전여성문학연구』제11집(한국고전여성문학회, 2005), 56면 참조.

의 덕분이었다고 할 수 있다. 여러 가지 정황으로 미루어 볼 때, 윤광연은 아내 정일당에 대한 애정이 몹시 깊었음을 알 수 있다. 정일당이 아프면, 떠나는 손님을 마다하지 않았고, 스승을 뵈려가는 일정을 취소하기도 했다. 또한 친정의 집안일에 대해서도 여러 가지로 세심하게 신경을 써주었다는 점에서 그것을 확인할 수 있다.

남편 윤광연은 부인과의 관계를 다음과 같이 묘사하였다.

> 나에게 한 가지라도 잘 하는 것이 있으면 기뻐하고 면려(勉勵)하였고, 나에게 한가지 허물이라도 있으면 걱정하여 문책하였다. 그래서 반드시 나를 중정(中正)의 바른 자리에 서게 하며, 천지간에 과오가 없는 사람으로 만들려 하였다. 비록 내가 우둔하여 다 실천하지는 못하였지만, 좋은 말과 바른 충고는 죽을 때까지 가슴에 새겼다. 이 때문에 부부지간에 마치 엄한 스승을 대하듯이 하였고, 조심하고 공경하여 조금도 소홀함이 없었다. 매번 그대와 대면할 때는 신명(神明)을 대하는 것과 같았고, 그대와 이야기 할 때는 눈이 아찔하였다.[7]

이러한 술회로 미루어 보면, 정일당은 남편이 학문과 수양에 몰두할 수 있도록 환경을 조성하고 과오를 범하지 않도록 충고를 아끼지 않았음을 알 수 있다. 특히 척독에는 남편에 대한 세심한 충고와 조언들이 잘 나타나 있다. 그러므로 위의 술회처럼 윤광연에게 정일당은 스승과도 같은 존재였음을 알 수 있다.

네 째, 남편 윤광연의 스승이었던 강재 송치규와도 관련이 있다. 정일

7) 강정일당, 『정일당유고(靜一堂遺稿)』, 「부록(附錄)」<제망실유인강씨문(祭亡室孺人姜氏文)>: "吾有一善, 則非徒喜之, 又加勉焉, 見吾有愆尤, 非徒憂之, 又從以責焉. 必使吾立於中正之域, 爲天地間無過之人. 雖吾闇劣, 未能悉從, 然嘉言格論, 終身服膺, 所以夫婦之間, 嚴若尊師, 肅肅祇祇, 罔或有忽. 每與君坐, 如對神明, 每與君語, 如眼瞑眩."

당은 공부하다가 의심나는 점이 있으면 남편의 스승과 벗들에게 질의하였다. 그러므로 강재 송치규는 정일당의 간접적인 스승이기도 하였다. 정일당의 문집을 보면 그녀가 『중용』의 계신장(戒愼章)과 상례(喪禮)에 대하여 질의한 것이 수록되어 있다. 그리고 남편을 강재의 문하에 보낸 것도 그녀였으므로, 실상 남편보다 먼저 강재의 존재를 알았을 가능성이 있다. 강재는 우암(尤菴) 송시열(宋時烈)의 6대손이었다. 그러므로 정일당은 율곡(栗谷) 이이(李珥) - 사계(沙溪) 김장생(金長生) - 우암 송시열로 이어지는 노론 정통 기호학파의 학풍을 계승했음을 알 수 있다.

다섯 째, 그녀는 같은 여성으로서 임윤지당(任允摯堂)을 사숙하였다는 것을 알 수 있다. 윤지당은 당대의 석학이었던 녹문(鹿門) 임성주(任聖周)의 여동생이다. 녹문 임성주를 비롯한 집안의 학자들과 학문을 논하면서 여성으로는 최고의 학문적 경지와 문학적 경지를 이룩한 인물이었다. 정일당은 윤지당보다 50여년 후에 태어났고 한번도 만난 적이 없었다. 그러나 그녀를 몹시 흠모하였고, 윤지당의 문집인 『윤시낭유고(允摯堂遺稿)』를 인용하기도 하였다. 그러한 점에서 사숙하는 관계였다고 할 수 있다. 윤지당 또한 노론계열의 정통 기호학파에 속한 인물이었고, 특히 같은 여성이었으므로 공감하고 통할 수 있는 여지가 충분했던 것으로 여겨진다. 정일당은 윤지당처럼 이기론(理氣論)에 침잠한 것은 아니었으나, 『중용』을 기반으로 하여 심성을 수양하고 도덕의 실천에 주력했다는 점에서 보면 서로 일맥상통하는 점이 많다. 그리고 "남녀의 품성은 차이가 없고, 여성도 성인(聖人)이 될 수 있다"는 윤지당의 발언은, 정일당의 생애에 중요한 삶의 지표가 되었다. 조선시대 남성 유학자들은 여성도 성인이 될 수 있다는 가능성에 대한 회의를 공공연하게 표현했다.

부인은 타고난 성품이 편협하고 바탕이 유약하다. 성품이 편협하니 의리를 깨우치기 어렵고, 바탕이 유약하니 선을 강제하기 어렵다.(婦人人性褊而質柔, 性褊則難於喩義, 質柔則難於彊善)[8)]

여성은 타고난 성품이 편협하고 바탕이 유약하여 남자들과는 달리 의리를 깨우치기 어렵고 선을 강제할 수 없다는 것이다. 그러므로 남성에 비해 여성은 성인이 되기 어려운 인간으로 인식되고 있었던 것이다. 이러한 인식은 당대인의 문집에 나타난 발언일 뿐이지만 사회적으로 널리 통용되던 생각이었다. 윤지당은 이러한 통념에 반론을 제기했던 것이고 정일당은 이에 공감했던 것이다. 이러한 점으로 보면 정일당은 학문적으로는 윤지당의 성리학을 계승하였다고 볼 수도 있다.

성남시 금토동 강정일당의 사당

8) 정범조, 『해좌집』, 「규감서」권 21(박현숙, 「강정일당 -성리학적 남녀평등론자」, 『여성문학연구』제11집, 여성문학학회, 2000. 62면. 재인용)

3) 인간상

정일당의 인간적 면모는 주로 경학자(經學者)로서의 모습, 심성수양자로서의 모습, 예의 실천자로서의 모습, 문인(文人)으로서의 모습, 서예가로서의 모습으로 나타난다.

첫째, 정일당은 경학연구자(經學硏究者)로서의 면모를 잘 보여준다. 정일당은 비록 늦은 나이에 학문을 시작했으나 유교의 13경(經)을 두루 읽으며, 깊이 침잠하고 연구하며 암송하였다. 또한 여러 전적들을 널리 보아 고금의 역사와 정치 변동을 손바닥을 들여다보듯이 밝게 알았다. 그녀는 13경을 다반사로 여기고, 요(堯) 임금이 마음을 설한 것과, 탕(湯) 임금이 성품을 논한 것 등에 대하여 정밀하게 설파하였다고 한다. 그중에서도 특히 『주례(周禮)』, 『이아(爾雅)』, 『춘추좌씨전(春秋左氏傳)』, 『근사록(近思錄)』, 『격몽요결(擊蒙要訣)』 등의 책을 탐독하였다. 이러한 점들 때문에 칭송하는 이들은 그녀의 학문이 경연(經筵)에 참여하여 임금을 돕고 이끌 만 하였다고 하였다.[9]

그녀는 많은 독서를 통하여 폭넓은 지식을 쌓았다. 그리하여 천지(天地), 귀신(鬼神), 주역(周易), 정전제(丁田制)로부터 곤충(昆蟲), 초목(草木), 역사와 경전의 어려운 이치와 일상생활에서 의심되는 모든 것을 남편과 더불어 궁리하고 토론하였다. 이러한 결과는 두 편의 책으로 만들어졌다. 그리고 이 책은 수양과 실천의 자산이 되었다. 또한 다른 사람들의 말이나 행실 중에서도 착한 것이 있으면 모두 수록하여 지침으로 삼았다. 이러한 방식으로 저술한 것들이 수십 책에 이르렀다. 그녀는 경전

9) 이영춘, 「강정일당의 생애와 학문」, 『조선시대사학보』 제13집(조선시대사학회, 2000), 137면 참조.

을 공부하고 이에 대한 많은 차기(箚記)를 남긴 것으로 알려져 있으나 유실되어 전해지지 않고 있다.

그녀의 행장을 보면 경전에 대한 그의 평소 언급들이 나타나 있다. 『소학』, 『대학』의 요체를 지적한 평소의 언급이 나타나 있고, 특히 『중용』에 대한 언급이 여러 차례 나타난다.

둘째, 심성 수양자의 모습이 잘 나타난다. 정일당은 심성의 수양에서 성(誠)과 경(敬) 공부를 중시하였다. 그 중에서도 경을 특히 강조하였다. 그녀는 사람의 마음(心)이 성정(性情)을 주재하는데, 경으로서 마음의 주체를 세우지 않으면 멀고 힘든 수행 과정을 갈 수 없다고 보았다.

정일당은 "문을 닫고 단정히 정좌하여 명상에 들어감으로서 성품이 발동되기 전의 경지를 체득(閑居無事, 闔戶端坐, 體認未發)"하는 심성수양 방식을 추구했다. 그렇게 하면 "정신의 기운이 화평하게 되어 혼연히 춥고 배고픔과 질병의 고통을 잊는다(神氣和平)" 고 하였다. 이러한 수양을 통해 그녀는 마침내 자신의 원초적 심성을 회복하고 마음을 자유자재로 조정하는 태연한 경지에 이르게 되었다. 또한 정일당은 실천위주의 공부 방식을 중시했다. 음식은 극도로 정결했고, 바느질도 극도로 정밀했다. 가정에서의 일상생활 모든 것이 지극히 정밀하고 철저하였다. 정일당은 바느질 솜씨가 탁월하였는데 이 일은 심성 수련의 과정이기도 했다.

정일당은 지극히 어려운 환경과 혈육이 전멸하는 비극 속에서도 스스로의 도리를 다할 뿐, 절대자에게 의존하거나 운명을 탓하지 않고 현실을 도피하지 않으면서 의연하게 성심을 다하고 남을 위하는 삶을 살아갔다. 이러한 흔들림 없는 삶의 궤적들은 튼튼한 심성수양에 바탕을 두고 있는 것이다.

셋째, 예학(禮學)의 연구와 예(禮)의 실천자로서도 중요한 면모를 보여준다. 그녀의 문집에는 남편 및 남편의 사우(師友)들과 예학(禮學)에 관해 문답하고 토론한 내용들이 많이 수록되어 있다. 그 주제는 상례의 복제(服制), 제주(題主), 초반(抄飯), 상식(上食), 대전(大奠)과 심의(深衣), 폭건(幅巾), 단의(褖衣), 화관(華冠) 등 복식에 관한 것이 많다. 그녀의 서간문과 척독들을 살펴보면 이러한 내용들을 풍부하게 언급하고 있다. 정일당은 그러한 글들에서 매우 까다로운 예학적 문제들에 대하여 심도 있는 질의를 하거나 스스로 답변을 하고 있다. 이러한 논의는 가례(家禮)의 일반적인 수준을 훨씬 넘어서는 것으로서 예학에 대한 상당한 학문 공력을 보여주는 것이다.

그녀는 예학을 공부할 뿐만 아니라 그의 실천에도 더욱 힘을 기울였다. 그녀는 평소의 생활에서 빠른 말이나 황급한 행동이 없었고, 노비들을 꾸짖지 않았다. 사랑채에서 음악과 연희가 떠들썩하더라도 문밖을 엿보는 일이 없었고, 밤에는 등촉을 들지 아니하면 섬돌 아래로 내려서는 일이 없었다. 또한 찌는 여름 날씨에도 낮에는 반드시 문을 닫고 지냈나. 말소리는 낮아서 중문 밖으로 나가지 않았고, 발걸음은 대문 밖을 나가지 않았다고 한다.[10)]

넷째, 그녀는 시문(詩文)에 매우 뛰어난 여성문인의 면모를 잘 보여준다. 이는 윤지당이 단 한편의 시도 남기지 않았던 점과 대비된다. 이러한 정일당의 풍모는 친가 쪽의 문예를 중시하는 가학(家學)적 전통과 한시(漢詩)에 능했던 시어머니 지일당(只一堂)의 영향에 의한 것으로 여겨진다. 그녀의 문집에 따르면 그녀가 처음으로 시를 짓기 시작한 것은 26세 때부터였는데 천부적인 재능 때문이었는지 별로 힘들이지 않고도 잘 지

---

10) 이영춘, 「강정일당의 생애와 학문」, 『조선시대사학보』제13집(조선시대사학회, 2000), 145면.

었다고 한다. 문장은 30세 이후부터 시작하였는데, 남편을 위해 대신 지은 것이 많았다.[11] 남편을 대신해 지은 글들이 많다는 점에서 그녀의 문장이 남편의 문장에 못지 않았음을 알 수 있다.

강원회(姜元會)는 정일당의 문학을 다음과 같이 말하였다.

> 아아! 성정의 바름은 『시경(詩經)』의 관저(關雎)에서 얻은 것이고, 성실을 밝힌 학문은 『중용(中庸)』에서 얻은 것이며, 안빈낙도(安貧樂道)하는 생활은 안회(顔回)의 단표누항(簞瓢陋巷)에 부끄럽지 않았다. 시에서 발휘한 것은 염락(濂洛)의 시풍에 넣을 만하고, 은구(銀鉤)의 필체에서는 경(敬)으로 내면의 심성을 수양하는 것을 알 수 있고, 서간문의 필적에서는 학문성취의 결과를 볼 수 있다.[12]

이러한 평으로 볼 때 정일당은 문학적으로도 뛰어난 성취를 보이고 있었음을 알 수 있다. 그리고 성리학적인 문학관에 바탕을 두고 성정을 함양하고 도야하는 문학적 풍모를 보였음도 확인할 수 있다.

다섯째, 정일당은 서예에서는 일가를 이룬 것으로 알려졌다. 그녀의 필체는 매우 강건하고 단정하였다. 그녀는 당시 명인들의 필체를 익혔다고 한다. 특히 그녀의 시조부였던 정심재(正心齋) 윤심진(尹心震), 도곡(道谷) 황운조(黃運祚), 간재(艮齋) 홍의영(洪儀泳), 천유(天遊) 권복인(權復仁) 등의 글씨를 많이 익혔다. 또한 남편의 스승이었던 강재 송치규와

---

11) 강정일당, 『정일당유고(靜一堂遺稿)』, 「부록(附錄)」<행장(行狀)> : "工於詩律, 不甚用功而自然成章. 文則三十後始爲之, 人有謁文於坦齋者而未及酬應, 則孺人或代撰而曰. 此非婦人事也. 或恐人之見知也."

12) 강정일당, 『정일당유고(靜一堂遺稿)』, 「부록(附錄)」<유인정일당강씨뢰문(孺人靜一堂姜氏誄文)> : "嗚呼! 性情之正, 得於關雎, 明誠之學, 得於中庸, 安於貧, 則不愧乎簞瓢之樂. 發於詩, 則可參濂洛之什, 銀鉤之書, 吾知其直內之敬, 尺竿之步, 吾知其向上之功."

심재(心齋) 송환기(宋煥箕)의 반행서(半行書)를 배우기도 하였다.[13] 결국 그녀는 강인하고도 단정한 필체를 완성하게 되었다. 그녀의 글씨는 자획의 굳세고 바르며 순수한 고풍이 있었고 여성들의 글에서 보기 쉬운 예쁘장한 자태는 찾아보기 어려웠다. 그래서 보는 사람들이 저절로 숙연히 공경하는 마음을 품게 한다고 칭송되었다.[14] 그녀의 글씨는 그녀가 세상을 떠난 후, 남편 윤광연에 의해 필첩으로 만들어졌으나 현재에는 전하지 않고 있다. 현재는 다만 문집의 부록에 판각된 '정일당(靜一堂)'이라는 글자와 "경인동강씨(庚寅冬姜氏)"라는 글자가 남아있으니, 총 8자가 남아 있는 형편이다. 그러나 그것만으로도 정일당의 웅건한 필체와 강인한 내면을 확인할 수 있다.

당대인의 글을 통해 언급된 정일당의 모습은 '여중군자(女中君子)'이며 전례가 없는 완벽한 여성상으로 나타난다.

> 부인은 문헌고가(文獻故家)에서 태어나 그 기상과 용모가 단엄하고, 그 언사가 간결 정직하며, 그 행동거지가 편안하고도 세심하였다. 행실은 일세에 표준이 되기에 충분했고, 문장은 대가들을 따르기에 충분하였다. … 재덕(才德)을 겸비하고 지행(知行)을 함께 닦은 이는 오직 부인이 있을 뿐이었다. 그러므로 부인과 같은 사람이 어찌 여중군자에만 그칠 수 있겠는가. 참으로 여사들 중에 전례가 없는 분이었다.[15]

---

13) 이영춘, 「강정일당의 생애와 학문」, 『조선시대사학보』 제13집(조선시대사학회, 2000), 149면.

14) 강정일당, 『정일당유고(靜一堂遺稿)』, 「부록(附錄)」 <유인정일당필첩발(靜一堂筆帖跋)> : "歲壬辰, 孺人下世, 坦園丈, 乃以孺人筆跡示余. 字劃勁正純古, 絶無柔媚之態. 今不覺凜然起敬, 如童年輩孺人時也."

15) 강정일당, 『정일당유고(靜一堂遺稿)』, 「부록(附錄)」 <행장(行狀)> : "孺人生于文獻故家, 端莊其氣貌, 簡正其言辭, 安詳其動止, 行足以標準一世, 文足以步驟鴻匠. … 惟才德兼備知行交須者, 余於孺人見之. 然則如孺人者, 奚止爲女中之君子. 實女史中所未有也."

2. 작품세계

정일당의 문학작품은 그녀의 문집인 『정일당유고(靜一堂遺稿)』에 수록되어 있다. 더 많은 글들이 지어졌으나 정일당의 생전에 이미 분실한 작품이 많았다. 그가 저술한 것이 대략 30여권에 이르렀다고 하지만 그 대부분이 생전에 유실되었고, 일부 유작들만 남편 윤광연에 의해 수집되어 간행되었는데, 그것이 바로 현재 남아있는 『정일당유고(靜一堂遺稿)』이다.

그녀의 문집을 보면 시나 운문은 총 43수가 수록되어 있는데, 형식으로 보면 오언절구 24제, 칠언절구 7제, 오언율시 4제, 사언고시 3제, 명(銘) 5편이다. 그리고 산문으로는 서(書) 7편, 척독 82편, 서(書) 10편, 기(記) 3편, 설(說) 1편, 제발(題跋) 2편, 묘지명(墓誌銘) 3편, 행장(行狀) 3편, 제문(祭文) 3편, 잡저 2편이 수록되어 있다.

1) 작품 세계의 시간적 변모

그녀의 시는 1797년부터 지어지기 시작하여 그녀가 세상을 떠나던 1893년까지 지어졌다. 연대가 확실한 작품을 대상으로 간략한 내용소개를 하면서 시작품의 연보를 구성해 보면 다음과 같다.

■ 시작품 연보

1797 경차존고지일당운(敬次尊姑只一堂韻): 학문에 대한 입지
1798 시과(始課) : 학문의 시작

1798 견서동피달(見書童被撻) : 학동에게 학문에 힘쓸 것을 훈계
1798 산가(山家) : 안분자족
1798 자려(自勵) : 권학
1798 성선(性善) : 심성수양
1798 정부자(呈夫子) : 남편에게 학문을 권함
1798 경정부자행가(敬呈夫子行駕) : 남편 경계, 당부
1798 제석감음(除夕感吟) : 수신
1822 우음(偶吟) : 수양
1822 우음(偶吟) : 수양
1822 독중용(讀中庸) : 학문, 수양
1822 시종손근진부(示從孫謹鎭婦) : 훈계
1823 야좌(夜坐) : 달관
1824 탄원(坦園) : 안분자족
1826 증박중로(贈朴仲輅) : 권학
1826 면제동(勉諸童) : 면학훈계
1826 정부자(呈夫子) : 남편에게 학문을 권함
1826 사해석김상공혜황신력(謝海石金相公惠貺新曆) : 수신 다짐
1826 시동경제우(示同庚諸友) : 권학
1826 근차장석군탄시운(謹次丈席涒灘詩韻) : 추모
1826 봉헌청한자존대인회갑수석(奉獻靑翰子尊大人回甲壽席) : 회갑송축
1826 제야우작(除夜偶作) : 달관, 자경
1826 탄원삼장(坦園三章) : 안분자족
1826 증안수재준갑겸시고신의(贈安秀才駿甲兼示高信義) : 권학
1830 제정초(除庭草) : 수양
1830 시성규질(示誠圭姪) : 훈계
1830 원조경정부자(元朝敬呈夫子) : 권면수양
1832 독중용(讀中庸) : 득도와 달관
1832 병후(病後) : 득도와 달관
1832 임오동임종시(壬午冬臨終詩) : 득도와 달관

위의 연보를 보면 시작품의 시대에 따른 변모 양상이 확연히 나타나는 것은 아니다. 다만 나타난 것으로만 보면 대략 세 시기로 나누어 볼 수 있다. 첫째는 초창기라고 할 수 있는 1797년부터 1798년 사이, 둘째는 중반기라고 할 수 있는 1822년부터 1826년 사이, 셋째는 종반기라고 할 수 있는 1830년부터 1832년 사이이다.

정일당은 혼인한 지 6년째 되던 해부터 시를 짓기 시작하였는데, 초창기의 작품들은 학문을 처음 시작하는 자세와 권학(勸學)을 위주로 하는 내용이 주로 나타난다. 그러다가 한동안의 공백기가 있었고 1822년부터 1826년 사이에 나타난 작품들을 보면 비교적 다양한 정서와 주제를 표현하고 있다. 그리고 또다시 한동안의 공백기가 있다가 1830년 이후로는 주로 득도와 달관의 경지를 노래하고 있음을 알 수 있다.

그러나 연대가 밝혀지지 않은 작품들도 많기 때문에 시 창작의 시대적 흐름이 일목요연하게 확인되는 것은 아니다.

정일당은 시뿐만이 아니라, 적지 않은 산문 작품도 남기고 있다. 이 또한 연대가 알려진 작품들을 시대순서에 따라 연보를 정리해 보면 아래와 같다.

■ 산문작품 연보

1803 사문왕복별지(師門往復別紙)1 : 심의(深衣)에 관한 문답
1808 여강취여서(與姜就如書) : 문상
1808 사문왕복별지(師門往復別紙)2 : 계신공구(戒愼恐懼)에 관한 문답
1808 서세첩후(書世牒後) : 세첩을 완성한 감회
1809 사문왕복별지(師門往復別紙)3 : 신주(神主) 작성에 관한 문답
1809 사문왕복별지(師門往復別紙)4 : 제례(祭禮)에 대한 문답
1809 사문왕복별지(師門往復別紙)5 : 제례(祭禮)에 대한 문답

1811 답이부평별지(答李富平別紙) : 상례(喪禮)에 대한 문답
1813 유인김씨묘지명(孺人金氏墓誌銘) : 추모
1814 여종중서(與宗中書) : 족보간행 문제
1814 서외왕고비유사후(書外王考妣遺事後) : 외조부모의 유사 번역 소감
1814 제무심옹홍공문(祭無心翁洪公文) : 추모
1814 제족제성관문(祭族弟聖寬文) : 추모
1815 여종인광주서(與宗人光周書) : 행장작성 문제
1815 상여예지(殤女瘞誌) : 죽은 딸을 애도함
1815 외고유인안동권씨행장(外姑孺人安東權氏行狀) : 회고와 추모
1816 여종인부산지겸(與宗人釜山之謙) : 문상
1820 제유취자김공윤추문(祭留取子金公允秋文) : 추모
1822 효자이군광명(孝子李君壙銘) : 애도
1822 공인이씨행장(恭人李氏行狀) : 회고와 추모
1824 여풍천종인택림(與豊川宗人澤霖) : 문안

위에 나타나 있듯이 산문 작품들은 1803년부터 1824년까지 지어졌다. 이것은 시들과 비교해볼 때, 주로 시작(詩作)의 공백기에 해당하는 시기이다. 알려진 바에 의하면, 정일당에게서 가장 두드러지게 시작의 공백기는 1799년부터 1821년 사이이다. 그런데 산문작품들이 지어진 1803년부터 1824년까지는 1822년과 1824년을 제외하면 시와 산문이 각기 창작시기를 달리하고 있다는 점에서 주목을 끈다.

물론 연대가 밝혀지지 않은 작품들 중에는 분명히 창작시기가 중첩되는 것들도 있을 것이다. 그러나 이런 점으로 보면, 정일당의 문학창작은 시와 산문에 주력하였던 시기가 각각 달랐다고 보아도 무방하지 않을까 한다.

위의 연보에서 확인되듯이, 산문 작품 창작의 시대적 흐름은 명확히

추출되어지는 것은 아니다. 시에 비하여, 작품의 주제나 소재, 그리고 글의 양식과 문체가 비교적 뚜렷하게 변화추이를 보여주는 것은 아니다.

2) 작품세계의 특성

정일당의 시세계를 전체적으로 살펴보면, 시의 주제는 ① 학문과 관련된 시, ② 안빈낙도와 자족을 읊은 시, ③ 수양과 수신의 뜻을 담은 시, ④ 기타 등의 네 부류로 나누어 볼 수 있다. 그 대표적인 사례[16)]들을 제시해 보면 다음과 같다.

① 학문과 관련된 시

경차존고지일당운(敬次尊姑只一堂韻): 학문에 대한 입지
시과(始課) : 학문의 시작
견서동피달(見書童被撻) : 학동에게 학문에 힘쓸 것을 훈계
자려(自勵) : 권학
정부자(呈夫子) -3수 : 남편에게 학문을 권함
경정부자행가(敬呈夫子行駕) : 남편 경계, 당부
증박중로(贈朴仲輅) : 권학
면제동(勉諸童) : 면학훈계

② 안빈낙도와 자족을 읊은 시

산가(山家) : 안분자족
야좌(夜坐) : 달관

16) 이러한 분류는 박현숙이 분류한 것(「강정일당 - 성리학적 남녀평등론자」, 『여성문학연구』제11집, 2004)을 기준으로 삼는다. 박현숙은 남편을 대신해 지은 시와, 사례와 송축의 시를 제외하고 나머지 작품들을 아래 제시된 바와 같이 분류하여 정리하였다.

탄원(坦園) : 안분자족
객래(客來) : 안빈낙도
제야우작(除夜偶作) : 달관, 자경

③ 수양과 수신의 뜻을 담은 시

성선(性善) : 심성수양
제석감음(除夕感吟) : 수신
병후(病後) : 체인성명
우음(偶吟) : 수양
독중용(讀中庸) : 학문, 수양
제정초(除庭草) : 수양
주경(主敬) : 수양
탄원전로통호강장(坦園前路通乎康莊) : 수양
성경음(誠敬吟) : 수양

④ 기타

시종손근진부(示從孫謹鎭婦) : 훈계
시성규질(示誠圭姪) : 훈계
청추선(聽秋蟬) : 자연감흥
앙공부자(仰孔夫子) : 공자찬양
임종시(臨終詩) : 후회, 각오
근차왕구계흡연초운(謹次王舊戒吸煙草韻) : 자경
우음(偶吟) : 추모

정일당의 한시를 전체적으로 보면 시의 주제는 거의 대부분 학문에의 집념, 심성수양, 자신과 남들에 대한 도덕적 훈계, 안빈낙도의 생활, 자연 속의 관조, 달관과 체험 같은 도학적 문제에 집중되어 있고 음풍영월류에 속하는 한가한 서경시나, 애정과 이별, 연모 등을 노래한 서정시는 하나도 없다.[17] 정일당 한시의 이러한 특성을 화산(花山) 권우인(權愚仁)은 다음과 같이 지적하고 있다.

> 비록 부인이 지은 것이기는 하나, 향수나 분가루의 냄새가 없고, 초야에 은거한 학자의 뜻이 보이니, 규중 여인들의 사랑타령이나 경치를 음영한 것은 비할 바가 아니었다.[18]

이러한 점에서 정일당의 한시는 성리학적 문학관을 충실히 따르고 있음을 알 수 있다. 이것이 조선시대 다른 여성문인들과 구별해주는 정일당만의 문학적 정체성이라고 할 수 있다.

정일당은 여성도 남성과 똑같이 성인이 될 수 있다고 생각했으며 삶의 목표를 성인(聖人)이 되는 것에 두었다. 그러한 생각은 다음과 같은 시에 잘 나타난다.

> 인성은 본래 다 착하니
> 최선을 다하면 성인이 되네.
> 인을 구하면 인이 여기에 있으니
> 이치를 밝혀 자신에게 정성을 다하리.
>
> 人性本皆善
> 盡之爲聖人
> 欲仁仁在此
> 明理以誠身[19]

---

17) 이영춘, 앞의 글, 40면.
18) 강정일당, 『정일당유고(靜一堂遺稿)』, 「부록(附錄)」<정일당시발(靜一堂詩跋)> : "誰婦人所作, 而無香奩粉脂之氣, 有山林藏修之意, 非慧閨才姬思懷詠物之比."
19) 강정일당, 『정일당유고(靜一堂遺稿)』, 「시(詩)」<성선(性善)>

정일당은 출가하기 전에 이미 가정에서 사사로이 한문교육을 받은 바 있다. 그러나 그녀가 본격적으로 유교경전을 독송하기 시작한 것은 남편 윤광연이 하던 일에 실패하고 학문에 전념하기 시작할 무렵이니 그녀의 나이 30이 지나서부터이다. 정일당은 남편 윤광연에게 학문을 권유하여 남편이 학문에 전념하게 되자, 그녀도 남편 옆에서 바느질을 하며 글 읽은 소리를 듣고 암송하며 남편과 함께 유교경전을 독송하였다. 아래의 시는 이 무렵(1798년)에 지은 것으로 생각되는 작품이다. 성인과 같이 되고 말겠다는 희망찬 포부가 시에 잘 나타나 있다.

서른에야 비로소 글을 읽기 시작하니
배움에 방향을 찾기 어렵네.
이제라도 모름지기 노력한다면,
아마 옛사람의 경지에 가까워지겠지.

三十始課讀
於學迷西東
及今須努力
庶期古人同[20]

위의 시에 나타난 옛사람, 즉 '고인(古人)'은 동아시아에서 관용적으로 사용되는 용어이며 바로 '성인(聖人)'을 지칭하는 개념이다. 이 시에는 학문을 새로 시작하는 희망찬 포부가 잘 나타나는 데 비하여, 다음의 시는 중년의 후회와 다짐이 함께 잘 부각되어 있다.

20) 강정일당, 『정일당유고(靜一堂遺稿)』, 「시(詩)」 <시과(始課)>

좋은 세월을 하는 일 없이 다 보내고
내일이면 내 나이도 쉰하나.
밤중에 후회한들 무슨 소용 있으리,
여생동안 내 한 몸 닦는 수밖에.

無爲虛送好光陰
五十一年明日是
中宵悲歎將何益
且向餘生修厥已[21)]

위의 시는 크게 병을 앓고 난 이후에 지은 작품이라고 한다. 그 다음의 시에는 인생의 말미에서 그녀의 생애를 돌이켜보며 자신의 학문 인생에 대한 회한이 잘 나타난다.

남은 생은 단지 사흘,
부끄럽게도 성현이 되기로 한 기약을 저버렸구나.
증자를 사모하였으나
이제 자리 바꿔 누울 때 되었네.

餘生只三日
慙負聖賢期
想慕曾夫子
正終易簀時[22)]

---

21) 강정일당, 『정일당유고(靜一堂遺稿)』, 「시(詩)」<제석감음(除夕感吟)>
22) 강정일당, 『정일당유고(靜一堂遺稿)』, 「시(詩)」<임오동 부자시여오절 일도면지 업지진 취여미급앙화의 홀어작야몽중 추차전운 기오이유기 수록이존지(壬午冬 夫子示余五絶 一道勉志業之進 就余未及仰和矣 忽於昨夜夢中 追次前韻 旣寤而猶記 遂錄以存之)>.

위의 시는 죽기 삼일 전에 지은 시라고 한다. 위의 시들로 보면, 정일당은 학문을 시작하면서부터 마치는 날까지 인생의 목표를 온통 성인이 되는 것에 두고 있었음을 알 수 있다. 정일당의 시는 이러한 점에서 성리학자들의 도학적인 시에 매우 근접해 있다. 성리학적 성향의 시풍은 다음의 시에서도 더욱 잘 확인할 수 있다.

작은 호미로 우거진 잡초를 뽑는데
쾌활한 빗줄기 흙먼지를 씻어주네.
염계 노인의 뜻에 못내 부끄러운데,
산속 띠 집으로 옛길이 열리네.

小鋤理荒穢
快雨灑塵埃
縱愧濂翁意
山茅舊逕開[23)]

위의 시에는 성리학자들의 관물(觀物)의 뜻이 잘 나타나 있다. 관물이라는 것은 각각의 개별 생물(分殊)로부터 생명의 크나큰 리일(理一)을 발견하고 생의(生意)를 바라본다는 의미이다. 소리개가 하늘에서 나는 것과 물고기가 연못에서 약동하는 것이, 비록 상황과 분수는 다른 것이라 할지라도, 모두가 같은 생의의 표현이라는 점은 다를 바 없다는 인식을 보여준다. 그리하여 성리학자들은 아무리 하찮은 생물 속에도 대자연의 위대한 생명의지는 살아 숨 쉬고 있다고 생각했다. 이것은 리일분수(理一分殊)라는 말로도 표현된다. 그러므로 주렴계는 자신이 거처하는 집

23) 강정일당, 『정일당유고(靜一堂遺稿)』, 「시(詩)」<제정초(除庭草)>.

마당에 잡초가 무성해도 이를 제거하지 않았던 것이다. 왜냐하면 하찮은 잡초도 결국은 거대한 우주의 생명 의지가 살아 움직이고 있으며, 그렇게 주렴계는 끊임없이 생성하는 우주의 흐름에 융화하여 일체가 되고 싶었기 때문이다. 그러나 이 시에서는 잡초를 제거하면서 부끄럼을 느낀다고 표현했다. 그리고 이와 동시에 "산속 띠 집이 열리네" 라고 하며, 자신도 결국은 옛 성현의 경지를 추구하고 있음을 표현하고 있다.

다음의 작품은 정일당의 나이 56세에 지은 것으로 한양의 탄원에 작은 집을 마련하고 기거하면서 안빈락도(安貧樂道)하는 삶의 태도를 보여주며, 경전을 읽으면서 유유자적하는 삶의 자세를 잘 보여준다.

탄원은 그윽하고 또한 고요해서,
단아함이 지인(至人) 살기에 적합 하네.
홀로 천고의 전적을 탐구하며,
서까래 성근 초막에 높이 누웠네.

坦園幽且靜
端合至人居
獨探千古籍
高臥數椽廬24)

여기에서 정일당의 모든 시를 다 다룰 수는 없다. 그러나 그의 시를 전반적으로 검토해 보면, 그의 시는 이미지나 정감을 중시하며 가슴에 호소하는 당시(唐詩)풍을 닮지 않고, 주제를 중시하며 이성에 호소하는 송시(宋詩)풍을 닮았다는 것을 알 수 있다. 당시와 송시는 한시에서 중요한

24) 강정일당, 『정일당유고(靜一堂遺稿)』, 「시(詩)」 <탄원(坦園)>.

두 가지의 범주로서 흔히 거론되어 왔다. 특히 당시는 '가슴에 호소하는 시', '보여주는 시' 라고 한다면 송시는 '머리에 호소하는 시', '말하는 시' 라고 할 수 있다. 정일당의 한시는 '머리에 호소'하며, '말하는 시'라 할 수 있다. 그러므로 남녀 간의 사랑이라든가 하는 정감을 적극적으로 발휘한 시를 찾기 어렵다.

또한 여성의 작품이면서도 양반사대부 남성의 시와 그 아취를 함께하고 있다는 점이 그 시 세계의 중요한 특징이다. 남편을 대신해서 지은 시는 물론이거니와 시의 미의식이 양반사대부 남성의 미의식과 거의 흡사하다. 그래서 입지(立志), 낙도(樂道), 수양(達觀) 등을 시화하였고, 문학을 이른 바 '도를 담는 그릇(載道)'이라는 입장에서 시를 썼음을 알 수 있다.

정일당의 산문문학은 서(書), 척독(尺牘), 기(記), 설(說), 제발(題跋), 묘지명(墓誌銘), 행장(行狀), 제문(祭文), 잡저(雜著) 등 유형별로 다양한 작품들이 전해지고 있다. 대체로 문체가 강건질박하고 도학적인 취향이 잘 나타나 있다. 작품의 내용은 높은 학문, 뛰어난 시혜, 영민한 저신, 엄격한 예의범절, 인자하고 효성스런 품성, 검소하고 청아한 생활풍습, 예리한 충고, 지극한 효성, 정성어린 내조 등에서 기인된 우아하고 격조 높은 생활전서가 은밀히 배어 있다.[25] 정일당의 인품과 생활정서가 특히 잘 나타나는 글로는 서간과 척독이 있다. 서간은 주로 남편을 대신해서 지었고, 척독 76편은 모두가 남편에게 보낸 글로 간결하게 작성되었다. 그 내용은 권학(勸學), 학문에 대한 집념, 예의범절, 충고와 조언, 상례와 제례, 수양, 도의 체득, 교육, 효행, 내조, 남녀평등을 주제로 하여 구체적인 사안을 다루고 있다.

---

25) 조평환, 「강정일당 시문의 내용적 특성에 관한 연구」, 『온지논총』제12집(온지학회, 2005), 69면.

> 적이 듣기에 이번에 선생님을 뵙고 오시면서 '비례물시청언동(非禮勿視聽言動)'이란 글귀를 얻어 그것을 새겨 걸려고 하신다니 참으로 잘한 일이라고 생각됩니다. 이 네 구절은 안자의 질문에 대한 공자님의 답변으로, 안자가 성인의 경지로 나아가기 위해 평생 힘쓸 바가 무엇인지 물은데 대한 응답이었습니다. 더욱이 돌아가신 시할아버지께서도 일찍이 이 구절로 스스로 힘쓰시고 또 후학들을 가르치셨습니다. 바라건대 당신은 공자께서 안자에게 전한 이 귀중한 말씀을 받들고, 선조께서 지극한 경계의 말씀으로 삼은 것을 생각하시고, 스승께서 힘쓸 것을 당부하신 뜻을 받들어, 밤낮으로 해이함이 없이 잘 지켜 나갔으면 합니다.[26)]

위의 글은 사물잠(四勿箴)의 실천을 권면한 것이다. 남편이 성심으로 학문에 주력할 수 있도록 권면하기 위해 보냈던 것이다. 여기에서 정일당의 남다른 지혜와 유학에 대한 식견을 확인할 수 있다.

정일당은 예학(禮學)에 대한 공부에도 많은 공력을 기울였으며, 예법이 천리의 절도이고 형식이므로 먼저 예법 여부를 밝힌 연후에 자기의 사욕을 끊고 천리를 실천해 간다면 정도에 이를 수 있다고 보았다. 정일당은 남편이 아내를 배려하는 일이라고 할 지라도 예에 어긋나면 묵과하고 넘어가지 않았다.

> 스승이란 도가 있는 곳으로서 임금이나 아버지와 일체입니다. 스승을 찾아뵙는 것은 어버이를 찾아뵙는 것과 다를 바 없는데 어찌 제 병 때문에 그만 둘 수 있겠습니까? 지금 비록 병세가 중하기는 하지만 죽을 정도는 아닙니다. 당신께서 도를 듣는다면 설사 죽는다고 하여도 도리어 영광이니, 급

26) 강정일당, 『정일당유고(靜一堂遺稿)』, 「서(書)」, <부자서(夫子書)>: "竊問, 今番師門之行, 受來非禮勿視·聽·言·動字, 將以刻揭書室, 伏切喜幸. 此四句, 孔聖所以答顏子, 而顏子所以終身請事, 進於聖人者也. 且王舅府君, 嘗書此自勉, 以敎後人. 伏願, 夫子仰孔顏傳受之重, 念先世箴戒之至, 承師門勉勵之意, 日夜靡懈, 常目在是."

히 탈 것을 준비시켜 길 떠날 준비를 하십시오.27)

위의 글은, 남편이 자신의 병세가 심상치 않음을 보고 스승을 찾아뵙기로 했던 약속을 지키지 않으려 하자, 사사롭게 아내를 생각하느라 대의를 그르치는 것은 군자의 도리가 아님을 일깨워 주기 위해 보냈던 척독이다. 정일당은 남편이 하는 일이라고 하여도 옳지 않은 일에 대해서는 즉시 편지로 직언하였다. 그러므로 정일당은 아내의 도리를 잘 이행한 현모양처였을 뿐만 아니라, 때로는 스승의 역할을 했다는 것을 알 수 있다.

또한 그녀의 척독에는 남녀평등의 문제를 제기한 글도 있어서 주목을 끈다. 하늘로부터 부여받은 사람의 성품은 본래 남녀의 차별이 없기 때문에 여성도 끊임없이 정진해 나간다면 성인(聖人)의 경지에 도달할 수 있다는 것이다. 이것은 근대적인 남녀평등사상의 일단이 드러난 글이라고 할 수 있다.

윤지당이 이르기를, '내가 비록 여자의 몸이나 하늘로부터 받은 성품이야 애초 남녀의 차별이 있는 것이 아니다.' 라고 하였고, 또한 '여자로서 태임(太任)과 태사(太姒) 같은 사람이 되기를 기약하지 않는 사람은 모두 스스로를 포기한 사람이다.' 라고 했습니다. 그렇다면 비록 여자라도 노력만하면 역시 성인의 경지에 도달할 수 있지 않을까 하는데, 당신께서는 어떻게 생각하시는지요.28)

---

27) 강정일당, 『정일당유고(靜一堂遺稿)』, 「척독(尺牘)」, 39면 : "師者, 道之所在, 與君父一體, 尋師之行, 如省親無異, 則何可以賤疾停驂也. 今病雖甚, 未必死如, 夫子聞道, 則雖死猶榮, 願趣駕戒程焉."

28) 강정일당, 『정일당유고(靜一堂遺稿)』, 「척독(尺牘)」, 47면 : "允摯堂曰, 我雖夫人, 而所受之性, 初無男女之殊. 又曰, 婦人而不以任姒自期者, 蓋自棄也. 然則雖婦人而能有爲, 則亦可至於聖人, 未審夫子以爲如何."

정일당의 시문을 보면 성리학적 심성관에 바탕을 두고 감정을 되도록이면 절제하는 글들을 많이 썼음을 알 수 있다. 그래서 사실상 정일당의 내면 정서를 핍진하게 드러낸 글을 찾기는 쉽지 않다. 정일당은 친정이나 시집이 몹시 가난하여 생계에 큰 어려움을 겪으며 살았다. 그러한 가난에 5남 4녀를 낳았으나 자식들마저 줄줄이 저승의 객이 되어 떠났다. 그러한 서글픈 정상은 비록 애이불상(哀而不傷)의 방식으로 표출되어 절제미가 보이기는 하지만, 작가의 비통한 심정이 비교적 잘 나타나 있는 글이다.

아아! 이것은 파평 윤광연의 영아 무덤이다. 그 아이의 이름은 계숙(季淑)이고 어머니는 강씨다. 갑술년 8월 29일 약현(藥峴) 탄원(坦園)의 집에서 태어났다. 단정하고 총명하여 서너 달 만에 능히 부모의 얼굴을 구별하여 울다가도 부모를 보면 울음을 그쳤다. 가까이 하면 웃음을 띠고 멀리 하면 눈동자를 흘기니, 이것이 바로 주자가 말한 바 지각이 없는 아이들도 부모를 보면 웃는다고 한 것이 아닐까. 이전에 5남 3녀를 낳았으나 모두 말도 배우기 전에 죽어, 아버지 어머니 소리를 들어보지 못하였다. 이 아이가 최후에 태어나자 잘 자라기를 바라면서 기울인 애정은 사내아이와 같았다. … 죽은 날은 을해년 정월 초나흘이니 한 돌이 되지 못하였다. 광주에 땅이 있으나 경제적 형편이 어려워서 마을 남쪽 탁봉(坼峰) 오른 족 산 자락에 가매장하였다가 같은 달 14일 이곳에 정식으로 매장한다.

… 슬픔은 넘쳐서 그치지 못하고 글을 지어 새기니 인정에 빠져서 지나친 것은 아닌지 모르겠다. 후세 사람들은 이를 잘 살펴서 쟁기로 파헤치지 말기 바란다. 아비는 파평 윤광연으로 자는 명직(明直)이다.[29]

29) 강정일당, 『정일당유고(靜一堂遺稿)』, 「墓誌銘」, <상녀예지(殤女瘞誌)> : "嗚呼, 此坡平尹光演殤女之藏也. 其名季淑, 母曰姜氏. 甲戌八月二十九日, 兒生宇藥峴坦園之第. 形端正, 內明慧, 三四朔, 能辨其父母顔, 雖啼號, 見父母, 輒止其聲. 近之, 則孩笑, 遠, 則流眄. 朱夫子所謂, 無知之兒見父, 則笑者耶. 前此, 擧五男三女, 俱未言而夭, 父母未聞呼父母聲, 兒最後生, 冀其長而寄懷愛之同男子. … 死之日, 乙亥正月初四, 計其歲, 未朞也. 廣陵有家阡, 力不能致, 淺埋于村南坼峰之右麓, 厥

가족주의가 굳건하게 정립되어 있었던 조선시대 사람들에게 자손의 번창이라는 것은 행복의 필수적인 요건이었다. 가난한 살림에 자식도 없이 부부만 적막하게 의지하며 살아가야 했으니 이들 부부의 평탄한 삶은 아니었다. 그러나 정일당의 삶이 불행했던 것만은 아니다. 학문을 하는 남다른 즐거움이 있었고, 또한 한양 약현의 탄원(坦園)에 거처하던 무렵은 그래도 평온한 삶을 보내던 시기였다. 이 시기에 탄원을 소재로 하여 지은 시와 산문들이 여러 편 산출되었다. 이들 작품들은 대체로 안분자족(安分自足)하고 유유자적(悠悠自適)하면서 삶의 여유를 느끼고 달관의 경지를 지향하는 모습을 보여주고 있다. 특히 <탄재기(坦齋記)> 에는 이러한 모습이 잘 형상화되어 나타난다.

> 탄(坦)이라는 글자의 뜻은 무엇인가? 일상생활에서 군자는 항상 평탄하고 호탕해야 하는 것이다. 시험 삼아 탄원을 한번 살펴보면, 그 토양은 박하고, 그 수목은 구불구불하며, 그 가옥은 협소하다. 뚜렷이 높은 것은 부앙대(俯仰臺)와 중화단(中和壇)이며, 험하게 솟은 것은 기돈(起墩)과 문부(文阜)이다. 향긋한 소로는 그윽하고 굽으며, 작은 언덕과 시내가 옆으로 정원을 가르고 지나가니 평탄하다고 할 수는 없을 것이다.
>
> 그러나 주인이 평탄한 도를 실천하니, 황량한 계곡과 궁벽한 골짜기가 험악한 것이 될 수 없고, 좁은 집과 가시 사립문이 협소할 수 없다. 바야흐로 장비를 갖추어 말을 타고 곧장 진행하여 인의(仁義)의 경지로 나아가 보라! 그 투박하고 구불구불하며 협소하고 뚜렷하면서도 뾰족한 것들이나, 깊고 기울어진 것이 모두 평탄한 길 아님이 없을 것이다.[30]

十四日, 因其地完瘞焉. … 悲悲而不能捨, 從以文而誌之, 無乃過於情歟! 庶幾後人之諒此, 而勿使畊犁之及而壞夷也. 父坡平尹光演明直.

30) 강정일당, 『정일당유고(靜一堂遺稿)』, 「기(記)」, <탄원기(坦園記)> : "坦之義何. 居焉, 君子坦蕩蕩爾. 嘗試觀乎坦園, 則其土㖏, 其樹樛, 其屋隘. 有隆然高者, 俯仰臺, 中和壇也. 有崒然峙者, 起墩文阜也. 薰珮逕幽而谷, 小崑溪側而折園, 不可爲坦矣. 然而主人以坦坦心, 行坦坦道, 荒谿窮谷, 不爲嶮, 主竇蓽戶, 不爲阨. 方將戒

위의 글을 통해서 우리는 가파른 삶의 현실도 여유를 가지고 평탄하게 바라보는 작가의 시선을 확인할 수 있다. 이러한 태도에서 한걸음 더 나아가 즐거움의 경지에까지 이르는 달관의 태도도, 이어지는 구절들을 통해 확인 할 수 있다.

> 돌을 쌓으면 산을 만들 수 있으며, 샘물을 끌어오면 못을 만들 수 있고, 꽃과 과일 나무를 심고 채소와 약초를 기르면, 한가한 생활 속에서도 가정 경제에 도움이 된다. 거문고 타고 술 마시며 독서하는 사이에 날마다 재야의 친구들과 소요 자적하게 되면, 모두가 공경 벼슬과 작록을 하찮게 여기게 될 것이다. 이것이야말로 탄원주인의 참된 즐거움이다. 저 살찐 말 타고 좋은 옷 입고서 쉽게 벼슬을 즐기는 자들은 한번 풍파를 만나면 엎어지고 자빠져서 일어나지 못하게 되리니, 어찌 이 정원에 살면서 탄탄한 마음을 잃지 않은 사람과 같을 수 있겠는가! 『주역』에 말하기를, "정도로 살면 앞날이 평탄하다" 하였고, "구원(丘園)으로 달려간다" 하였으니, 주인은 모름지기 그렇게 살지어다.[31]

정일당의 산문들은 문체가 질박(質朴) 강건(剛健)하고 도학적(道學的)인 취향이 있다. 산문들 중에서도 특히 문학적 아취(雅趣)가 충만한 것으로는 앞에서 거론한 <상녀예지(殤女瘞誌)>, <탄원기(坦園記)>외에도 <만성재기(晩醒齋記)>, <연설시이동자불억(硯說示李童子弗億)>이 있다. <만성재기(晩醒齋記)>는 처사 홍종선(洪宗善)의 재실(齋室) 기문(記

珍, 駕馭直轡, 乎驅乎仁義之域. 其視喁者樛者隘者隆然而然者, 或幽而或側者, 無往而非坦塗也."

31) 강정일당, 『정일당유고(靜一堂遺稿)』, 「기(記)」, <탄원기(坦園記)> : "壘石可以爲山, 引泉可以爲池, 裁花接果, 種菜鋤藥, 可以爲閑中經濟. 琴酒圖書之間, 日與山朋野客逍遙自適, 皆可以傲公卿輕爵祿, 是則坦園主人之眞樂也. 彼乘肥衣輕, 康莊而遨嬉者, 一遇風波, 顚踣不振, 豈若棲遲一園之中, 而不失坦坦之地哉. 易曰 履道坦坦. 又曰 賁于丘園. 坦園主人以之."

文)인데, 성경(誠敬)과 자성(自醒)으로 수양하며 안분자락(安分自樂)하는 군자의 생활을 잘 표현하였다. <연설시이동자불억(硯說示李童子弗億)>은 어린아이 이경현(李敬鉉)에게 조상의 유품인 벼루의 의미를 일깨워 주고, 벼루의 세 가지 덕인 정(貞), 정(靜), 중(重)에 가탁하여 수양과 학문에 분발할 것을 당부한 교훈적인 글이다. 이글은 특히 문학적 형상화가 잘 이루어진 작품이다.

정일당의 시(詩)와 문(文)은 도학적인 심성의 수양을 강조하고 성정의 도야를 추구하는 글들이 많다는 점에서 공통점을 지니고 있다. 이러한 정일당의 문학세계는 감성과 이미지를 중시하는 당시풍보다 주제를 중시하는 송시풍에 가깝다고 하겠다.

3) 문학사적 위상

동서양을 막론하고 전통시대에는 학문과 교육이라는 것은 남성들만의 전유물이었다. 특히 조선시대의 여성들은 제약이 더욱 심했다. 정상적인 교육을 받고 학문 활동을 할 기회가 거의 없었다. 이러한 환경 속에서도 극소수의 양반 부녀자나 기녀들 중에는 사적인 교육을 통해 유교 경전을 이해하고 시문을 남긴 사람들이 있었다. 시서화에 모두 능했던 신사임당(申師任堂, 1504-1551), 한시에 능했던 허난설헌(許蘭雪軒, 1563-1589)과 정부인(貞夫人) 장씨(1598-1680), 기생으로서 시에 능했던 황진이(黃眞伊)와 매창(梅窓, 1573-1610)이 그러한 여성문인들이다.

18세기에 이르면 양반사대부 부녀자들이 학문과 문예활동에 참여하는 사례들이 급격하게 증가한다. 높은 수준의 성리학적 저술을 남긴 임윤지당(任允摯堂, 1721-1793)과 강정일당(1772-1832)을 비롯하여, 남의 유당(南意幽堂, 1727-1823), 이사주당(李師朱堂, 1739-1821), 서영수합(徐令壽合, 1753-1823), 이빙허각(李憑虛閣, 1759-1824), 김삼의당(金三宜堂, 1769-1823)같은 인물들이 그러하다.

이러한 18세기의 현상들은 고급교육이 여성들에게 점차 확산되기 시작했다는 점을 보여주며, 여성들 자신의 의식성장을 반영하는 것이기도 하다. 특히 윤지당이나 정일당은 성리학을 깊이 있게 연구하여 여성들의 자질이 남성들과 다름이 없으며 여성도 학문과 수양을 통해 요순과 같은 성인이 될 수 있다는 강한 자아의식을 표방하였다. 위에서 제시한 여성 지식인들이 시문이나 가정관리에 관한 저술을 남긴 데 비하여, 윤지당과 정일당은 본격적으로 성리학을 연구하여 높은 경지에 다다랐던 인물로서 조선후기 여성의 지성사에서 특별한 위치를 차지하고 있는 인물들이다.

성리학과 심성수양의 측면에서 윤지당과 정일당은 공통점을 지니고 있다. 그러나 윤지당은 학문에는 뛰어났으나 시를 남기지는 않았다. 윤지당에 비하여 정일당은 학문과 시서에 모두 뛰어났다는 점에서 새로운 평가를 받은 인물이다. 그러한 점에서 정일당은 흔히 사임당의 시서와 윤지당의 학문을 겸비한 인물로 평가되기도 하였다. 또한 글을 쓰는 내용이나 성향도 사대부 남성의 글쓰기와 거의 유사하다는 점에서 종래의 여성문인들과는 다른 특성을 보여준다.

3. 문헌정보

정일당의 저술은 원래 수십 책에 이르렀다고 한다. 그러나 이들은 그녀가 살아있을 때 이미 유실되어 그녀의 학술과 문학의 내용에 대한 전모를 알기는 어렵다. 현재 남아있는 것은 남편 윤광연이 편찬한 그녀의 문집 『정일당유고(靜一堂遺稿)』가 유일하다. 정일당유고는 1836년에 1권의 목판으로 처음 간행되었다. 원집 41장(82면), 습유 3장, 부록 26장, 서적(書跡) 2장, 발문 2장으로 구성되어 있다. 그후 1926년에 1권의 신활자본이 중간된다. 습유를 원집에 포함하여 36장, 서적 2장, 부록 27장, 발문 3장으로 구성되어 있다. 부록에는 초판에서 빠진 여러 사람들의 만사(輓詞)와 전기(傳記) 등이 수록되었다.

그 후 정일당유고는 1988년 허미자 교수에 의해 『조선조여류시문전집』 3에 서울대소장본이 수록되어 세상에 널리 알려지게 되었다. 그 뒤에 2002년에 이르러 성남문화원[32]과 이영춘[33]이 한국학중앙연구원소장본을 대상으로 하여 번역본을 간행하였다. 번역본 간행을 전후로 하여 여러 연구 논문들도 산출되었다. 그중에서 대표적인 것들을 정리해보면 다음과 같다.

전승길, 「정일당유고(靜一堂遺稿)」, 『국학자료』 3-1(문화재관리국 장서각, 1974).

이영자, 「정일당의 문학연구」(홍익대학교교육대학원 석사논문, 1989).

이영춘, 「강정일당의 생애와 학문」, 『조선시대사학보』 제13집(조선시대사학회, 2000).

박현숙, 「임윤지당과 강정일당의 문학의 사상적 기반」, 『한중인문학연구』 제9집(한중인문학회, 2002).

박현숙, 「강정일당 - 성리학적 남녀평등론자」, 『여성문학연구』 제11집(한국여성문학회, 2004).

32) 성남문화원, 『국역 정일당유고』(삼문인쇄, 2002).

33) 이영춘, 『강정일당, 한 조선 여성지식인의 삶과 학문』(가람기획, 2002).

조혜란, 「남편의 스승이 된 여인, 강정일당」, 『조선의 여성들, 부자유한 시대에 너무나 비범했던』(돌베개, 2004).
김남이, 「姜靜一堂의 '代夫子作'에 대한 고찰 - 조선후기 사족여성의 글쓰기와 학문적 토양에 관한 보고서로서-」, 『한국고전여성문학연구』제11집(한국고전여성문학회, 2005).
조평환, 「강정일당 시문의 내용적 특성에 관한 연구」, 『온지논총』제12집(온지학회, 2005).

이들 연구들은 정일당의 문학세계와 학문세계를 밝히는데 적지 않은 기여를 하였다. 그러나 아직도 연구되어야 할 것은 많이 남아있다. 특히 주선후기 쇠퇴한 양반가 여성의 생활사적인 관점에서도 정일당은 연구해볼만한 가치가 있다. 그리하여 여성의 삶이 구체적으로 어떻게 문학활동과 학문 활동으로 연결되고 있는가 하는 점은 흥미로운 연구 주제라고 할 수 있다.

에필로그

지금까지 필자는 경기도와 인연을 맺었던 여성문인 정일당의 삶과 문학에 대해 살펴보았다. 정일당이 맺은 경기도와의 인연은 힘든 시기에 순탄치 못했던 고달픈 인연이었다고 할 수 있다.

정일당은 새롭게 변화하는 조선후기의 여성상을 잘 보여주고 있는 인물이다. 그녀는 여자도 학문과 수양을 통해 성인이 될 수 있다고 생각하였고, 스스로 여중군자(女中君子)가 되고 성인(聖人)이 되기 위하여 매진하였다. 이것은 여성의 근대적 자아를 발견하고 또 이를 완성하려 했던,

강정일당 추모비

중요한 역사적 징후였다고 할 수 있다. 또한 성리학적 남녀평등관의 발로로서 근대적 남녀평등관과 더불어 새롭게 조명되어져야 할 인식론적 변화이다.

정일당의 문학은 성리학에 바탕을 둔 도학적인 문학 세계를 보여준다는 것도 주목할 만한 점이다. 성리학적 문학관의 측면에서 보면 또한 여성문학세계의 새로운 확장을 이룩하였다. 그런 점에서 조선시대 남성사대부 문학과의 변별성을 찾는데 어려움이 있는 것도 사실이다. 이것은 한편으로는 여성 특유의 섬세한 정서와 감각을 희생하고 얻은 성과라는 점에서, 과연 여성문학이 지향해야 할 바가 무엇인지를 더 고민하게 만드는 인물이기도 하다.

황진이(黃眞伊)

- 프롤로그
1. 생애
2. 작품세계
3. 문헌정보
4. 현대의 문화적 변용
- 에필로그

프롤로그

청초(靑草) 우거진 골에 ᄌᆞᄂᆞᆫ다 누엇ᄂᆞᆫ다
홍안(紅顔)을 어듸 두고 백골(白骨)만 뭇 ᄂᆞᆫ다
잔(盞) 잡아 권(勸)ᄒᆞ리 업스니 글을 슬허 ᄒᆞ노라

이 시조는 널리 알려져 있듯이, 백호(白湖) 임제(林悌)가 선조16년(1583)에 평안도 도사로 부임하는 길에 송도(松都) 큰 길가에 있는 황진이의 무덤을 지나면서 지은 것이다. 이 시조로 황진이의 넋을 위로하는 제(祭)를 대신 한 것이다. 푸름(靑)과 붉음(紅)과 흰색(白)이 강렬한 색체의 대비를 이루면서 삶이 허무하다는 것을 역설적으로 강조하는 효과를 불러일으킨다.[1] 이 시조를 통해 불꽃처럼 화려했던 송도의 명기 황진이의 삶을 떠올리게 된다.

황진이는 우리 고전문학사에서 가장 주목 받는 여성문인이다. 그녀에 대한 찬사는 수없이 많다. '최고의 시조시인', '조선 최고의 명기(名妓)', '최고의 기녀 시인', '송도(松都)의 명기(名妓)', '절창(絶唱)', '명창(名唱)' 등으로 불려졌다. 그러나 그녀의 삶에 관한 기록은 거의 남아있지 않다. 지금 남아서 전해지는 작품도 겨우 시조와 한시 몇 수에 지나지 않을 뿐이다. 그렇지만 그 몇 수의 작품만으로도 그녀의 천부적인 문학적 재능을 확인하기에는 부족함이 없다.

이 글에서는 부족하지만 가능한 한 모든 자료를 바탕으로 하여 그녀의 인생을 재구성해 보고 그와 함께 그녀의 작품들이 지니고 있는 문학성에

1) 조동일, 『한국문학통사』2(지식산업사, 1989), 332면 참조.

대해 새롭게 검토해보고자 한다. 그리고 앞에서 언급하게 될 것이지만 그녀는 삶 그 자체를 예술처럼 살아간 사람이다. 삶 자체가 시였고, 삶 자체를 한편의 예술 영화처럼 살아간 사람이기도 하다. 그러므로 후대에 그녀의 삶은 새로운 창작의 소재가 되기도 하였다. 황진이의 삶과 예술을 다루면서 후대에 새롭게 다루어진 인간 황진이의 예술적 변용양상에 대해서도 주목해 보고자 한다.

1. 생애

황진이(黃眞伊)의 기명(妓名)은 '명월(明月)'이고 본명은 '진(眞)' 또는 '진이(眞伊)'이며, 이 때문에 '진낭(眞娘)'이라 불리기도 했다.

황진이의 생몰년은 알려져 있지 않다. 그러므로 그녀가 언제 태어나 언제 세상을 떠났는지 명확히 알기가 어렵다. 황진이에게 접근하는 첫 관문부터가 만만치 않다. 황진이의 생애를 수록한 직접적인 사료들은 현재 남아있지 않다. 간접적인 여러 가지 문헌기록들에 의존하여 접근하는 수밖에 다른 방법이 없다. 간접적인 자료라고 하더라도 상세한 기록은 실려 있지 않고 단편적인 것들만 실려 있어서 그 생애를 정확하게 추정할 수가 없다.

현재 남아있는 관련 사료들을 보면 다음과 같다.

『지소록(識小錄)』, 『어우야담(於于野談)』, 『송도기이(松都記異)』, 『금계필담(錦溪筆談)』, 『수촌만록(水村漫錄)』, 『중경지(中京誌)』, 『조야휘언(朝野彙言)』, 『동국시화휘성(東國詩話彙成)』, 『숭양기구전(崧陽耆舊傳)』,

『소호당집(韶濩堂集)』

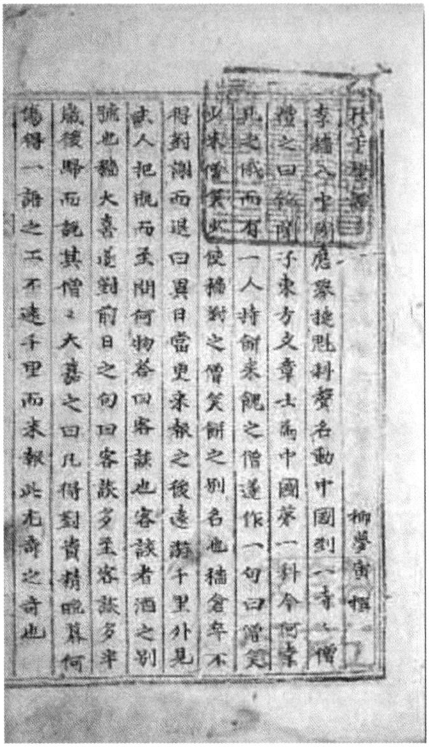

어우야담

이들 문헌들은 모두가 황진이 사후에 산출된 것이며 가장 이른 것이라 하더라도 그녀의 생존연대보다 반세기 이후의 것이다. 그러므로 자료의 신빙성에 문제가 있고 훗날 허구적 윤색이 가해져 설화화된 것들도 있다.

1) 출생

남아있는 기록을 토대로 하여 그녀의 생존 시기를 추정해 보면 유몽인(柳夢寅, 1559-1623)의 『어우야담(於于野談)』에는 가정초(嘉靖初)로, 허균(許筠, 1569-1618)의 『지소록(識小錄)』에는 공헌왕조(恭憲王朝)시대로 기록되어 있다. '가정'은 중국 명나라시대의 연호인데, 가정1년은 중종17년(1522)에 해당한다. 또한 '공헌왕조'는 중종조(中宗朝)를 말한다. 그러나 이 책들은 모두 임진왜란 이후에 간행된 것으로 가정초나 공헌왕조보다 50년이나 뒤인 시기에 해당된다. 황진이의 생존시기를 추정할 수 있는 또 다른 단서는 그녀와 교분이 두터웠던 화담(花潭) 서경덕(徐敬德, 1489-1546)과 양곡(陽

谷) 소세양(蘇世讓, 1486-1562)이다. 그러나 그들의 문집에는 황진이에 대한 기록이 한 줄도 언급되어 있지 않다. 김용숙은 여러 가지 자료를 고증작업을 거쳐 황진이의 생존연대를 대략 중종6년(1511)부터 중종 37년(1542)까지로 추정하고 있다.[2)]

그녀의 출생에 대해서도 의견이 분분하다. 우선 관련 기록들을 살펴보면 다음과 같다.

> 진(眞)의 어머니 현금(玄琴)은 자못 자색이 있었다. 현금이 18세 때 병부교(兵部橋) 아래에서 빨래를 하고 있었다. 그 때 다리 위에 한 사람이 있었는데, 용모가 단정하고 잘 생겼으며, 의관이 화려하고 아름다웠다. 그가 현금을 주시하며 웃기도 하고 가리키기도 하니 현금 또한 마음이 동했다. 그런데 그 사람이 홀연히 보이지 않았다. 날이 이미 저물자, 빨래하던 여인들이 다 흩어지니, 그 사람이 잠깐 다리 위에 나타나 기둥에 기대어 길게 노래를 했다. 노래가 끝나자 현금에게 마실 것을 요구했다. 현금이 표주박으로 물을 가득 담아서 주니, 그 사람은 반을 마시고 웃으면서 돌려주며 말하기를, "너도 한번 마셔보라." 하니 곧 술이었다. 현금이 이에 놀라고 이상하게 여겼다. 이로 인하여 함께 부부의 즐거움을 누리고 드디어 진랑을 낳게 된 것이다. 진랑은 용모와 재주가 한 시대에 뛰어났고 노래 또한 절창(絶唱)이었으니, 사람들은 그녀를 선녀라고 불렀다. (『松都記異』)[3)]
>
> 진의 어머니는 진현금(陳玄琴)이다. 병부교 아래에서 빨래를 하는데, 한 젊은이가 희롱을 하면서 갔다. 어두워진 후 와서 물을 청했는데 술이 되었다. 이로 인하여 함께 하였는데 그는 이름도 밝히지 않고 갔다. 그는 선인(仙人)이었다. 과연 현금은 임신하여 진이를 낳았는데 출산 때 이상한 향기가

---

2) 김용숙, 「황진이의 생존연대」, 『황진이연구』(강전섭 편, 창학사, 1985), 172면.
3) 母玄琴, 頗有姿色. 年十八, 浣布於兵部橋下. 橋上有一人, 形容端妙, 衣冠華美, 注目玄琴, 或笑或指, 玄琴亦心動, 其人仍忽不見. 日已向夕, 漂女盡散, 其人倏來橋上, 倚柱長歌. 歌竟救飮, 玄琴以瓢盛水而進, 其人半飮, 笑而還與曰, 汝且試飮之, 乃酒也, 玄琴驚異之. 因與媾歡, 遂生眞娘. 色貌才藝, 妙絶一時, 歌亦絶唱, 人號爲仙女.

가득하여 사흘 동안 가시지 않았다. 즉 이는 선녀이니, 어찌 황이라는 성을 따르겠는가.(『中京誌』)[4]

황진사의 서녀이다. 진사의 첩이 진현금이었다. 그녀가 병부교 아래에서 물을 마셨는데 감하여 임신하고 진이를 낳았는데 방 안에 이상한 향기가 3일간 머물렀다.(『숭양기구전(『崧陽耆舊傳)』)[5]

진이는 개성 맹인여자의 딸이다.(『識小錄』)[6]

진이는 개성 맹인여자의 딸이다.(『朝野彙言』)[7]

위의 기록들에 따르면, 황진이는 '현금과 한 사람', '진현금과 소년(仙人)', '진현금과 황진사' 사이에 출생한 것으로 되어있다. 모계는 성명이 분명하지만 부계는 모두 모호하게 나타난다. 그러나 어머니의 정체에 대해서도 여러 가지 논의가 있어왔다. 현금(玄琴)은 이름이라기보다 신분을 나타내는 명칭이라고 보는 견해가 있다. 또한 현금이 악기인 '거문고'를 말하기 때문에 진이의 어머니가 맹인 여악사(女樂士)였을 가능성도 있다. 아니면 악기를 잘 다루는 기생이었을 수도 있다. 더욱이 그녀가 개울에서 빨래를 하고 있었다는 것은 그녀의 처지가 어떠했는가를 짐작케 한다. 결국 맹인의 딸이든 서녀이든 간에, 황진이는 천한 신분이었고 사생아였다는 사실을 확인할 수 있다. 부모중 한쪽이 천인이면 그 소생도

4) 眞之母陳玄琴, 浣紗溪於兵部橋下, 一有少年, 嬉諧而去. 薄暮又來請水, 玄琴固與之, 水化爲酒. 仍成交歡, 扛其姓名不告而去. 意以爲仙人. 果有娠生眞, 産時, 異香滿室, 三日不再齊之. 則是仙女, 有何姓黃也.

5) 黃進士庶女也. 進士妾曰陳玄琴. 陳玄琴飮水於兵部橋下, 感而仍眞. 乃擧室中, 有異香三日.

6) 眞娘, 開城盲女之子.

7) 眞娘, 開城盲女之子.

천한 신분이 되기 때문이다.

그리고 물이 술이 되었다든가, 출산 때에 이상한 향기가 방안에 가득하여 사흘이나 가시지 않았다는 서술이나 선인과 선녀에 대한 언급은 후대에 설화적으로 미화된 것이라 할 수 있다. 비교적 후대의 기록인 『숭양기구전(崧陽耆舊傳)』에서는 황진이를 '황진사의 서녀'로 단정하였는데 이것은 『중경지』에서 의심스럽게 받아들였던 성을 사실로 인정하고, 줄거리의 분량도 줄어들면서 전체내용도 현실적인 방향으로 서술하고 있다.

2) 기녀가 된 동기

그 후 황진이가 기생이 되는 사연에 대해서도 기록이 남아 있다.

> 진이는 자라서 매우 아름다웠다. 서사(書史)에도 능했다. 진이 나이 15·16세에 이웃의 한 서생이 진이를 애태워하며 사랑하다가 자기 뜻을 이루지 못하고 병이 들어 죽었다. 상여가 진이 집 대문에 이르러 움직이지 아니하므로 생전의 서생의 병을 알고 그 집에 들어가 자초지종을 이야기했다. 사람으로 하여금 진이의 저고리를 얻어 상여 위에 덮으니 그제서야 상여가 움직이기 시작했다. 이 일로 진이는 크게 느낀 바가 있어 기류(妓流)에 들었다. (『崧陽耆舊傳』)[8]

어느 곳 어느 시대이든 여성이 화류계에 드는 데는 그 만한 사연이 있기 마련이다. 신분상 어쩔 수 없이 기적(妓籍)에 이름을 올려야 하는 경우도 있을 것이고, 생계를 위해 경제적인 이유 때문에 자발적으로 기생이

8) 眞既長有絶色. 通書史. 方年十五六時, 隣有一書生, 窺而悅之, 欲私不果, 遂因緣成疾死. 柩發至眞門不肯前, 先時書生病, 其家頗聞其事. 乃使人懇眞得其襦覆之柩, 然後柩始乃前. 眞大感動, 於是遂稍稍以娼行.

되는 경우도 있을 것이다. 전반적으로 보면, 중세의 신분적, 경제적 질곡이 여성으로 하여금 기생의 길을 가게 하는 보편적인 동기였다. 그러나 위의 이야기를 통해 보자면, 황진이가 기생이 된 동기는 이와 다르게 나타난다. 비극적인 괴변을 경험하고 이것 때문에 스스로 기생이 되었다고 하지만 내용을 그대로 받아들이기는 어렵다. 신분이 낮은 서녀(庶女)로 태어나 신분적 한계가 있었다는 점, 재색이 뛰어나 뭇 남성들의 분주한 시선을 받았다는 점, 그녀가 도덕률에 얽매이기 싫어하는 자유로운 기상을 지녔다는 점 등이 복합적으로 작용해 기녀가 되었다고 보는 것이 더 타당할 듯하다.

위의 이야기는 비교적 후대에 나타난 기록이며, 설화적인 요소가 매우 강하다. 미인, 짝사랑, 상사병, 죽음이라는 화소들에 설화적인 상상력의 흔적이 나타난다. 특히 상여가 움직이지 않았다는 대목에서 설화적인 상상력이 잘 나타난다.

3) 기녀로 활동하던 시기

황진이의 생몰연대는 자세하지 않으나, 대략 40세를 전후한 나이에 단명했던 것으로 여겨진다. 기녀에게 아름다움이라는 것이 나이와 함께 사라지는 것이고 보면 기녀로 활동할 수 있는 시기가 그렇게 길지는 못할 것이기 때문이다. 대략 30이 넘으면 뒷전으로 물러나야 했고, 15·6세에 기생이 된 황진이의 경우 다른 기생과 차별을 둔다고 해도 그가 기생으로 활동한 시기는 대략 20년 내외임을 알 수 있다.

이 시기에 그녀는 많은 남성들과 교유하게 된다. 현재까지 알려진 사람으로는 지족선사(知足禪師), 개성유수 송공(宋公), 종실 벽계수(碧溪

守), 양곡(陽谷) 소세양(蘇世讓), 화담(花潭) 서경덕(徐敬德), 이생, 선전관(宣傳官) 이사종(李士宗)이 있다. 이중에서 지족선사(知足禪師), 개성유수 송공(宋公), 종실 벽계수(碧溪守), 양곡(陽谷) 소세양(蘇世讓)은 기녀생활의 전반기에, 화담(花潭) 서경덕(徐敬德), 이생, 선전관(宣傳官) 이사종(李士宗)은 기녀생활의 후반기에 교유한 것으로 추정된다.

먼저 지족선사를 만난 이야기는 허균의 『지소록(識小錄)』에 매우 간결하게 서술되어 있다.

> 지족선사는 30년 동안 도를 닦았으나 나로 인해 무너졌다.(『지소록(識小錄)』)[9)]

30년 수도승을 파계시키고도 황진이는 일말의 가책을 느끼기는커녕 오히려 자신의 행동에 대해 자부심을 보여주고 있으며 세상에서 지탄의 대상으로 여겨지지도 않았던 것 같다. 이것은 억불숭유(抑佛崇儒)의 사회적 분위기와도 무관하지 않다.

그 다음에 교유한 인물로는 여겨지는 사람은 개성유수(開城留守)였던 송공(宋公)이다. 이것은 이덕형(李德泂)이 저술한 『송도기이(松都記異)』에 잘 나타난다.

> 유수 송공[혹은 송렴(宋磏)이라고도 하도 혹은 송순(宋純)이라고도 하나, 어느 말이 옳은지는 알 수 없다.]이 처음에 자리에 왔을 때에 마침 명절을 맞아 동료들이 관청에서 작은 술자리를 베풀었다. 이 때 진랑이 와서 뵈었는데 태도가 정숙하고 나긋나긋하였으며 행동거지가 여유롭고 우아했다. 송공은 풍류를 아는 사람으로 기생집에서 늙다시피 했기 때문에 진랑을 한

9) 知足禪師, 三十年面壁, 亦爲我所壞.

번 보고 그녀가 범상치 않은 여자임을 알아 좌우를 돌아보며 말하기를, "이름을 헛되이 얻지 않았구나." 라고 하며 흔연히 정답게 대했다. 송공의 첩은 또한 관서지방에서 이름난 여자였다. 문틈으로 진랑을 엿보고 말하기를, "과연 절색이로구나. 나의 일은 다 틀렸다" 라 하고 드디어는 문을 박차고 크게 소리를 지르며 머리를 푼 채로 맨발로 뛰쳐나오기를 여러 번 하였다. 여러 계집종들이 그녀를 잡고 끌어안았으나 그 기세를 그치게 할 수 없었다. 이에 송공이 놀라 일어나고 좌객들이 모두 물러갔다.

또 송공이 대부인을 위하여 회갑연을 베풀었을 때에, 경성의 아리따운 기생과 노래하는 계집들이 불려 와서 모이지 않은 이가 없었다. 이웃 고을의 수령들과 고관들이 함께 자리 하였고 붉은 분칠을 한 여인들이 자리를 가득 메웠으며 비단옷을 입은 사람들이 물결을 이루었다. 그러나 진랑은 분칠을 하지 않고 담담한 차림으로 와서 참여하였는데, 천연스러운 모습이 국색으로서 그 광채가 사람의 마음을 움직였다. 진랑이 저녁이 지나도록 잔치자리에 있으니 뭇손님 가운데 칭찬하지 않는 이가 없었다. 그러나 송공은 진랑을 조금도 보려하지 않았다. 이는 방안에서 엿보는 것을 생각해서였으니, 예전의 변고가 있을까 두려워했기 때문이었다. 술자리가 무르익자, 비로소 시비를 시켜 술잔에 술을 가득 부어 진랑에게 마시기를 권하고 가까이 앉게 하여 독창을 시켰다. 진랑은 얼굴을 가다듬고 노래를 부르는데, 노랫소리가 그윽하며 맑고 소리가 잇달아 끊어지지 않아 위로 하늘에 통하고 음의 높낮이가 맑고 순하여 보통 곡조와는 사뭇 달랐다. 송공이 무릎을 치며 매우 칭찬하여 말하기를, "천재로다!" 라 하였다.

악공 엄수(嚴守)는 나이 칠십으로서 가야금 솜씨가 온 나라 가운데 명수였고, 또 음율을 잘 알았다. 처음에 진랑을 보고 감탄하며, "선녀로구나!" 라고 말하였다. 노랫소리를 듣자, 놀라 일어나는 것도 깨닫지 못한 채 말하기를, "이것은 신선고을(洞府)의 여운이로다. 세상에 어찌 이런 곡조가 있으리오?" 라고 하였다.[10)]

---

10) 留守宋公(或云宋礦, 或云宋純, 未知孰是.), 初莅政府, 適値節日, 郎僚爲設小酌於府衙. 眞娘來現, 態度綽約, 擧止閑雅. 宋公風流人也, 老於花場, 一見知其爲非常之女, 顧謂左右曰, 名不虛得, 欣然款接. 宋公之妾, 亦關西名物也, 從門隙窺見曰, 果然絶色, 吾事去矣, 遂挑門大呼, 被髮跣足突出者, 累矣. 羣婢扶擁, 勢不能止, 則

송공이 누구인지에 대해서는 면앙정(俛仰亭) 송순(宋純)이라는 설과 송렴(宋磏)이라는 설이 있으나 연대로 볼 때 실제 누구였는지는 명확하지 않다. 이 기록은 송공과의 관련을 말하려는 것이라기보다는 황진이의 탁월한 기예와 천연의 미모와 가식을 싫어하는 성품을 드러내기 위한 설정으로 여겨진다. 이렇게 함으로서 다른 기녀와는 차원이 달랐음을 부각시키고 있다.

다음은 널리 알려진 것으로는 벽계수와의 교유담이다.

황진이는 송도의 이름난 기생이다. 자색과 글재주가 다 뛰어나 이름이 온 나라에 퍼졌다. 종실(宗室) 벽계수(碧溪守)라는 사람이 있었는데 마음속으로 한번 진이를 만나보고자 하였으나 진이는 스스로 뜻이 높다고 자부하여 풍류명사가 아니면 친해질 수 없었다. 이에 손곡(蓀谷) 이달(李達)과 의논하였다. 이달이 "그대가 진이를 한번 보고자 한다면 내 말을 따르겠소?" 하니 벽계수가 "마땅히 그대의 말을 따르리다." 라고 했다. 이달은 "그대가 소동(小童)으로 하여금 거문고를 갖고 뒤에 따르게 한 후에 조그만 나귀를 다고 진이의 집을 지나가시오. 루(樓)에 올라 술을 세내어 마시고 거문고로 한 곡을 타고 있으면 진이가 반드시 그대 곁에 앉을 것입니다. 그러면 그대가 보고도 못본 체하고 일어나 나귀를 타고 가버리면 진이가 또한 뒤따라 올 것입니다. 만일 취적교(吹笛橋)를 지나도록 돌아보지 않으면 일이 이루어질 것이요 그렇게 하지 않으면 반드시 성사되지 않을 것입니다."라고 하였다.

宋公驚起, 坐客咸退.
宋公爲大夫人設壽席, 京城妙妓歌姬, 無不招集. 隣邑守宰, 簪纓聯席, 紅粉滿座, 綺羅成叢, 眞娘不施丹粉, 淡粧來預, 天然國色, 光彩動人, 終夕宴席, 衆賓莫不稱譽, 而宋公少不借顔, 蓋慮簾內之窺, 恐有前日之變也. 酒闌, 始使侍婢, 滿酌叵羅, 勸飮眞娘, 使之促席獨唱, 眞娘斂容而歌, 歌聲瀏亮, 梟梟不絶, 上徹雲衢, 高低淸婉, 逈異凡調. 宋公擊節極稱曰, 天才.
以樂公嚴守年七十, 伽倻琴爲通國妙手, 又善解音律, 始見眞娘, 嘆曰, 仙女也. 及聞歌聲, 不覺驚起曰, 此洞府餘韻, 世間寧有此調.

벽계수는 이달을 말을 따르기로 했다. 작은 나귀를 타고 어린 아이에게 거문고를 끼고 따르게 하여, 진이의 집을 지나 루에 올라 술을 세내어 마시고 가야금 한 곡조를 탔다. 그리고 일어나 나귀를 타고 가니 진이가 과연 따라왔다. 취적교에 이르러 진이가 가야금을 든 아이에게 물어 그가 벽계수임을 알았다. 이에 소리를 늘여 노래하여 말하였다.

> 청산리 벽계수(碧溪水)야 수이 감을 자랑마라
> 일도창해(一到蒼海)하면 다시 오기 어려워라
> 명월(明月)이 만공산(滿空山)하니 쉬어 간들 어떠리.

벽계수가 이 노래를 듣고 더 가지 못하고 취적교 부근에 이르러 뒤돌아보다 그만 나귀의 등에서 떨어지고 말았다. 진이가 웃으며 "이는 명사(名士)가 아니라 풍류랑(風流郎)이로군!" 하며 즉시 돌아가자, 벽계수는 부끄러워하고 한탄하여 마지 않았다.(『금계필담(錦溪筆談)』)[11]

여기에는 사람을 선별하여 사귀는 황진이의 고매함을 드러내었으며, 풍류객들을 골려주는 황진이의 기지가 잘 나타난다. 기녀란 원래 사대부의 풍류를 위해 봉사하는 사람들이다. 그러나 황진이의 경우는 이와 달리 풍류객들 위에 군림했던 모습을 여기에서 확인할 수 있다. 일면 통쾌함을 느끼게 만든다.

---

11) 黃眞松京名妓也. 色藝俱絶, 名播一國. 宗室有碧溪守者, 使欲一眄, 而眞高自標致, 非風流名士得親. 乃謀於蓀谷李達. 達曰, 公一眄眞娘, 能從吾言乎. 碧溪守曰, 當從君言. 達曰, 君使小童, 挾琴隨後, 乘小驢, 科眞娘之家, 登樓賖酒而飮, 彈琴一曲, 則眞娘必來坐君傍矣. 君視若無見, 則起乘驢而行, 則眞娘亦當隨後而來, 若行過吹笛橋而不顧, 則事可諧矣, 若不然, 則必不成矣. 碧溪守從其言, 乘小驢, 使小童挾琴, 而過眞家, 登樓賖酒而飮, 彈琴一曲, 則起乘驢而去, 眞果追後而來, 當吹笛橋, 問於琴童, 知其碧溪守也. 乃曼聲而歌曰, 靑山裏碧溪守, 莫誇去來休, 一到滄海, 難再見, 那得不少留, 明月滿空山, 臨去願一遊. 碧溪守聞此歌, 不能去, 到橋邊回顧, 遽落驪. 眞娘笑曰, 此非名士, 乃風流郎也. 卽逕還, 碧溪守慚恨不已.

그러나 이 또한 액면 그대로 믿기는 어렵다. 우선, 벽계수라는 인물의 실존여부를 확인할 수가 없다. 종실의 명단과 이달의 친교 명단에서도 벽계수라는 인물을 확인할 수 없다. 이달이 조언한 것이 지나치게 구체적이고 체험적이라는 사실도 문제가 된다. 이달은 취적교라는 지명에서부터 황진이가 취할 행동을 손금 보듯 파악하고 있는데, 이러한 조언은 이달이 황진이와 친교가 전제되어야 있을 수 있는 일이다. 그러나 구체적으로 확인할 길이 없다. 미천한 기생이 종실을 희롱했다는 반전의 줄거리가 이야기꾼들의 잠재적 욕구를 충족시켜주면서 대리만족을 가져왔을 가능성이 크다. 또한 황진이의 기질과 재능을 미화시키고 동경의 대상으로 만드는 구실을 한 것으로 여겨진다.[12)]

다음의 인물은 양곡 소세양이다. 소세양과 얽힌 사연은 임방(任埅, 1640-1724)이 저술한 『수촌만록(水村漫錄)』에 수록되어 있다. 그 내용을 보면 다음과 같다.

> 소세양은 어렸을 때부터 마음이 꿋꿋한 것으로 자부하여, 늘 "색에 혹하는 자는 남자가 아니다." 라고 말하였다. 송도의 창기 진이가 재색(才色)이 뛰어나다는 소문을 듣고 친구들에게 약속하여 다음과 같이 말하였다. "내가 이 여자와 함께 30일만 동숙(同宿)하고 마땅히 결별하여 다시는 한 터럭만큼도 생각하지 않을 것이다. 이 기한을 넘겨 만약 다시 하루라도 더 머무르면 너희들을 나를 사람으로 여기지 말라." 길을 떠나 송도에 가서 진이를 보니 과연 멋진 기녀였다. 이에 더불어 즐거움을 누렸는데, 기한인 한 달을 머물렀다. 장차 헤어질 날이 내일로 다가오자 진이와 함께 남루(南樓)에 올라 이별주를 나누는데, 진이는 조금도 이별을 슬퍼하는 기색이 없었다. 다만 "공과 이별하게 되었으니 어찌 시 한마디가 없을 수 있겠습니까? 졸구

12) 이동준, 「황진이 설화의 문학적 연구」, 『어문학』제60집(한국어문학회, 1997), 446면 참조.

(拙句)를 지어 바쳐도 괜찮겠습니까?" 하니, 소공이 이를 허락했다. 곧 율시 한수를 지었는데, 다음과 같았다.

달 비치는 뜰에 오동잎 다 지고
서리 속 들국화 피었네.
다락은 높아 하늘이 한 척인데
사람은 취해 술이 천 잔이라.
흐르는 물은 거문고 소리에 어울려 찬데
매화는 피리 속에 들어와 향기롭네.
내일 아침 서로 이별한 후에라도
정은 푸른 물결처럼 장구하리라.

소공이 음영하고 감탄하여 말하기를 "내가 사람이 아니로다." 하고 그녀를 위하여 더 머물렀다.[13)]

소세양은 1484(성종17)년에 태어나서 1562(명종17)녀에 세상을 떠난 사람으로 호는 양곡(陽谷), 또는 퇴휴당(退休堂)이라 한다. 시문에 능하여 중종4년에 등과하여 문형(文衡)을 잡은 바도 있는 뛰어난 문신이다. 아무리 강직한 남자라도 시 한편으로 상대방의 마음을 무너뜨릴 수 있었던 황진이의 재능이 돋보이는 대목이다.

그 다음 화담 서경덕과의 만남은 비교적 황진이가 기녀생활 후반기에

13) 蘇陽谷世讓, 少時以剛腸自許, 每曰, 爲色所惑者, 非男子也. 聞松都娼眞才色絶世, 與儕友約曰, 吾與此姬同宿三十日, 卽當離絶, 不復一毫係念. 過此限, 若更留一日, 則汝輩以吾爲非人也. 行到松京見眞, 果名姝也. 仍與交歡, 限一月留住. 明將離去, 與眞登南樓飮宴, 眞少無悵別之色, 只請曰, 於公相別, 何可無一語, 願呈拙句, 可乎. 蘇公許之, 卽書進一律曰, 月下庭梧盡, 霜中野菊黃, 樓高天一尺, 人醉酒千觴, 流水和琴冷, 梅花入笛香, 明朝相別後, 情與碧波長. 蘇吟咏, 嘆曰, 吾其非人哉, 爲之更留.

있었던 것으로 여겨진다. 이들의 여러 문헌에 미담으로 전해지고 있다.

화담 처사 서경덕이 뜻이 높아 벼슬하지 않으며 학문이 정밀하다는 말을 듣고 그를 시험하고자 하였다. 노끈으로 허리에 『대학(大學)』을 묶어 차고 찾아가 절하고 말하였다. "제가 듣건대 『예기(禮記)』에 이르기를 '남자는 가죽띠를 차고, 여자는 실띠를 찬다' 하니 저 또한 학문에 뜻을 품고 허리에 실띠를 동여매고 왔습니다." 선생은 웃으면서 그녀를 타일렀다. 진이가 밤을 타 선생에게 친근하게 하기를 마치 마등(魔登)이 아난(阿難)을 연모하여 붙어 다니는 것과 같이 하였다. 그렇게 하기를 며칠을 하였지만 화담은 끝내 조금도 흔들리지 않았다.(『어우야담(於于野談)』)[14)]

일찍이 화담선생을 경모(敬慕)하여 매양 문하에 나가 뵈었는데, 선생도 또한 물리치지 않고 그녀와 더불어 담소하였으니, 그녀가 어찌 절대의 명기(名妓)가 아니리오?(『송도기이(松都記異)』)[15)]

진랑은 송도의 재주 있는 명기로 일찍이 송도에는 삼절이 있는데, 박연폭포, 서화담 그리고 자기 자신이라고 하니, 세상 사람들은 그럴듯하게 여겼다. 화담선생을 시험하기 위해 갖은 교태를 부리며 10여일을 머물렀으나 선생은 끝내 더렵혀지지 않았다. 진이가 나귀를 타고 선생 문 앞을 지나가는데, 선생이 장난삼아 한구를 지어 이르되, "마음이 예쁘게 치장한 이를 좇아가니, 몸만 헛되이 문에 의지해 있네."라고 하자, 진이가 즉시 대답하여 이르기를 "나귀가 내 몸무게를 화내는 듯하니, 한 사람의 혼을 더 실어서 인가 보다."라 하였으니, 그 재주의 민첩함이 이와 같았다.(『순암잡기(順菴雜記)』)[16)]

---

14) 聞花潭處士徐敬德高蹈不仕學問精粹, 欲試之. 束絛帶挾大學, 往拜曰. 妾聞禮記曰, 男鞶革, 女鞶絲, 妾亦志學, 帶鞶絲而來. 先生哂而誨之. 眞伊乘夜相昵, 如魔登之坿摩阿難者. 累日而花潭終不少撓.

15) 嘗慕花潭先生, 每造謁門下, 先生亦不爲拒, 與之談笑, 豈非絶代名妓也.

16) 娼女眞娘, 松都才妓也. 嘗云, 松都有三絶, 朴淵瀑布及徐花潭一則余也, 世謂信然. 欲試花潭, 千般獻媚, 留旬日, 而先生終不汚焉. 眞嘗騎驢過先生門, 先生戲占一句

평생 화담의 사람됨을 사모하여 반드시 가야금을 옆에 끼고 술을 걸러 화담의 별장에 이르러 즐거움을 다하고 갔다. 매양 말하기를, "지족선사는 삼십년 면벽을 하였으나 또한 나에 의해 무너졌는데, 오직 화담선생은 서로 가까이 한 지 몇 년이 지났으나 끝내 난잡한 데에 이르지 않았으니 이분이야말로 참 성인이시다" 라고 했다.(『지소록(識小錄)』)[17]

서경덕은 1489(성종20)년에 태어나 1546(명종1)년에 세상을 떠난 이로 자는 가구(可久), 호는 복재(復齋), 혹은 화담(花潭)으로 개성의 화담에 은거하며 학문을 연구하였고, 기일원론(氣一元論)을 정립하였다. 『지소록(識小錄)』과 『송도기이(松都記異)』에는 황진이가 서경덕을 사모하고 찾아가 즐겼다는 사실만 실려 있지만, 『어우야담』과 『순암잡기』에는 유혹 상황에 대한 비유적 진술이 흥미롭다. 또한 『지소록』의 송도삼절에 대한 대화와 『순암잡지』에 서경덕이 시로서 황진이를 시험한 내용은 두 사람이 교유한 실상을 잘 보여준다. 서경덕과 황진이의 교유는 구전으로도 널리 알려진 이야기이다. 지족선사가 파계하고 서화담이 유혹을 극복한 점은 당시 불교와 유교의 시대적 상황과 더불어 묘한 대비를 불러일으킨다.

그 이후 황진이의 기행을 보여주는 만남은 이생과의 만남이다.

진이는 금강산이 천하제일의 명산이라는 말을 듣고 한번 두루 속세를 떠나 놀고자 하였으나 같이 갈 사람이 없었다. 이때 이생이라는 사람이 있었는데 재상의 아들이었다. 사람됨이 질탕하고 소탈해 함께 세상 밖을 유람할 만하였다. 그리하여 조용히 이생에게 말하기를, "내가 듣건대, 중국 사람들은 우리나라에 태어나 한번 금강산 보기를 소원으로 여긴다고 합니다. 하물

云, 心逐紅粧去, 身空徒倚門, 眞卽對云, 驢嗔疑我重, 添載一人魂, 其才敏如此.

17) 平生慕花潭爲人, 必携琴醲酒, 詣花潭墅, 盡驩而去. 每言, 知足老禪, 三十年面壁, 亦爲我所壞, 唯花潭先生, 昵處累年, 終不及亂, 是眞聖人.

며 우리나라 사람은 본토에서 나고 자라 신선산과 지척의 거리인데 보지 못한다면 사람으로서 면목이 서겠습니까? 지금 내가 신선랑을 만나게 되었으니 함께 신선 유람을 하는 것이 정말 좋을 듯합니다. 산에서 입는 옷차림으로 그윽한 경치를 마음대로 둘러보고 오는 것이 또한 즐겁지 않겠습니까?" 라고 하였다. 이에 이생으로 하여금 동복(僮僕)을 수행하지 못하게 하고, 베옷과 초립 차림에 직접 옷과 양식배낭을 지게 했다. 진이 자신은 송라(松蘿)로 만든 둥근 모자를 쓰고 적삼을 걸치고 베치마를 입고서 짚신을 끌고 댓가지를 지팡이 삼아 금강산에 따라 들어가 속속들이 이르지 않은 곳이 없었다. 절에서 음식을 빌어먹기도 하고 스스로 몸을 팔아 중에게서 양식을 취하기도 하였으나 이생은 이를 탓하지 않았다. 두 사람이 산속에 깊이 들어갈수록 굶주리고 목말라 모습이 초췌해졌으니 예전의 얼굴을 찾아볼 수 없었다.

가다가 한곳에 이르니 시골유생 십여 명이 마침 시냇가의 소나무 숲에서 잔치를 하고 있었다. 진이가 가서 절을 하니, 유생이 말하기를, "여사장도 술 한 잔 하겠는가?" 라 하고 그녀에게 술을 권하니 사양하지 않았다. 드디어 잔을 잡고 노래를 하니 소리가 맑고 가락이 높아 노랫소리가 숲에 진동하였다. 여러 유생들은 매우 기이하게 여기고 소반의 안주를 주었다. 진이가 말하기를, "저에게 한 노복이 있사온데, 배고픔이 심하옵니다. 음식찌끼라도 주시기를 청하옵니다." 라 하고는 이생을 불러 술과 고기를 주었다.

이 때 양쪽 집안에서는 각각 이들이 간 곳을 모르고 자취도 찾지 못하였다. 거의 일 년 남짓 되자 해진 옷에 시커먼 얼굴로 이들이 돌아오니 이웃에서 그들을 보고 크게 놀라했다.[18)]

---

18) 眞伊聞金剛山爲天下第一名山, 欲一辨淸遊, 無可與偕. 時有李生者, 宰相子也. 爲人跌宕淸疎, 可共方外之遊, 從容謂李生曰, 吾聞中原人願生高麗國一見金剛山, 況我國人, 生長本國, 去仙山咫尺而不見, 人面目可乎. 今吾偶拜仙郎, 正好共做仙遊, 山衣野服, 恣討幽勝而還, 不亦樂乎. 於是, 使李生, 止僮僕勿隨, 布衣草笠, 親荷衣粮橐, 眞伊自戴松蘿圓頂, 穿葛衫帶布裙, 曳芒鞋杖竹支, 而隨入金剛山, 無深不到, 乞食諸寺, 或自賣其身, 取粮於僧, 而李生不之尤. 兩人遠步山林, 飢渴困悴, 無復舊時容顔. 行到一處, 有村儒十餘人, 會宴于溪上松林. 眞伊過拜彦, 儒曰, 女舍長亦解飮乎, 勸之酒不辭. 遂執爵而歌, 歌聲淸越, 響震林壑, 諸儒深異之, 餉以盤肴. 眞曰, 妾有一僕, 飢甚, 請餽餘瀝. 呼李生, 與之以酒肉. 時, 兩家各失所往, 不得尋影響者. 殆歲餘, 鶉衣黎面而返, 隣里見之大驚.

이생은 재상의 아들이었다고만 하고 그의 정체가 명확히 드러나 있지 않다. 이 이야기에서 이생의 정체는 그다지 중요한 것은 아니다. 이 금강산 유람이야기에는 황진이의 탈속적인 성향이 나타난다. 동행하는 이생을 선랑(仙郞)이라 부르고 금강산을 선산(仙山), 그들의 유람을 선유(仙遊)라고 표현한 것도 그러하지만 떠나는 차림새, 숙식을 해결하는 방법도 예사롭지가 않다. 특히 중에게 몸을 파는 행위가 충격적이다. 기생으로서의 특권 때문에 가능했던 삶이라고 단순하게 파악하기에는 범상치 않은 부분이다.[19] 황진이의 유람이야기는 허균의 『지소록』에도 전해지는데, 유람장소가 금강산, 태백산, 지리산을 지나 금성(錦城)을 거친 것을 확인할 수 있다. 또한 이를 통해 황진이가 국토에 대한 사랑과 체험의 욕구를 남다르게 지니고 있었음을 확인할 수 있다.

> 선전관(宣傳官) 이사종(李士宗)은 노래를 잘 했다. 일찍이 사신으로 나가다가 송도를 지나게 되었는데 말을 천수원(天壽院)의 냇가에 매어 놓고 관(冠)을 벗고 배를 붙이고 누워서 몇 곡을 소리 높여 불렀다. 진이가 그곳에 가서 또한 말을 천수원에 쉬게 하였는데 귀를 기울여 그 노랫소리를 듣고 말하기를, "이 노랫가락은 매우 기이하니 필시 보통의 시골 사람이 부르는 비루한 곡은 아니다. 내가 듣기에 경성에 풍류객 이사종이라는 사람이 당대의 절창이라고 하던데, 그 사람이 분명하다."라고 하였다. 그리고 사람을 시켜 가서 탐지하게 하니 과연 이사종이었다. 이에 자리를 옮겨 친해져 자신의 정성을 다해 자기 집으로 그를 이끌었다. 며칠을 지난 뒤에 진이가 말하기를, "마땅히 당신과 육년을 함께 살겠습니다." 라고 하였다. 다음날 집안 살림 가운데 3년 동안 쓸 재물을 이사종의 집에 다 옮겨 놓고 그의 부모와 처자를 위로는 섬기고 아래로는 기르는 비용을 다 자기 집에서 끌어 썼다.

19) 이동준, 「황진이 설화의 문학적 연구」, 『어문학』제60집(한국어문학회, 1997), 457면 참조.

친히 소매좁은 옷을 입고 첩으로서의 예를 다해 이사종의 집으로 하여금 조금도 힘들게 하지 않았다.

이미 삼년이 지나자, 이사종이 진이의 일가를 먹였는데, 진이가 이사종의 일가를 먹인 것같이 하여 보답했다. 삼년이 되자, 진이가 말하기를, "일이 이미 이루어지고 약속한 기일이 찼습니다."라 하고 드디어 작별하고 떠났다.(『어우야담』)[20]

이사종(李士宗)은 황진이가 가장 나중에 교유했던 인물이었다. 6년이라는 계약동거 자체도 기발한 착상이지만, 계약 내용이나 그 실천과정 그리고 약속한 기일이 다 되었을 때 미련 없이 떠나는 모습이 모두 놀랍다.

이렇게 황진이가 교유한 인물들을 살펴보았다. 황진이가 교유한 지족선사(知足禪師), 개성유수 송공(宋公), 종실 벽계수(碧溪守), 양곡(陽谷) 소세양(蘇世讓), 화담(花潭) 서경덕(徐敬德), 이생, 선전관(宣傳官) 이사종(李士宗)은 모두 당대에 각계를 대표하는 남성들이다. 그녀가 기녀 생활을 하면서 당대를 대표하는 남성들과 교유하였음을 부각시키는 것은 또한 황진이의 명기로서의 자질을 부각시키는 데도 더없이 좋은 효과를 불러일으킨다.

20) 宣傳官李士宗善歌. 嘗出使過松都, 御鞍天壽院川邊, 脫冠加腹而臥, 高唱數三曲, 眞伊有所如亦歇馬于原, 側耳聞之曰, 此歌調甚異, 必非尋常村家俚曲. 吾聞京中有風流客李士宗, 當代絶唱, 必此人也. 使人往探之, 果士宗也. 於是, 移席相近, 致其款, 引至其家, 留數日, 曰, 當與子六年同住. 翌日盡移家産三年之資于士宗家, 其父母妻子仰事俯育之費, 皆辦自家, 親着臂韝, 盡妾婦禮, 使士宗家, 不助錙錙. 旣三年, 士宗餉眞伊一家, 一如眞伊餉士宗以報之者. 適三年, 眞伊曰, 業已遂, 約期滿矣. 遂辭而去.

4) 죽음

황진이의 사망 시기나 내력도 자세하게 알 수 있는 기록은 없다. 다만 전해지는 유언을 보면 그녀 생시의 남다른 행적만큼이나 유별났었음을 알 수 있다.

후에 진이가 병들어 장차 죽게 되었을 때, 집안사람에게 말하기를, "내가 살아서는 화려한 것을 좋아하는 성격이었다. 죽은 뒤에는 우리 산골에 장사지내지 말고 마땅히 큰길가에 장사지내어라"라고 하였다. 지금 송도의 큰길가에는 진이의 묘가 있다. 자순(子順) 임제(林悌)가 평안도사가 되어 송도를 지나다가 글을 짓고 진이의 묘에 제를 지냈는데 마침내는 조정의 비난을 입게 되었다. (『어우야담』)[21]

장차 죽을 적에 집안사람들에게 말하기를, "삼가 곡을 하지 말고 장사할 때에는 북치고 노래 부르면서 상여를 인도하라" 고 하였다. (『지소록』)[22]

진이 죽게 되었을 때, 그 집의 사람들에게 부탁하여 말하기를, "내가 천하의 남자들이 스스로 아끼지 못하게 하고 결국 여기에까지 이르렀다. 내가 죽거든 금(衾)으로 싸지도 말고 관(棺)을 짜지도 말고 시신을 옛날 동문 밖 모래와 물이 만나는 곳에 내놓아라. 그리하여 땅강아지, 개미, 여우, 삵괭이들이 내고기를 먹게 해 천하의 여자들로 하여금 나로써 경계를 삼게 하라" 고 하였다. 집안사람들이 그 말과 같이 하였다. 한 남자가 시신을 수습하여 매장했다. 지금 장단(長湍)의 입구 정현(井峴)의 남쪽에 황진의 묘가 있다. (『숭양기구록』)[23]

---

21) 後眞伊病且死, 謂家人曰, 吾生時, 性好紛華. 死後, 勿葬我山谷, 宜葬之大逵邊. 今松都大路邊有眞娘墓, 林子順爲平安都事, 過松都, 爲文祭墓, 卒被朝評.

22) 將死, 命家人曰, 愼勿哭, 出葬以鼓樂導之.

23) 眞將死, 囑其家人曰, 我爲天下男子不能自愛, 以至於此, 即我死, 勿衾棺, 擧暴尸於古東門外沙水交, 螻虫義狐狸得食我肉, 令天下女子, 以眞爲戒. 家人如其言. 有

황진이가 남긴 유언은 문헌마다 약간의 차이를 보인다. 이들 중에서도 『어우야담』과 『숭양기구전』에 실린 내용이 그런대로 구체적이다. 특히 김택영의 『숭양기구전』에 기록된 "천하의 여자들로 하여금 나로써 경계를 삼게 하라"는 내용은 교훈적인 분위기를 강하게 풍기고 있어 황진이의 삶을 폄하하려는 의도가 나타난다. 그 뒤에 나타나는 구절이 "황진의 일은 추잡하여 말하기에 충분하지 못하다(黃眞之事, 醜不足道)"라 하였으니 더욱 그러하다. 그러나 자신을 '아(我)'로 쓰다가 '진(眞)'으로 바꿈으로써 문맥의 일관성이 깨어졌고, 내용이 실제 삶과 차이를 보이고 있어, 황진이가 직접 남긴 유언이라기보다는 문헌의 저자가 자의적으로 덧붙인 부분이 아닌가 한다. 더불어 왕진이의 무덤에 얽힌 이야기가 적층되어 왔다는 사실도 흥미롭다. 『어우야담』은 송도 대로변에 무덤이 있음과 임제의 치제(致祭)를, 『송도기이』는 임제의 치제와 제물을, 『숭양기구전』은 한 남자의 장사로 장단 우물고개 남쪽에 무덤이 있음을 밝히고 있다. 최근 북한의 문헌에서는 '장난 판교리(張湍 板橋里)'에 황진이의 무덤이 있으며, 입우물[口井]에는 약수까지 나오는데, 황진이의 옛터라고 전한다.[24] 출생 대목의 기록들과 비교해보면 그와는 달리 미화된 흔적을 찾을 수 없다.

5) 인간상

황진이의 인간적 면모는 앞에서 살펴본 기록들을 통해 어느 정도 추정

一男子, 收而瘞之. 今長湍口井峴南, 有黃眞墓.

24) 이동준, 「황진이 설화의 문학적 연구」, 『어문학』제60집(한국어문학회, 1997), 449면 참조.

이 가능하다. 그렇지만 조선시대인들이 직접적으로 거론한 대목들도 눈여겨 볼 필요가 있다. 황진이의 미모와 재주에 대해서는 거론할 필요도 없을 것이나 그녀의 성격에 대해서는 대체로 다음과 같은 기록들이 눈에 띈다.

> 황진이는 개성에 사는 한 맹녀의 딸로 성격은 대범하고 활달하여 자못 남자와 같다.(『지소록』)[25]

> 여자 중에 대범하고 활달하니 협객을 풍모를 지녔다.(『어우야담』)[26]

> 진랑이 비록 창기의 무리에 속해 있었으나, 성품이 고결하여 화려하게 꾸미는 것을 일삼지 않았다. 비록 관부의 술자리라도 다만 빗으로 다듬고 세수만 하였을 뿐 옷을 고쳐 입지 않았다. 또 질탕한 것을 싫어하여 만일 시정잡배가 천금을 준다 해도 돌아보지 않았다. 유사(儒士)와 교유하는 것을 좋아하였고 자못 문자를 알아 당시(唐詩)를 감상하는 것을 즐겼다.(『송도기이(松都記異)』)[27]

위의 기록에 의하면 황진이는 대범하고 활달한 남자의 풍모, 협객의 기질, 번화한 것을 싫어하며 꾸밈이 없는 소탈한 인물로 서술되고 있음을 알 수 있다. 이러한 그녀의 기질과 성품은 실제의 삶에서 다양한 형태의 파격성으로 나타난다. 그녀는 재예를 사랑했고, 자연을 사랑했으며, 얽매임 없는 자유로운 삶의 경지를 추구했다. 창조적인 것은 자유로부터 비롯되기에 그녀의 자유로운 삶은 그녀의 예술을 지탱하는 힘이기도 하

---

25) 眞娘開城盲女之子, 性倜儻頗男子, 工琴善歌.

26) 女中倜儻任俠人也.

27) 眞娘雖在娼流, 性高潔, 不事芬華. 雖官府酒席, 但加梳洗, 而衣裳不爲改易. 又不喜蕩佚, 若市井賤隷, 雖贈千金而不顧. 好與儒士交遊, 頗解文字, 喜觀唐詩.

였을 것이다. 이미 앞에서도 살펴보았거니와 이생과의 금강산 유람이라든가, 이사종과의 계약결혼도 그러한 그녀의 기질에서 비롯된 것이라고 볼 수 있다.

2. 작품세계

1) 시조의 세계

현재 황진이의 작품은 시조가 6수, 한시가 8제가 남아있다. 시조는 영조연간에 김천택이 편찬한 『청구영언(靑丘永言, 1728)』과 김수장이 편찬한 『해동가요(海東歌謠, 1755)』에 각각 이름이 적혀 전하는 작품이 4수 [(1)·(2)·(3)·(5)]가 있으며, 근래에 편찬된 김교헌의 『대동풍아(大東風雅)』에도 시조 1수(6)가 진이(眞伊)의 작품으로 수록되어 있다. 또한 성종(成宗) 또는 황진이의 작품으로 알려진 시조1수(4)가 『청구영언』에는 무명씨(無名氏)의 작품으로 수록되어 있다. 일단 황진이의 시조로 거론되는 작품들을 제시해 보면 아래와 같다.

(1)
靑山裏 碧溪水야 수이 감을 자랑마라
一到滄海ᄒᆞ면 도라오기 어려우니
明月이 滿空山ᄒᆞ니 쉬여간들 엇더리 (『청구영언』)

(2)
冬至ㅅ 돌 기나긴 밤을 한 허리를 버혀내여

春風 니블 아래 서리서리 너헛다가
어론 님 오신 날 밤이여든 구뷔구뷔 펴리라 (『청구영언』)

(3)
내 언지 無信ᄒᆞ여 님을 언지 속엿관ᄃᆡ
月沈三更에 온 뜻지 전혀 업ᄂᆡ
秋風에 지는 닙소ᄅᆡ야 닌들 어이 ᄒᆞ리오 (『청구영언』)

(4)
어져 내 일이야 그릴 줄을 모로ᄃᆞ냐
이시라 ᄒᆞ더면 가랴마는 제 구ᄐᆞ여
보내고 그리는 情은 나도 몰라 ᄒᆞ노라 (『청구영언』)

(5)
山은 　山이로되 물은 　물 안이로다
晝夜에 흘은이 　물이 이실쏜야
人傑도 물과 ᄀᆞᆺ도다 가고 안이 오노ᄆᆡ라 (『해동가요』)

(6)
靑山은 내뜻이오 綠水는 님의 情이
綠水흘러간들 靑山이야 變ᄒᆞᆯ손가
綠水 靑山을 못니져 우러예어 가는고 (『대동풍아』)

위에서 제시한 시조 중에서 (1)·(2)·(3)의 작품은 각기 한역시가 함께 전해지고 있다.

(1)의 시조는 전체 분위기상 떠나는 님에 대한 간곡한 만류라고 보기는 어렵고 화합에의 유혹을 완곡하게 표현한 작품이라고 할 수 있다. 종실 벽계수를 자연에 가탁하여 우롱하는 능청스러움이 담겨있고, 인생을 대

자연의 순리에 빗대어 유한한 인생을 마음껏 즐겨보자는 낭만적 의도를 담았다. 또한 자신을 자신의 기명인 '명월(明月)'과 벽계수(碧溪守)의 '벽계수(碧溪水)'가 어울려 기발한 시적 경계를 창출하고 있다.

(2)의 시조에는 만남의 시간을 짧고 기다림의 시간은 지루하고 길기 때문에 기다림의 시간을 단축시키고 만남의 시간을 길게 늘이겠다는 시적 화자의 열망을 나타내었다. 그리움으로 자연의 순리까지 거역하겠다는 의지가 표출되어 있다. "춘풍(春風) 이불"은 그다지 음란한 분위기를 풍기지 않고 오히려 따듯한 감을 준다. '동짓달 밤'과 '춘풍 이불'이 서로 내조를 이루면서, '서리서리', '구뷔구뷔'라는 형용사가 '버혀내어', '너헛다가', '펴리라'라는 동사와 만나 탁월한 미적 감각을 불러일으킨다. 첫 구에 나타나는 동짓달 긴 밤의 한 허리를 베어낸다는 것은 시간을 공간화한 표현이다. 그 착상 자체가 탁월한 상상력으로 시 전체를 견인하면서 님에 대한 그리움을 핍진히 형상화하고 있다.

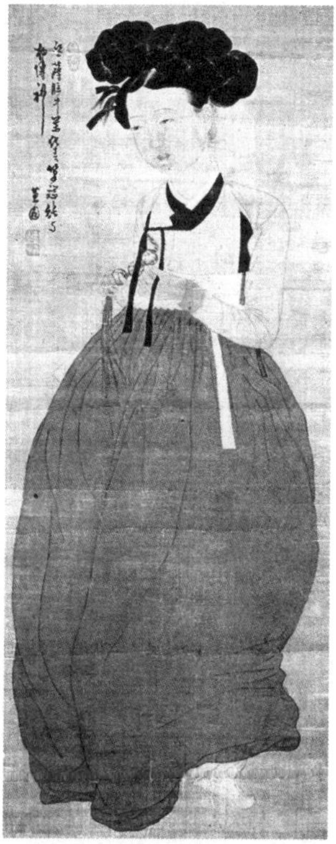
미인도(그림 속 인물이 황진이로 추정되기도 함)

(3)의 시조는 어둡고 깜깜한 밤에 절대로 오지 않을 님이건만, 가을바람 낙엽소리를 님의 인기척으로 오해하는 상사연모(相思戀慕)의 정을 노래하고 있다. 시적화자는 결코 님을 속이지 않았기에 결백하다고 생각하지만, 님은 어찌된 일인지 오지 않기에 깊은 밤에 외로이 잠 못 이루고 비

탄에 빠져있는 정서를 표현하고 있다.

(4)의 시조는 이별의 한을 노래하고 있다. 님을 보내고 난 뒤의 그리움과 만류하지 않았기 때문에 가게 만들었다는 회한의 정을 직접적으로 호소하였다. 대범하게 님을 보냈으나 사무치는 그리움을 감당하지 못하고 무너져 내리는 여인의 심정이 잘 형상화 되어 나타난다. 마지막 구절의 '나도 몰라 하노라'에서는 체념 속에서 만남과 이별을 달관하려는 시적 자아의 숙명적 자세가 엿보인다.

(5)의 시조에서는 무상(無常)과 허무의 정서를 노래하고 있다. 산은 불변의 이미지이고, 물을 변화의 이미지이다. 다음의 (6)의 시조에서 '청산은 내 뜻이오' 라고도 하였거니와 자신은 청산처럼 만고불변이고자 하지만, 세상의 인걸들이 사라져 감을 못내 아쉬워하고 있다.

(6)의 시조는 앞에서 말한 (5)의 시조와 상당한 내용적 연관성을 지닌다. 높고 푸른 산은 자신의 지조이고 흐르는 물은 님의 마음이라 하였는데, 물이란 원래 흘러가는 것이니 기녀의 만남이란 이별이 이미 예정된 것이다. 그러나 자신은 영원히 변치 않을 것이라는 다짐을 하고 흐르는 물도 울며 흘러갔다고 하여 흐르고 흘러 다시 돌아올 날을 기약하는 것 같기도 하다.

이렇게 살펴본 바와 같이 황진이의 시조는 대부분 자신의 고독감이 강하게 표출되어 있다. (1)의 시조에는 공산명월(空山明月)로, (2)의 시조에는 동야상사(冬夜相思)로, (3)의 시조에는 추야고독(秋夜孤獨)으로, (4)의 시조에는 신세자탄(身世自嘆)으로, (5)의 시조에는 인생무상(人生無常)으로, (6)의 시조에서는 청산녹수(靑山綠水)로 각기 그 고독감이 표현되었다고 할 수 있다.[28]

의경(意境)의 창조와 적절한 비유 등을 통해 표현기법 면에서도 최고

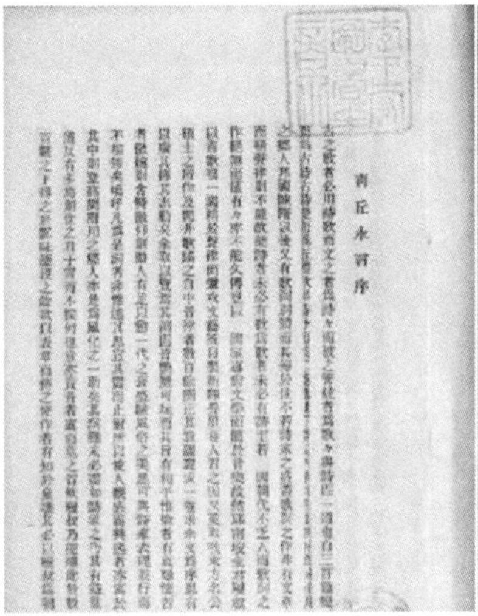

황진이의 시조가 수록된 청구영언 황진이의 시조가 수록된 해동가요

의 수준에 이른 작품들이다. 이러한 점들로 보아 황진이는 최고의 여성 시조 작가라고 불러도 과언이 아니라고 할 수 있다.

2) 한시의 세계

황진이의 한시 작품은 홍중인(洪重寅)의 『동국시화휘성(東國詩話彙成)』, 장지연(張志淵)의 『대동시선(大東詩選)』, 이규용(李圭瑢)의 『해동시선(海東詩選)』등에 8제가 수록되어 있다. 이들을 형식별로 보면, 오언절구가 2제, 오언율시가 1제, 칠언절구가 3제, 칠언율시가 2제이다. 현재 전해지는 작품들을 각기 제시해 보이면서 살펴보기로 한다.

28) 강전섭, 「황진이의 문학유산 정리 -황진이는 어떤 여인인가-」, 『어문학』제46집(한국어문학회, 1985), 4면 참조.

(1) 송도(松都)

전조의 모습은 눈 속에 있고
옛 나라의 소리는 차가운 종이로다.
남쪽 누각에 시름겨워 홀로 서니
스러진 성터에 저녁연기 피어오르네.

雪中前朝色
寒鐘故國聲
南樓愁獨立
殘廓暮烟香

이 작품은 고려의 옛 서울인 송도(松都)에 대한 회고(懷古)의 정을 노래한 것이다. 이 시는 (8)의 작품 <만월대회고(滿月臺懷古)>와 그 정서가 비슷하면서고 한결 정제되어 있는 느낌을 준다. 설색(雪色), 한성(寒聲), 수독(愁獨), 잔연(殘烟)이라는 말들이 적절하게 어울려 망해버린 옛 도읍지의 무상한 풍경을 잘 표현하고 있다. 옛 나라의 모습은 온통 눈 속에 파묻혀 있고, 차가운 종소리가 옛 나라의 여음인 듯 들려온다. 시적 화자는 남쪽 누각에 올라 홀로 시름겨워 서있는데, 무너진 성터에는 허무한 연기만이 솟아오르고 있다. 황진이의 향토애와 함께 옛 도읍지 사람의 잃어버린 상실감이 간결한 형식 속에 잘 묻어나오는 작품이다.

(2) 반달을 노래함(詠半月)

누가 곤륜산의 옥을 잘라
마름질하여 직녀의 빗을 만들었나!
견우와 이별한 후
시름하며 푸른 허공에 던져 놓았네.

誰斷崑崙玉
裁成織女梳
牽牛離別後
愁擲碧空虛

이 작품은 신화와 전설의 상상력을 바탕으로 하여 남자와 이별한 여인의 심정을 탁월한 이미지로 표현하고 있다. 허공에 뜬 달을 바라보면서 떠나간 임을 그리워하고 있는데, 시적화자와 님을 매개해주는 것은 '빗'이다. 빗은 임을 만날 때마다 머리를 빗던 도구이기에 님에 대한 그리움의 매개물이다. 그러나 님과 나는 이별하였기에 커다란 공간적 벽이 존재하고 그 공간적 벽에 빗이 던져지고 그 빗은 다시 달로 환치된 것이다. 푸른 하늘(碧空)과 흰 곤륜옥(崑崙玉)이 색채의 대비를 이루면서 순결하고도 차가운 시인의 마음을 잘 형상화하고 있다.

(3) 소판서 세양을 보내며 (送別蘇判書(世讓))

달 비치는 뜰에 오동잎 다 지고
서리 속 들국화 피었네.
다락은 높아 하늘이 한 척인데
사람은 취해 술이 천 잔이라.
흐르는 물은 거문고 소리에 어울려 찬데
매화는 피리 속에 들어와 향기롭네.
내일 아침 서로 이별한 후에라도
정은 푸른 물결처럼 장구하리라.

月下庭梧盡
霜中野菊黃
樓高天一尺

人醉酒千觴
流水和琴冷
梅花入笛香
明朝相別後
情與碧波長

이 작품은 앞에서도 잠간 살펴보았듯이 양곡 소세양과 30일간의 사랑을 끝내면서 주연(酒宴)에서 읊었다는 시이다. 사랑하는 사람을 보내야 하는 여성의 섬세한 정서가 잘 나타나 있다. 기구(起句)에서는 '달', '지는 오동잎', '서리', '들국화' 등의 이미지를 활용하여 이별의 분위기를 잘 부각시키고 있다. 승구(乘句)에서는 기구에서 나타난 이별의 분위기를 '루고(樓高)'라는 환경적 조건을 이용하여 현실로 끌어드리고 있다. '하늘이 일척(天一尺)'이라는 것은 하늘과의 거리가 매우 가까운 것을 의미하고 또한 이별의 슬픔이 하늘에 닿았다는 말이기도 하다. 이러한 슬픔은 님도 다르지 않아 천잔의 술에 취했다고 하였다. 전구(轉句)에서는 '흐르는 물(流水)'과 '매화(梅花)'를 통해 정서의 전환을 꾀한다. 흐르는 물은 가야하는 님을 의미하고 매화는 보내는 시적 자아를 의미한다. 가는 이는 거문고 소리에 차갑게 조화하고 보내는 이는 매화 향기처럼 피리 속에 들어간다. 그러면서 매화 향기처럼 의연하겠다는 다짐을 한다. 그리고 결구(結句)에서 정은 푸른 물결처럼 장구하게 확장되리라는 말로 시를 마무리하였다.

(4) 그리운 꿈 (相思夢)

그리운 이 심정은 꿈속에나 만나볼 뿐
나 님을 찾아갈 때 님이 날 찾아왔네.

바라건대 언제일까 다른 날 밤 꿈에는
동시에 같이 떠나 길에서 만나게 되기를

相思相見只憑夢
儂訪歡時歡訪儂
願使遙遙他夜夢
一時同作路中逢

위의 시는 상사(相思)의 정을 나타낸 것이다. 이 시에서 작가는 현실에서 이루지 못하는 소망을 꿈을 통해 이루고자 한다. 그러나 내가 님의 꿈을 꾸며 님을 찾아갔는데, 님도 꿈에 나를 찾아와, 꿈길이 서로 엇갈려서 꿈속에서도 만나지 못했다는 것이다. 다음 꿈에는 꿈길이 엇갈리지 않아 꿈길 가운데서 만나자는 기약이다. 이별한 여성의 간절한 소망이 엇갈리지 않는 꿈길 찾기를 통해 잘 나타나 있다.

(5) 작은 잣나무 배 (小栢舟)

저 강 물결에 떠있는 작은 잣나무 배
푸른 물결에 한가로이 몇 해나 매였더냐.
뒷사람이 누굴 먼저 건넜느냐 묻는다면
문무 함께 갖춘 만호후라 하리라.

汎彼中流小栢舟
幾年閑溪碧波頭
後人若問誰先渡
文武兼全萬戶侯

위의 작품도 연인을 못내 그리워하는 상사(相思)의 정을 나타낸 것이다. 이 시에 나타난 '작은 잣나무 배'는 바로 시적 화자의 현실을 의미한다. 시인의 고독한 현실을 몇 년이나 주인 없이 매달려 있는 빈 배에 비유하고 있는 것이다. 그런데 이 배는 '잣나무 배'여서 보통 배와는 다르다. 잣나무는 절의와 믿음을 상징한다. 그러므로 그에 합당한 주인이 아니라면 태울 수가 없다. 그리고 그러한 주인은 바로 문무를 겸전한 영웅군자여야 한다는 것이다. 그러므로 그 기다림의 시간은 길기만 하고 기다림의 아픔은 크기만 한 것이다.

(6) 김경원을 보내며 (別金慶元)

삼생의 맺은 인연 금실 좋은 짝이 되니
이 중에서 살고 죽음 두 마음은 알리라.
양주의 꽃다운 언약은 내 아니 어기려니와
다만 님이 두목지 같은 꽃다운 미남임을 두려워하네.

三世金緣成燕尾
此中生死兩心知
楊州芳約吾無負
恐子還如杜牧之

위의 작품도 연인을 못내 그리워하는 상사(相思)의 정을 나타낸 것이다. (3)의 시 <소판서 세양을 보내며(送別蘇判書世讓)>과 같은 이별의 정을 노래하고 있다. 그러나 (3)에 나타난 것처럼 절실한 감정이 나타난 것이라기보다는 약간의 장난기가 어려 있는 작품이다. 오직 양주의 언약을 믿으며, 세상의 유혹이 많을 잘난 남자를 근심하며 기다려야 하는 여성화자의 모습이 잘 나타나 있다.

(7) **박연폭포** (朴淵)

한 줄기 긴 하늘이 바위 골에서 뿜어 나와
폭포수 백 길 물소리 우렁차네.
나는 샘물 거꾸로 쏟아지니 은하수 같고
성난 폭포 가로 드리워 흰 무지개 완연하네.
어지러운 물벼락 골짜기에 가득 차고
구슬 절구에 옥을 부수어 창공에 맑으니
노니는 이들은 여산이 좋다고 말하지 말라.
천마산이 해동에선 으뜸가는 곳이라네.

一派長天噴壑礱
龍湫百仞水潨潨
飛泉倒瀉疑銀漢
怒瀑橫垂宛白虹
雹亂霆馳彌洞府
珠舂玉碎澈晴空
遊人莫道廬山勝
須識天磨冠海東

이 작품은 송도의 명승지인 박연폭포의 장관을 찬양한 노래이다. 수련(首聯)에서부터 함련(頷聯)까지 폭포의 장대한 풍경을 묘사하고 미련(尾聯)에서는 시인의 남아다운 호기를 표현하고 있다. 중국의 여산폭포보다도 훌륭하다고 하며 박연폭포가 해동의 제일임을 표방하고 있다. 황진이의 대범하고 활달하며 협객을 닮은 웅혼한 성품이 이 작품을 통해 잘 나타나고 있다. 그리고 해동제일의 박연폭포는 황진이 자신을 빗댄 것일 수도 있다는 점에 또 다른 묘미가 있다.

(8) 만월대에서 회고하다 (滿月臺懷古)

옛 절은 쓸쓸히 도랑 곁에 있고
저녁 빛 교목에 비치니 더욱 서럽구나.
연기와 놀은 차가이 스러져 중의 꿈에 애잔하고
세월은 깨어진 탑머리에 아득하네.
누런 봉새 어디가고 참새들만 나르는데
진달래 핀 곳에 소와 양이 풀을 뜯네.
송악산 영화롭던 나날을 생각하면
어이 알았으리, 지금 봄이 가을처럼 소슬할 줄.

古寺蕭然傍御溝
夕陽喬木使人愁
煙霞冷落殘僧夢
歲月崢嶸破塔頭
黃鳳羽歸飛鳥雀
杜鵑花發牧羊牛
神松憶得繁華日
豈意如今春似秋

이 작품은 영화롭던 고려의 궁궐터를 회고(懷古)한 작품이다. 이것은 (1) <송도(松都)>와 비슷한 정서를 보이고 있는 작품이지만 표현에서는 (1)보다는 구체적이고 세밀한 표현이 돋보이는 작품이다. 만월대(滿月臺)의 호화찬란했던 시절을 회고하는 화자의 심정은 봄에도 가을을 닮아 있다. 소연(蕭然)함, 저녁 빛(夕陽), 근심(愁), 차가운 연기와 놀(煙霞冷落), 손상된 꿈(殘夢), 깨어진 탑(破塔), 봉황이 사라진 곳의 참새들(黃鳳羽歸飛鳥雀) 등이 봄 풍경 가득한 만월대의 분위기를 서글프게 인도한다. 만월대에는 봄 풍경이 가득하지만 봄이어도 봄이 아니고, 마음의 풍경은 가을이라는 것(春似秋)이다. 호려한 시절을 그리워하는 시적 화자의 근원적 고독이 잘 표현되어 있는 작품이다.

만월대 궁궐터

위에서 살펴본 한시 작품의 전체적인 내용을 훑어보면 (1)은 고려의 옛 서울인 송도(松都)에 대한 회고(懷古)의 정을 노래하였고, (2)는 상사연모(相思戀慕)의 정을 노래한 것이다. (3)은 양곡 소세양과 이별하면서 그 정을 표현한 것이고, (4)·(5)·(6)은 연인을 못내 그리워하는 상사(相思)의 정을 나타낸 것이며, (7)은 송도의 명승지인 박연폭포의 장관을 찬양한 노래이다. (8)은 영화롭던 고려의 궁궐터를 회고(懷古)한 작품이다.

결론적으로 황진이 한시의 작품세계는 상사연모(相思戀慕)를 노래한 것, 이별의 정을 노래한 것, 송도의 풍물을 노래한 것이 중심이 되어 나타난다고 볼 수 있다.

만월대에서 발굴한 기와명문

2) 작품세계의 전반적 특성

황진이는 시조와 한시 작품들을 남겼다. 황진이의 작품은 시조와 한시가 그 성향에서 별다른 차이를 보이지는 않는다. 그녀의 작품들이 지닌 특징을 몇 가지로 정리해 보면 다음과 같다.

첫째, 그녀의 작품은 여성적인 정서에 바탕을 두고 여성의 일상을 노래하고 있다. 주로 기녀의 입장에서 남녀 간의 사랑을 다양한 방식으로 다루고 있는 것이 중요한 특징이라고 할 수 있다. 그것은 이별의 상황이나, 그리움과 외로움의 형상 등을 여성화자의 목소리로 다루면서 탁월한 감각으로 표현하였다.

둘째, 여성과 기녀라는 신분적 한계에도 불구하고 자아에 대한 남다른 자부심을 표현하고 있다. 당시에 내로라하는 남성들과 교유하면서도 대범하고도 활발한 독자적인 시세계를 구현하여 당대인들의 칭송을 얻었다.

셋째, 특히 한시에서는 자신이 태어난 개성의 풍물에 대한 애착이 잘 나타난다. 그것은 애향심으로 발로일 수도 있고 자존의식의 표현일 수도 있다. 또한 남들에게는 무관심과 미지의 존재이지만 내면에는 화려한 세계를 품고 있는 자아에 대한 상실감의 한 표현일 수도 있다.

넷째, 그녀의 시조는 우리말의 감각을 탁월하게 살려 잘 표현하고 있다는 점이다. 이것은 다른 작가들의 시조들과 비교할 때 매우 탁월하다고 할 수 있다. 또한 시를 구상하고 이것을 이끌어가는 능력도 단연 최고 수준이라고 할 수 있다.

3) 문학사적 위상

시조와 한시는 본래 양반사대부들의 미의식에 바탕을 둔 것이었다. 특히 시조는 고려 말에 신흥사대부들의 세계관과 미의식에 바탕을 두고 형성된 것이다. 시조의 역사로 볼 때, 조선전기까지는 양반사대부 시조의 미의식을 표현한 그 이외의 작품들은 산출되지 못하였다. 그러나 조선 중기에 이르러 기녀들이 양반사대부들의 풍류에 봉사하면서 시조 분야 문학의 새로운 담당층으로 등장하였다. 이들은 물론 기본적으로 양반 사대부들의 미의식을 따랐으나 여성 특유의 감성으로 시조라는 문학적 양식의 미적 경지를 한층 더 넓혀 주었다. 감각적인 언어의 사용이나 풍부하고도 자유로운 감정 표현을 통해 양반사대부의 시조가 다다르지 못한 새로운 경지를 개척하였다. 이러한 기녀시조의 기풍을 주도한 것이 바로 황진이라고 할 수 있다. 그리고 황진이 이후의 그 어떤 여성 시조 작가도 황진이의 미적 경지를 넘어섰다고 보기는 힘들다.

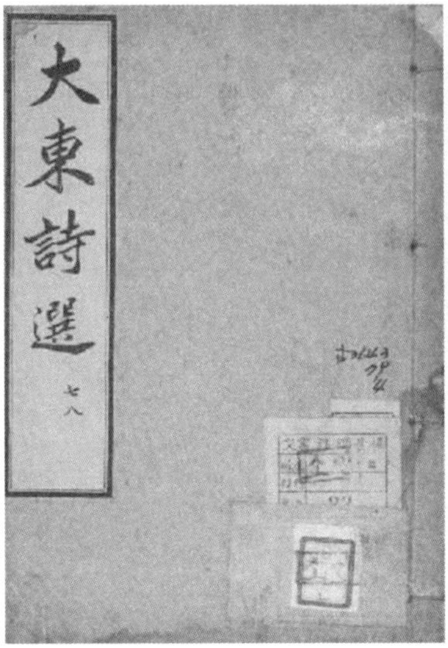

대동시선

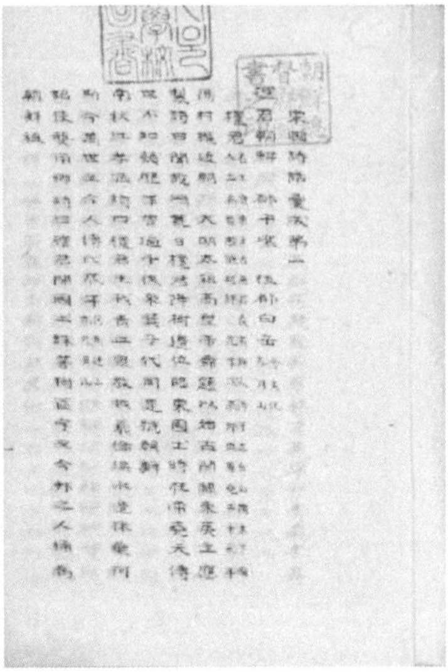

동국시화집성

한시의 경우에도 황진이 이전에는 이렇다할만한 여성작가를 찾아보기 어렵다. 멀리 신라의 선덕여왕이 <치당태평송(致唐太平頌)>을 지은 것으로 유명하지만 연대가 오래되어 자세히 상고하기는 어렵다. 조선 중기를 지내면서 황진이와 같은 여성 한시작가들이 전면에 등장하게 되고 뒤이어 허난설헌(許蘭雪軒) 같은 뛰어난 작가들이 나타나는 계기가 되었다. 그러나 좀 더 많은 여성 한시작가들이 등장하기는 조선후기에 이르러야 가능할 수 있었다. 그러한 점에서 황진이는 전문적인 여성 한시작가로서도 선구적인 의미를 지니고 있다. 특히 황진이의 한시에는 여성 특유의 섬세한 감정과 함께 웅혼한 남성적 기상마저 나타나서 더욱 특별하다. 그리고 우리나라에서 허난설헌과 더불어 당시풍(唐詩風)의 여성한시를 확립한 대표적인 인물이라고 할 수 있다.

3. 문헌정보

1) 작품집 및 작품목록

황진이의 시조 작품은 김천택(金天澤)의 『청구영언(靑丘永言)』과 김수장(金壽長, 1690-?)의 『해동가요(海東歌謠)』등의 시조집에 6수가 실려 있고, 이 작품들은 신위(申緯, 1769-1847)의 『소악부(小樂府)』에도 한역되어 전해지고 있다.

황진이의 한시 작품은 홍중인(洪重寅)의 『동국시화휘성(東國詩話彙成)』, 장지연(張志淵)의 『대동시선(大東詩選)』, 이규용(李圭瑢)의 『해동시선(海東詩選)』등에 8수가 수록되어 있다. 이들을 형식별로 보면, 오언절구가 2수, 오언율시가 1수, 칠언절구가 3수, 칠언율시가 2수이다. 시조와 한시의 작품목록은 앞에서 이미 구체적으로 다루었으므로 여기에서는 언급하지 않는다.

그리고 황진이의 행적에 대해서는 허균(許筠, 1569-1618)의 『성소부부고(惺所覆瓿稿)』에 수록되어 있는 『지소록(識小錄)』, 유몽인(柳夢寅, 1559-1623)의 『어우야담(於于野談)』, 이덕형(李德泂, 1561-1613)의 『송도기이(松都記異)』, 서유영(徐有英, 1801-1874)의 『금계필담(錦溪筆談)』, 임방(任埅, 1640-1724)의 『수촌만록(水村漫錄)』, 김이재(金履載, 1767-1847)의 『중경지(中京誌)』, 김시민(金時敏, 1681-1747)의 『조야휘언(朝野彙言)』, 필자미상의 『동국시화휘성(東國詩話彙成)』, 김택영(金澤榮, 1880-1927)의 『숭양기구전(崧陽耆舊傳)』과 『소호당집(韶濩堂集)』에 널리 전해진다. 그 외에 이덕무(李德懋, 1741-1793)의 『청비록(靑脾錄)』, 이규경(李圭景, 1788-?)

의『五洲衍文長箋散藁』에도 황진이에 대한 기록이 전한다.

2) 연구논저개관

성현경,「기녀시조와 사대부시조」,『조선전기의 언어와 문학』(형설출판사, 1976)에서 기녀시조의 전반적인 특징을 다루었으며, 이신복의「황진이론」,『한국문학작가론』(형설출판사, 1982)에서는 본격적인 작가론을 다루고 있다. 그리고 조동일은「시조의 이론, 그 가능성과 방향 설정」,『우리문학과의 만남』(홍성사, 1982)에서 황진이의 시조를 기질지성을 긍정하는 경향의 대표적인 예로 다루었다. 또한 강전섭 편의『황진이연구』(창학사, 1985)는 관계논문을 집대성했다. 그리고 최동호는「황진이 시의 양면성과 현대적 변용」,『어문논집』제19·20합집(고려대학교 국어국문학회, 1977)에서 현대시로의 변용양상을 다루었으며, 김경연은「황진이의 서사적 변형과 생산에 관한 고찰」,『동남어문논집』제20집(동남어문학회, 2006)에서 황진이를 주인공으로 한 현대소설의 양상을 살폈다.

이밖에도 참고할 만한 논문들을 제시하면 아래와 같다.

강전섭,「황진이의 문학유산 정리 -황진이는 어떤 여인인가-」,『어문학』제46집(한국어문학회, 1985)
김연옥,「황진이 시조의 멋과 풍류」,『새국어교육』제63호(한국국어교육학회, 2002)
노인숙,「황진이 한시 연구」,『청람어문교육』제23집(청람어문교육학회, 2001)
박영신,「황진이의 문학연구 -그의 생애와 작품을 중심으로-」(단국대학교 교육대학원, 1982)
박영완,「황진이연구」,『관대논문집』(관동대학교, 1985)

윤재철, 「황진이 연구」, 『청람어문학』(청람어문교육학회, 1994)
이동준, 「황진이 설화의 문학적 연구」, 『어문학』 제60집(한국어문회, 1997)
장시광, 「황진이 관련 자료」, 『동방학』제3집(한서대 동방학연구소, 1999)
정영문, 「황진이의 시세계」, 『동방학』제5집(한서대 동방학연구소, 1999)
황순구, 「황진이론」, 『대전대학논문집』제3집(대전대학교, 1984)

4. 현대의 문화적 변용

황진이의 문학은 그의 예술적인 삶 자체로부터 비롯된 것이라고 하여도 과언이 아니다. 어찌 보면, 황진이의 삶은 그녀가 남긴 시보다도 더 예술적이었다고 할 수 있을 것이다. 예술이라는 것도 결국은 인생의 한순간에 섬광처럼 타오르는 흔적에 불과하기 때문이다. 그러한 점에서 오히려 예술은 짧으나 인생은 긴 것인지도 모른다. 황진이는 한편의 영화 같은 삶을 살았고, 그의 작품들은 영감에 가득 차 있다.

이러한 황진이의 삶과 예술은 후대 사람들은 물론이요 현대인들에게까지 창조적인 영감의 원천으로 작용하고 있다. 황진이를 주인공으로 한 소설만 하더라도 박종화의 <황진이의 역천>, 이태준의 <황진이>, 한무숙의 <이사종의 아내>, 최인호의 <황진이1>, <황진이2 -마라의 딸> 연작, 김탁환의 <나, 황진이>, 홍석중의 <황진이>등이 각기 나름의 방식으로 황진이라는 인물을 재해석하고 있다.

또한 신동엽의 <진이의 체온>, 서정주의 <황진이>, 고정희의 <황진이가 이옥봉에게 -이야기 여성사1>, <이옥봉이 황진이에게 -이야기

여성사2>, 조예린의 <진이의 노래>, <어뎌 닉 일이여 -진이의 노래2>, 문정희의 <황진이의 노래1>, <황진이의 노래2>, 홍성란의 <황진이 별곡>등은 황진이를 시로 새롭게 형상화한 것들이다.

그 외에도 구상의 <황진이>, 윤정선의 <자유혼-황진의 생애>, 김봉호의 <초혼가>는 희곡과 연극으로 만들어진 작품이며, 김상렬에 의해 마당놀이 <황진이>가 공연되기도 하였다. 이뿐만이 아니라, 황진이를 소재로 하여 현대에 새로이 만들어진 작품들은 수없이 많다.

그리고 황진이는 텔레비전 영상과 영화 스크린에서도 중요한 소재로 꾸준히 활용되어 적지 않은 작품들이 산출되었다. 이러한 점들로 볼 때 황진이는 우리 문화의 중요한 창조적 원천으로 작용하고 있음을 알 수 있다.

드라마 <황진이>

영화 <황진이>

김탁환의 소설 <나, 황진이>

홍석중의 소설 <황진이>

에필로그

황진이는 여성으로 태어났고 그중에서도 천대받는 기녀로 살아가면서 현실에 안주하지 않고 끊임없이 낯선 세계에 자신을 내던지며 살아갔던 여인이다. 그녀는 인간을 사랑했고 자연을 사랑했고 예술을 사랑했다. 그녀의 자유혼은 창조력으로 전환되어 주옥과 같은 작품들을 산출해내었다. 그 내면의 깊이와 크기를 짐작하기조차 힘든 웅혼한 장부의 기상이 있었다. 그 사람은 바로 웅혼한 예술 자체였던 것이다.

그녀가 남긴 예술적인 유전자들은 여전히 남아 오늘날 우리들에게도 창조적인 영감의 원천으로 작용하고 있다.

혜경궁홍씨

프롤로그

여기에 한 여인이 있다. 세자의 아내였고, 왕의 어머니였던 여인, 그러나 왕의 아내일 수는 없었던 여인이 있다. 시아버지에 의해 죽어가는 남편을 무력하게 바라보아야 했던 여인이 있었다. 그 여인이 혜경궁홍씨(惠慶宮洪氏, 1735-1815)이다. 도대체 궁궐에서는 무슨 일이 있었던 것일까. 여성으로서 갈 수 있는 최고 권력자의 삶이 과연 행복하기만 한 것일까.

나중에 혜경궁홍씨는 남편 사도세자가 묻혔던 곳이며 아들 정조와 함께 찾아보았던 수원의 융릉(隆陵)에 묻히게 된다.

1. 생애

1) 전반적 생애

혜경궁홍씨는 1735년 6월18일에 한양의 반송방 거평동에서 태어났다. 아버지는 풍산홍씨(豊山洪氏) 가문의 봉한(鳳漢)이며, 어머니는 한산이씨(韓山李氏) 가문인 집(潗)의 딸이었다. 혜경궁홍씨가 태어나던 해에 장차 그녀의 남편이 될 사도세자(思悼世子)도 영빈(暎嬪) 이씨가 출산한다. 이 때 영조의 나이는 42세 때였다.

> 전일 일야에 선인께서 흑룡이 선비 계신 방 반자에 서림을 꿈에 보아 계시더니 내 나니 여자라 몽조 합치 않음을 의심하시더라 하며 조고 정헌공께

서 친히 보시고 "비록 여자나 범아와 다르다" 기애하시더라 … [1]

한중록에서 그 무렵의 정황은 위와 같은 말로 서술되기 시작한다.

그 이후 혜경궁홍씨 생애의 중요한 사건들을 정리해 보면 아래와 같다.

1740년 혜경궁 홍씨의 나이 6세 되던 때에 그녀의 조부인 홍현보(洪鉉輔)가 세상을 떠난다. 그리고 다음해 1741년에 혜경궁홍씨의 이종인 김이기가 혼인한다. 그리고 1743년 그녀의 나이 9세 되던 해에 혜경궁홍씨는 세자빈 간택단자를 받아 초간택, 재간택, 삼간택을 거친다. 1744년 그녀의 나이 10세 때에 혜경궁홍씨는 빈으로 책봉을 받는다. 그때의 상황을 조선왕조실록은 비교적 상세하게 전하고 있는데[2], 영조는 며느리를 훈계하는 대목에서 그녀의 집안이 명문거족이고, 본인도 남다른 성품을 지녀 시아버지인 영조가 매우 흡족해 했음을 알 수 있다. 그러므로 영조는 훗날 아들을 참혹하게 죽이면서도 며느리에 대한 사랑에는 변함이 없었다. 그리고 같은 해에 홍봉한이 과거에 급제한다. 1745년에는 사도세자에게 병환이 있어 처소를 저승전(儲承殿)에서 융경헌(隆慶軒)으로 옮겼다. 1749년에는 사도세자가 관례를 치루고, 사도세자와 혜경궁홍씨가 합례(閤禮)를 올렸으며, 사도세자는 대리정사를 명받는다.

1750년 8월에는 혜경궁홍씨의 첫아들 의소(懿昭)가 탄생한다. 1751년에는 의소가 세손에 책봉되지만 의소는 다음해 1752년에 세상을 떠난다. 그리고 이해 9월에 세손 정조가 태어난다. 실록을 보면 의소가 세상을 떠

1) 『한듕록』, 5면.
한중록에는 여러 이본이 있으나 이글에서는 김동욱이 일사본에다 가람본과 나손본을 대조하여 정리하고 주해한 『한듕록』(한국고전문학대계14, 민중서관, 1961)을 주 텍스트로 삼아 논의를 전개한다.

2) 『영종대왕실록』, 「20년 1월 9일」, 권59, 21면 참조.

난 터라 이해에 다시 원손을 보자 영조는 기뻐했던 것으로 나타나 있다.[3] 그러나 사도세자의 병세가 심해지고 화협옹주는 홍역 때문에 세상을 떠난다. 1754년에 혜경궁홍씨가 첫 딸 청연(淸衍)을 낳고, 1755년에 어머니 한산이씨가 세상을 떠난다. 1756년에는 둘째딸 청선(淸璿)을 낳고 사도세자의 병증이 심해진다. 1757년에 이르러, 세자는 꾸지람을 듣고 양정합(養正閤)의 우물에 투신한다. 1759년에는 세손이 책봉되고 영조의 계비 정순왕후(貞純王后)의 가례가 행하여진다. 1760년에 사도세자의 병증이 더욱 심해져 영조의 책망이 많아지고 사도세자가 바둑판을 던져 혜경궁 홍씨의 왼쪽 눈에 부상을 입힌다.

1761년에 사도세자는 의대증(衣帶症)으로 미행하여 사람을 죽이고, 미행이 더욱 잦아진다. 또한 학질에 걸려 한동안 고생하기도 한다. 1762년 2월에 세손의 가례가 행해지며, 4월에 세손은 여러 사람을 죽이게 된다. 그리고 5월에는 나경언(羅景彦)이 상소를 올려 세자의 난행과 비행은 물론 장차 반역을 꾀 한다고 형조에 고변한다. 이에 나경언은 무고로 처형되며, 윤5월 13일에 영조는 세자를 폐하여 서인으로 삼고, 자결을 명하지만 듣지 않자 뒤주에 가두고 잔디를 씌운다. 이를 임오화변(壬午禍變)이라고 한다. 윤 5월21일 뒤주에 들어간 지 칠일 만에 세자가 죽어 28세의 나이에 세상을 떠난다. 그 때의 심정을 한중록에서는 다음과 같이 술회하고 있다.

> 섧고 섧도다. 모년 모월 일을 내 어찌 차마 말하리오. 천지합벽하고 회색하는 변을 만나 내 어찌 차마 일시나 세상에 머물 마음이 있으리오. 칼을 들어 명을 결하려 하더니 방인이 앗음으로 인하여 뜻 같지 못하고 돌아 생각

3) 『영종대왕실록』, 「28년 9월 22일」, 권77, 41면 참조.

하니 십일세 세손에게 첩첩한 자통을 끼치지 못하겠고 내 없으면 세손 성취를 어찌 하리오 참고 참아 완명을 보존하고 하늘만 부르짖으니…[4]

그날 세자는 다시 복위되고 23일 인산이 있게 된다. 장례를 치른 후 시아버지 영조를 처음 만났을 때를 혜경궁홍씨는 다음과 같이 술회하고 있다.

팔월에 선대왕께 뵈오니 내 서러운 회포가 어떠 하오리마는 감히 베풀지 못하옵고 "모자 보전함이 다 성은이로소이다." 하고 체읍하여 아뢰니 선대왕이 집수하오셔 우시니 "네 저러할 줄 생각지 못하고 내 너 볼 마음이 어렵더니 너 내 마음을 편케 하니 아름답다." 하오시니 이 하교를 듣자오니 내 심장이 더욱 막히고 경완함이 갈수록 심한지라 또 아뢰되, "세손을 경희궁으로 데려 가오셔 가르치심을 바라옵나이다." 하니 "네 떠나 견딜까 싶으냐" 하시기 눈물 드리워 "떠나 섭섭하기는 작은 일이오 우흘 뫼와 뵈옵는 일은 큰 일이오이다." 하고 인하여 세손을 올려 보내려 하니 모자 떠나는 마음이 오죽하리오 … [5]

그 후 9월 28일 천추절에 영조가 혜경궁홍씨에게 '가효당(嘉孝堂)'이라는 현판을 친히 써서 내린다. 1764년 영조는 정조를 효장세자(孝章世子)의 아들로 입적시키도록 한다. 이를 갑신처분이라 한다. 1766년에는 청선군주가 정재화(鄭在和)에게 출가한다. 그 후 세손의 나이 24세가 되던 1775년의 12월 28일에 영조는 세손에게 대리정사를 시켜본다.

다음해 1776년 3월 5일 영조가 승하하고 3월 10일 왕세손이 왕위에 오른다. 3월20일 사도세자는 장헌세자로 추증되고, 이어 정후겸과 혜경궁홍씨의 중부(仲父)인 홍인한(洪麟漢)이 사약을 받아 죽는다. 그리고 1778

4) 『한듕록』, 81면.
5) 『한듕록』, 83-85면.

년에는 혜경궁홍씨의 아버지 홍봉한이 세상을 떠난다. 1795년 혜경궁홍씨의 회갑을 맞는 해에 정조는 어머니를 모시고 현륭원을 참배하고, 이 해에 혜경궁홍씨는 『한중록』기일(其一)을 저술한다.

그 후 1800년에 정조가 49세의 나이로 세상을 떠난다. 정조의 승하직후에 홍낙임이 사사당하고 홍봉한이 역적 누명을 쓰게 되자 1801년 혜경궁홍씨는 『한중록』기이(其二)를 저술한다. 1802년에 정조의 지극했던 효성을 기리고 순조의 효성에 호소하며 『한중록』기삼(其三)를 저술한다. 그리고 『한중록』기사(其四)의 초를 잡아둔다. 1803년 임오화변의 진상을 폭로하는 『한중록』기사(其四)를 저술한다. 그 후 1815(순조15)년에 81세의 나이로 창경궁의 경춘전에서 세상을 떠난다.

창덕궁 경춘전(혜경궁 홍씨의 거처이며 정조가 태어난 곳)

2) 인적 관계와 그 계보

혜경궁홍씨는 비록 궁궐 안이기는 하였으나 왕실의 중심 인물로서 많은 사람들과 인적 교유를 하였다. 이들과의 권력적 관계 속에서『한중록』도 저술이 되었다. 한중록이 저술되게 한 중요한 인간적 교유의 양상들을 자세하게 살펴보기로 한다.

먼저, 혜경궁홍씨는 친정 부모로부터 많은 영향을 받았다. 어머니는 한산이씨이다. 혜경궁홍씨도 술회하고 있듯이 궁궐에 들어가면서 가장 걱정하였던 점이 어머니와 떨어져 살아야 한다는 문제였다. 그 후 모친은 혜경궁홍씨가 생산을 할 때마다 입궁하여 그녀를 보살펴 주었다고 한다. 그러나 한산이씨는 나이 50도 채우지 못하고 세상을 떠났다. 그때 혜경궁홍씨는 너무도 슬퍼하여 영조와 정성왕후(貞聖王后)에게 주의의 말을 들을 정도였다고 한다.

아버지 홍봉한은 사도세자를 죽인 배후인물로 지목되기도 하였던 인물이다. 홍국영(洪國榮)을 중심으로 한 시파(時派)는 사도세자를 동정하여 영조가 참언을 듣고 세자를 죽였다고 하여 그 배후인물로 홍봉한을 지목하였다. 정조는 등극한 이후 시파의 주장에 따라 외척세력들을 축출하여 나갔다. 홍봉한은 정조2년 서인으로 폐출된 후 세상을 떠났다. 그 무렵 홍봉한의 아우 홍인한은 사사(賜死)되었고, 혜경궁홍씨의 오빠이며 홍봉한의 맏아들 홍락인(洪樂仁)은 참척을 당하고, 둘째 아들 홍락임(洪樂任) 마저 죄안(罪案)에 올랐다.『한중록』에는 이러한 친가 일문의 불행을 겪으면서 그 안타까운 심정을 곳곳에 잘 표현하고 있다. 훗날 그녀는 남편을 따르지 못한 것도 아들 때문이었고, 아버지를 따르지 못한 것도 아들 때문이었음을 밝히고 있다.

혜경궁홍씨에게는 위로 오빠 낙인(樂仁)과 아래로 남동생 낙신(樂信), 낙임(樂任), 낙윤(樂倫) 셋 외에 이복일(李復一)에게 출가한 여동생이 있었고, 서제(庶弟)로는 낙파(樂波)가 있었다. 낙인은 의젓하고 식견이 높아 혜경궁홍씨에게는 여러 가지로 조언을 하였다고 한다. 이들 형제들은 정조가 즉위하면서 모두 실각하여 모두가 어렵게 살아야 했다.

혜경궁홍씨에게 영조임금은 시아버지와 며느리 사이인 동시에 임금과 신하 사이이기도 하였다. 9살에 입궁한 이후로 그 궁중 생활의 주요 일과는 시아버지인 영조를 위시하여 삼전에 문안을 드리는 일과 생시어머니인 후궁 영빈이씨 문안, 그밖에 친가에 대한 조석의 봉서(封書)가 주가 되고 그 나머지는 장차 왕비로서의 교양을 쌓는 일이었다. 영조와 사도세자 사이의 우여곡절이 있었기 때문에 시아버지에 대한 감정은 존경과 미움이 섞여 매우 복합적이었을 것이다. 영조는 괴팍한 구석이 있어서 자녀들에 대한 애증이 편벽되었기 때문에, 혜경궁홍씨는 효와 열의 갈래에서 고민하고 갈등할 일이 많을 수밖에 없었다. 그러나 남편이 죽은 후로 영조는 정치적 풍파 속에서 자신을 돌보아줄 수 있는 유일한 존재로 친어버이처럼 의지해야 할 대상이었다. 그리하여 영조 사후 그 슬픔이 매우 컸던 것으로 알려져 있다.

영조

혜경궁홍씨가 일생동안 섬겼던 시어머니는 세 사람이었다. 사도세자의 친모인 선희궁이씨(宣禧宮李氏), 즉

영빈(映嬪)과 적모(嫡母)가 되는 정성왕후(貞聖王后) 서씨, 그리고 정성왕후 사후에 들어온 연하의 정순왕후(貞純王后) 김씨이다. 혜경궁홍씨가 가장 친밀감을 느낄 수 있었던 이는 영빈이다. 고부간이라고 해도 세자빈과 일개 후궁의 처지가 달랐기 때문에 며느리임에도 불구하고 영빈은 깍듯하게 경대하였다. 정성왕후와는 공적인 예절 외에 사적인 교유는 거의 없었던 것으로 여겨진다. 고부간의 문제로 가장 어려움을 겪었던 것은 정순왕후와의 관계였다. 정순왕후는 15세 때, 66세였던 영조에게 시집오게 된다. 이때 혜경궁홍씨의 나이는 이미 25세였다. 아들과 며느리보다도 열 살이나 어렸던 것이다. 정순왕후는 경주김씨 가문의 힘을 바탕으로 하여 화완옹주와 결탁하면서 자신의 세력을 확장하여 가는데 아무래도 기존의 풍산홍씨 가문이 형성하고 있던 세력을 감안하고 이와 운명적으로 대립할 수밖에 없었다. 한중록을 보면 풍산홍씨들이 경주김씨들에게 많은 설움을 당했던 것으로 나타나 있다. 정조가 등극한 후에는 어느 정도 정순왕후를 견제할 수 있었지만, 순조가 즉위하자 정권은 다시 대왕대비였던 정순왕후가 수렴청정하면서 경주김씨 일문으로 넘어가게 되었다. 순조가 즉위한 후 그들은 홍봉한을 임오화변의 주동자로 몰아가고, 정조가 계획했던 홍봉한의 문집출판을 중지시켜 버린다. 또한 홍낙임에게는 천주교신자라는 죄목을 주어 축출한다. 권력을 잡은 젊은 시어머니와 무력한 늙은 며느리의 모습이 대조적이었다고 할 수 있다. 그러나 순조 즉위 후 정순왕후의 수렴청정은 3년 만에 끝나며, 그 후 1년 만에 정순왕후는 세상을 떠난다. 혜경궁홍씨는 많은 나이에도 불구하고 정순왕후보다 10년이나 더 장수한다.

남편 사도세자는 동갑의 나이로 어찌 보면, 인간적인 면에서 그를 가장 잘 아는 존재가 바로 혜경궁홍씨였다고 할 수 있다. 영조의 병적인 괴

벽으로 인하여 상처받은 사도세자를 가장 잘 이해하고 동정하였다. 또한 투기하지 않는다 하여 오히려 영조에게 쫓겨나 친가로 내려가는 사태를 겪기도 한다. 사도세자의 병이 깊어질수록 혜경궁홍씨는 무던히도 시달렸다. 죽기 10여년전부터 사도세자에게는 병세가 있었으므로 부부사이의 정을 운운할 만한 마음의 여유는 없었던 듯하다. 사도세자가 참변을 당하고난 이후에는 아들 세손을 위해 죽지도 못 했다고 술회하고 있다.

창덕궁 문정전(사도세자가 뒤주에서 죽은 곳)

혜경궁홍씨는 아들로는 정조를 두었고 그 외에도 딸이 둘이 있었다. 그녀가 참변을 겪으면서도 험한 세월을 견딜 수 있었던 것을 아들을 왕으로 세우기 위한 일념 때문이었다. 사도세자 사후, 11세의 세손을 길러 그가 24세의 왕이 될 때까지 그 동안의 만고풍상은 비할 바가 없었다. 임오화변 직후 어린 아들을 경희궁으로 따로 보낼 때의 슬픔, 화완옹주의 간계로 소년시절의 정조가 모친을 소대(疏待)하던 일들, 세손을 반대하는 세력들의 여러 가지 음모를 견디어내는 일들이 모두 심상한 일이 아니었다. 그러나 그러한 고민이 정조가 왕에 오른다고 하여 끝나는 것도 아니었다. 정조즉위 이후, 정조는 홍국영을 가까이 하여, 중부(仲父)인 홍인한이 화를 당하고 아버지 홍봉한이 서인이 되는 등 혜경궁홍씨의 일문이 일시에 타격을 받게 된다. 그러나 이에 대해서도 그녀는 항변할 수 있는 형편이 되지 못하였다. 정조가 만년에 이일을 후회하고 삼촌의 죄를 벗겨주겠다는 약속을 하였으나 돌연 승하한다. 정조와 혜경궁홍씨의 관계는 모자관계이기는 하나 어찌 보면 고락을 같이한 동지로서의 성격도 강하다. 남편으로 인해 이루지 못했던 꿈을 아들로 인해 이루려고 했던 그녀의 소망은 그녀의 글들을 통해 확인할 수 있다.

그녀에게는 두 딸이 있었는데 청연공주와 청선공주이다. 이들이 아버지 사도세자를 여읠 때가 각각 8살과 6살 때였다. 혜경궁홍씨는 이들의 성품을 유화관후(柔和寬厚)하다는 말과 온아개제(溫雅愷悌)하나는 말로 표현했다. 그리고 외손자들도 잘났다고 자랑했다. 그러나 작은 딸은 나중에 과부가 되어 혜경궁홍씨는 동병상련을 느끼기도 하였다.

영조에게는 딸이 많아 혜경궁홍씨에게도 시누이가 많았으나, 이들은 대부분 요절하거나 아니면 출가하여 죽고 끝까지 살아남은 사람은 3, 4인에 불과하다. 혜경궁홍씨가 처음 입궁했을 때 궁 안에는 5명의 시누이가 있었는데, 그 무렵 그들과의 갈등은 거의 나타나지 않는다. 시누이라 하지만 세자빈궁과 일개 옹주는 신분차이가 있었기 때문이기도 하다. 손아래 시누이로는 화협(和協), 화완(和緩), 화유(和柔)가 있었다. 큰 시누이 화순(和順)옹주는 결혼하여 시가에서 생활했고, 셋째 시누이 화평(和平)은 영조의 편애로 결혼을 하고도 궁중에 머물러 있었다. 이들 중에서 정

정조대왕 능행도

치달의 아내(일명 정처(鄭妻)로 불리기도 했음)이며 정후겸의 양어머니이기도 한 화완옹주는 임오화변 후 영조의 사랑을 독차지하면서 영조말년까지 정조 모자를 괴롭힌 여인이다. 한중록에서는 그녀가 세손의 모자 사이, 세손과 외가 사이를 이간하고 심지어는 세손의 부부 사이도 질투하여 정조의 비인 효의왕후(孝懿王后) 김씨를 소박을 맞게 하고, 정조가 궁중 내인들에게 관심을 가지는 것까지도 감시했다는 것을 적시하고 있다.

손자인 순조(純祖)는 신기하게도 혜경궁홍씨와는 생일이 같았다. 생일만 되면 자신의 반생이 서러웠는데 이날 손자를 보게 되면서 혜경궁홍씨는 무한한 기쁨을 느낀다. 할머니의 손자에 대한 사랑은 누구에게나 지극하지만 혜경궁홍씨에게는 더욱 그러하였다. 그러나 대왕대비 정순왕후가 순조를 수렴청정하면서 혜경궁홍씨는 다시 새로운 어려움을 겪기도 하였다.

3) 인간상

혜경궁홍씨는 81년의 생애에서 71년을 궁중에서 보냈다. 아마도 조선시대에 궁중에서 이렇게 오랜 세월을 보낸 여인도 흔치 않을 것이다. 그러나 그녀의 일생은 그 영광과 권세만큼 행복하거나 평탄한 것이 아니었다. 왕실의 여성으로서 혜경궁홍씨는 여러 가지 면모를 보여준다. 한 사람의 인간으로서, 아내로서, 며느리로서, 딸로서, 어머니로서 살다간 혜경궁홍씨의 인간상은 어떠한 것일까. 전반적으로 볼 때 그녀는 유교적 윤리에 충실한 규범적 인간의 모습을 보여준다. 그러한 유교적 윤리 규범은 다양한 모습으로 나타난다.

첫째, 혜경궁홍씨는 효성스러운 여인으로 나타나 있다. 혜경궁홍씨는 사가의 부모에게 뿐만 아니라, 가례 후 궁중의 어른들에게 온갖 효행을 다한다. 남편의 죽음을 보고서도 오히려 '모자의 보전함이 성인이로소이다' 라 하여 영조를 감동케 한다. 이에 영조로부터 '가효당'이라는 당호를 받아 그녀의 효가 나라에서도 공인이 된다. 이것은 어쩌면 의지할 곳이 영조밖에 없었던 혜경궁홍씨의 입장에서는 당연한 것이었다. 한중록의 곳곳에서 혜경궁홍씨는 자신의 효가 윤리규범에 어긋남이 없음을 강조하고 있으며, 또한 자신이 효가 충과도 일치함을 거듭 강조하였다.

둘째, 혜경궁홍씨는 남편을 다만 예로 공경하고 섬기는 인물로 나타난다. 사도세자의 병이 깊어 영조와의 사이가 멀어지고, 부왕과의 사이가 멀어지면서 사도세자의 난폭한 행동이 더욱 심해지고 그러한 난폭한 행동이 자신에게까지 미치게 된다. 이에 혜경궁홍씨는 남편에게 연민을 느껴 동정하면서도 남편을 경원하며 남편의 모든 것을 체념하기에 이른다.

나는 어이하여 내지 아니한다고 섰는 것을 바둑판을 던져 왼편 눈이 상하여 하마터면 망울이 빠졌을러니 요행 그 지경은 면하나 놀라이 붓고 대단하니, 어이하오시는데 하직을 못하고 선희궁께 낯으로 뵈옵지 못하니 악연한 이회를 어찌하며 하릴없이 살길이 없으니, 죽고자 하되 차마 세손을 버리지 못하여 결치 못하나 각각 위난지단이 무수하니 어찌 다 쓰리오 … 소천이 아무리 중하오나 하 망극하고 위름하여 내 명이 부지불각 중 어느 날 마칠 줄 모르니 한마음이 뵈옵지 말기만 원하여 온행하신 그덧 사이라도 다행한 것 같더라[6)]

위에서 보듯 사도세자의 포악한 행동이 나인에서 벗어나 혜경궁홍씨에게 까지 미치게 되자 아무리 남편이 소천이라고 한들 남편을 사랑으로 받들 수만은 없었을 것이다. 점차 남편을 두려워하고 온행차 떠난 남편의 부재를 오히려 다행스럽게 여길 정도로 사도세자를 경원하고 체념하였다.

사도세자는 점차 이러한 혜경궁홍씨의 마음을 알아 임오화변 당일에도 "자네가 아무커나 무섭고 흉한 사람이로세"라며 탄식의 말을 한다.

정조

셋째, 사도세자는 아들을 가장 중요하게 여기며 모성애를 강하게 보였던 인물이다. 그녀의 당시 형편은 아들인 세손과 남편인 세자 사이에 어느 하나를 선택하지 않으면 안 될 형편이었다. 모성애를 실현하자면 남편과 거리를 두어야만 했다. 아들이 영조에게 사랑받고 있음을 남편이 알까 두려워하여 영조의 연설을 고치거나 빼버린다. 임오화변 당일 남편이 세손을

6) 『한듕록』, 215-217면.

급히 찾을 때에도 혜경궁홍씨는 세손의 안위를 먼저 생각한다.

거동령을 들으시고 공구하여 아무 소리도 없이 기계와 말을 다 감추어 경영한 대로 하라 하시고 경춘전 뒤로 가시며 나를 오라 하시니 … 홀연 까치가 수를 모르게 경춘전을 에워싸고 우니 그 어인 징조런고 괴이하여 세손이 환경전 계신지라. 내 마음이 황황한 중 세손이 어찌 될 줄 몰라 그리 내려가 세손더러 "아무 일이 있어도 놀라지 말고 마음 단단히 먹으라" 천만당부하고 어찌할 줄 모르더니 … 소조께서 나를 덕성합으로 오라 재촉하시기가 뵈오니 … 나더러 하시되 "아마도 괴이하니 자네는 좋이 살게 하였네. 그 뜻들이 무서워" 하시기 … [7]

융릉(정조의 능)

위에서 혜경궁홍씨는 남편보다는 자식의 안위를 더 걱정하고 있음을 알 수 있다. 백년해로를 약속했음에도 불구하고 권력의 길로 말미암아

7) 『한듕록』, 259-261면.

남편의 절박함을 외면하고 만다. 남편이 뒤주에 갇혀 생사가 위급할 때도 아들이 어리다는 핑계로 석고대죄의 권고를 물리쳤다. 또 어린 아들에게 아버지의 참혹한 죽음을 운명으로 받아들이도록 하여 영조의 처분에 항명하거나 이의를 제기하지 않도록 당부했다. 그리고 영조의 뜻을 받들어야 나라가 태평함을 일깨우기까지 했다. 혜경궁홍씨의 이러한 태도는 남편에게서 모든 것을 체념한 후 오로지 아들의 성취를 위해 온 힘을 기울이는 모정의 발로라고 할 수 있다.

아들의 왕위 승계를 위해 당시 영조의 총애를 받고 있던 시누이 화완옹주에게도 자신의 몸을 굽힌다. 화완옹주가 민액한 일을 많이 해도 참고, 아들인 세손에게도 옹주의 눈에 벗어나지 않도록 행동을 당부한다.

이러한 것들로 볼 때 혜경궁홍씨의 삶은 예의규범을 준수하면서 아들을 보호하고 아들에게 왕권을 쥐어주기 위해, 왕과 왕비에 대한 효를 다하면서 남편에 대한 예의를 준수하려 했음을 알 수 있다. 그리고 정조가 왕이 된 이후에는 홍씨 일문의 정당함을 대변하고 정순왕후의 탄압을 견디어냈던 것임을 알 수 있다.

2. 작품세계

혜경궁홍씨는 본래 저술에 힘쓴 문인이 아니었다. 그가 남긴 유일한 작품이 『한중록』이다. 이 한중록도 그가 자발적으로 저술한 것이라기보다는 과거의 진상을 술회하지 않을 수 없었던 상황에 처해 있었기 때문이다. 조선시대의 예법에 의하면 여성이 저술을 하는 것은 권장하는 바가 아니기도 하였다.

그러므로 혜경궁홍씨의 문학세계를 논의할 자료는 한중록이 유일하다. 그 이외에 그녀의 문학세계를 전반적으로 논의할만한 자료가 따로 존재하지 않는다. 『한중록』은 『계축일기(癸丑日記)』, 『인현왕후전(仁顯王后傳)』과 더불어 우리나라 궁중문학을 대표하는 작품으로 알려져 있다. 이들은 궁중이라는 특수한 사회를 토대로 생성되어 다른 작품들과는 쉽게 변별되기 때문이다. 이 작품들은 역사적인 대사건들과 실존인물들이 등장하여 창작 작품에서는 느낄 수 없는 감동을 전해준다. 특히 한중록은 이 세 작품 중에서도 유일하게 작가가 알려져 있는 작품이며 창작시기와 동기도 잘 나타나 있어서 매우 중시되는 작품이다.

이글에서는 혜경궁홍씨가 지은 작품 한중록의 여러 문제를 집중적으로 다루면서 그녀의 작품세계에 대한 이해를 대신하고자 한다.

1) 창작 동기와 구성

현존하는 한중록의 구성은 이본에 따라 차이는 있으나 4차에 걸쳐 형성된 것임을 알 수 있다.

제1편은 혜경궁홍씨가 회갑이 되던 해(1795, 정조19년)에 집필된 것이다. 이 시기는 정신적으로 안정이 되어 과거의 아픔을 담담하게 돌아볼 수 있는 시기였다. 그 무렵 자신의 아들인 정조가 등극하여 오랫동안 왕권을 다지고 있었고 지극한 효성으로 어머니의 한을 달래주던 시기였기 때문이다. 그랬기에 혜경궁홍씨는 마음에 여유를 가지고 집필을 할 수 있었다. 그녀는 서문에서,

수영이 매양 본집에 마누라 수적이 머문 것이 없으니 한번 친히 무슨 글을 써 내려오셔 보장하여 집에 길이 전하며 미사가 되겠다 하니 그 말이 옳아 써 주고자 하되 틈 없어 못하였더니 올해 내 회갑 해를 당하니 추모지통이 백배 더하고 세월이 더하면 내 정신이 이 때만도 못할 듯하기 내 흉감한 마음과 경력한 일을 생각하는 대로 기록하였으나 하나를 건지고 백을 빠치노라.8)

라고 하면서 창작동기를 밝히고 있다. 제1편에서 다루어지는 내용은 ① 출생에서 간택되어 입궐하기까지, ②자녀출산과정과 임오화변까지, ③ 임오화변에서 홍국영의 몰락까지, ④순조의 탄생에서 작가의 회갑연까지의 일들을 비교적 담담하게 술회하고 있다.

제2편은 혜경궁홍씨의 나이 67세(1801, 순조원년)에 쓴 것이다. ①임오화변 후 화완옹주(鄭妻)의 이간책, ②기축년 별감사건(친정아버지 홍봉한이 세자의 외입을 직언하여 세손의 미움을 산 일), ③홍인한이 미움을 받게 된 동기(화완옹주의 양자인 정후겸과 홍국영의 부친인 홍락춘의 취직을 거부한 일), ④홍국영세도의 좌절(홍국영이 자기 누이를 정조의 후궁으로 바쳤으나 일년만에 죽고, 정조의 이복동생인 은언군의 아들 상계군을 원빈의 양자로 옹립하려다 실패한 일), ⑤숙제(叔弟) 홍낙임(洪樂任)의 억울한 죽음(사학인 천주교를 믿는다는 명목으로 죽음)을 밝히면서 새로 왕이 된 손자에게 은근한 부탁을 하였다.

제3편은 혜경궁홍씨의 나이 68세(1802, 순조2년)에 지은 것으로 2편의 후반부와 같이 숙제의 억울한 죽음을 항변하였으나 조금은 더 담담한 어조로 표현하고 있다. 그는 순조의 효심을 불러일으키기 위하여 선왕이었던 정조가 학문을 좋아하고 검소한 생활을 하였던 점과, 즉위초에 외가

8) 『한듕록』, 1면.

에게 행한 일을 뉘우치며 효도했던 일들을 상기하면서, 친정 집안이 무고하게 화를 입었다는 점을 밝히고 있다.

제4편은 혜경궁홍씨의 나이 71세에 집필된 것이다. 지난 10년 동안 세 번이나 붓을 들었으면서도 차마 밝힐 수 없었던 임오화변의 원인과 그 과정을 상세하게 밝히고 있다. 그 서두를 보면 다음과 같다.

> 임오화변이 천고에 없는 일이라 선왕이 병신 초에 영묘께 상소하셔 "정원일기를 없이하여지라" 하여 문적을 없이하였으니 선왕의 효자지심으로 그 때 일을 중인이 아니 볼 이 없이 설만이 보는 것을 설워하심이라. 년대 오래고 사적을 알 이 없어 가니 그 사이에 이를 탐하고 화를 즐기는 무리들이 사실을 변란하고 청문을 현혹하여 혹 하되 경모궁이 병환이 아니 계오신 거을 영묘께서 참언을 듣자오시고 그 처분을 하오시다하며, 혹 하되 염묘께서 못 생각하오신 일을 신하가 권해드려 망극지정이 되다 하니 선왕이 영명하오시고 그 때 비록 충년이시나 다 목도하신 일이라 어찌 속으리오마는 … [9]

위에 나타난 바와 같이 이미 사실을 알고 있으면서도 선왕 정조가 시비를 분별하지 않은 것은 할아버지와 아버지 중 어느 편을 들 수 없었기 때문에 부득이한 일이었다. 그러나 순조는 선왕과 입장이 다르고 자손이 되어 큰일을 모르는 것은 도리가 아니었다. 이에 어린 왕에게 전후사를 기록하여 보이려 하였으나 차마 붓을 들지 못하였다고 했다. 그러나 목숨이 실날같아 앞날을 기약할 수 없고 새 왕이 모르게 하고 죽는 것이 인정이 아니므로 강잉하여 민감한 문제를 조심스럽게 쓴다고 하였다.

> 이 일이 영묘를 원망하여 경모궁이 병환이 아니시라 하며 신하를 죄있다

9) 『한듕록』, 89면.

하여서는 비단 본사의 실상을 잃을 뿐 아니라 삼조에 다 망극한 일이니 이만 잡으면 이 의리 분간하기 무엇이 어려우리오. 내 임술 춘간에 이 일을 초잡아두고 미처 뵈지 못하였더니 근일에 경력한 수작에 미쳐 가순궁도 자손을 알게 하는 것이 옳으니 써내라 청하니 비로소 강잉하여 써 주상께 뵈니 내 심혈이 이 기록에 다 있는지라. 새로이 심혼이 경월하고 간폐붕절하여 일자일체하여 글씨를 이루지 못하니 세상에 나 같은 사람이 다시 어이 있으리오. 원의원의라. 을축사월일 … 10)

이와 같이 창작동기와 연대를 분명히 밝히고 있다. 이어서 본디 경모궁이 예절은 비범하였으나 국운이 부해하여 부자간 골 깊은 갈등으로 병환이 돌이킬 수 없는 경지에까지 이르게 되었다고 한다. 그러므로 영조의 처분도 불가피하였으며, 경모궁 처단 때 사용된 뒤주도 영조가 스스로 생각해 낸 것이라고 하였고, 그러므로 이일로 인해 친정 집안이 수차례에 걸쳐 수난을 당한 것은 억울하다고 밝힌다.

한중록의 내용은 전체적으로 볼 때, 궁중생활, 사조세자의 비극, 친정과 부친의 무죄, 자신의 운명과 그에 대한 탄식으로 이루어졌다고 할 수 있다.

가람 이병기는 한중록의 내용을 다음의 19가지의 항목으로 분류하여 제시한 바 있다.11)

1) 그 서문과 자랄 때
2) 간택에 뽑히다.
3) 별궁생활과 이가례(二嘉禮)
4) 각전의 자애, 궁중의 예절, 본가와의 관련

10) 『한듕록』, 93면.
11) 이병기교주, 『한중록』(백양사, 1947) 참조.

5) 정조의 탄생과 홍역, 기애(奇愛)하는 계매(季妹)
6) 그 선비(先妣)와 경모궁(景慕宮)
7) 그 선형(先兄)과 백질(伯姪)과 선비상사(先妣喪事)
8) 부모의 정경, 성모(聖母)의 예척(禮陟), 예질(睿質)의 효녀(孝女)
9) 정조의 가례(嘉禮)와 경모궁의 희열
10) 가효당(嘉孝堂)의 설움
11) 또 그 서문
12) 예질(睿質)의 변화
13) 경모궁의 병환 1
14) 경모궁의 병환 2
15) 경모궁의 병환 3
16) 경모궁의 병환 4
17) 경모궁의 병환 5
18) 그날의 대변(大變)
19) 대변후 세손과의 애통

건릉(사도세자와 혜경궁홍씨의 능)

2) 명칭과 이본

한중록은 '한듕록', '한듕만록', '閑中漫錄', '읍혈록', '泣血錄' 등으로 불리어졌으나 한글과 한문표기의 차이, 그리고 '閑中錄'을 '閑中漫錄'의 축약된 표기로 본다면, '한중록'과 '읍혈록'이라는 제명으로 압축된다. 그런데 '한중록'의 한문표기는 '閑中錄'으로 보는 견해와 '恨中錄'이라고 보는 견해가 있다. '恨'으로 보는 견해는 작가의 한스러운 일생이 생생하게 그려져 있다는 점에서 비롯된 것이며, '閑'이라는 견해는 한가로울 때 지었다는 것에서 기인한다.

'恨'은 '恨하다', '恨스럽다' 등 동사나 형용사로 쓰이고 '閑'은 '한가하다', '한가함' 등 형용사나 명사형으로 쓰이는 어법상의 문제라든지, 버클리본에서는 '恨'은 특별하게 'ᄒᆞᆫ'으로 표기하고 있다는 점에서 '恨中錄' 보다는 '閑中錄'으로 표기하는 것이 옳을 듯하다. 또한 입궐 후 평생을 층층시하의 궁중에서 지내며 남편의 죽음의 비밀과 친정의 옹호가 중심이 된 이글을 쓰면서 '한스럽다'는 표현을 할 처지가 아니었다는 점과 글의 내용에서 보듯 회고하는 듯한 한가로운 분위기를 감안한다면 '閑中錄'이라는 표현이 더 적합할 것이라는 생각이 든다.[12)]

정은임교수는 작자의 창작동기와 내용에 따라 제목을 다음과 같이 정리한 바[13)] 있다.

> 한중록(閑中錄) : 기일(其一)
> 읍혈록(泣血錄) : 기이(其二), 기삼(其三)
> 한중록(恨中錄) : 기사(其四)

---

12) 소재영, 「한중록」, 『한국고전소설작품론』(김진세 편, 집문당, 1990), 726면 참조.
13) 정은임, 『한중록』(이회문화사, 2002), 11면.

한중록은 현재 국내에 9종과 해외에 5종의 이본이 발견되어 모두 14종의 이본이 보고되어 있다.[14] 현재까지 알려진 이본들의 종류만 제시해보면, 가람본, 고대본, 일사본, 맹현본, 버클리대D본, 국립도서관본, 민씨가장본, 버클리대본, 버클리대B본, 버클리대C본, 버클리대E본, 순전대본, 한문본이다. 이중에서 가장 많이 읽히고 있는 것은 일사본과 가람본, 나손본이다.

3) 궁중 언어의 아름다움

『한중록』은 품격있는 아름다움을 잘 보여주는 작품이다. 한중록에 나타난 궁중어는 전체 '조선 왕조의 궁중어'라고 보아도 무리가 아니다.

한중록에 나타난 궁중어의 특징은 첫째, 은어적 성향이 짙고, 둘째, 여진어와 몽고어를 비롯한 외래어 계통이 섞여 있으며, 셋째, 한자어 계통이 많고, 넷째, 지금은 사라진 옛말들이 많고, 다섯째, 경어법이 발달했다는 점을 들 수 있다.[15]

한중록에서 사용된 어휘 몇 가지를 보면,

· 프디(요), 기수(이불), 지(소변 또는 용기)
· 자가(출가한 왕녀), 너비아니(불고기), 치(상투, 신), 봉디(바지), 매우(대변)
· 수라(왕의 식사), 용금치(용을 수놓은 흉배, 보), 조라치(궁중의 잡역부), 무수리(궁중의 허드렛일 하는 여인), 더그레(군복)

14) 김용숙, 『한중록연구』(정음사, 1987), 22-138면 참조.
15) 김용숙, 「궁중어의 아름다움-<한중록>을 중심으로」, 『한글』(한글학회, 1994) 참조.

과 같은 것을 예로 들 수 있다. 위의 말들 중에서 수라, 용금치, 조라치, 무수리 같은 말들은 몽고어와 만주어로부터 영향을 받은 것들이다.

그 외에도 의대(衣襨), 동의대(胴衣襨), 대자(帶子) 등 무수한 한자어휘를 사용하여 왕에 대한 외경을 표현하였음을 알 수 있다.

한중록에서 사용된 어휘들 중에서 되살려 써도 좋은 말로 몇 가지만 제시해보면 다음과 같다.

· 쁜덥다 (못잊어 돌아보는 마음)
· 알노이게 (드러나게)
· 잇뿌다, 잇비하다 (피로하다, 지치다)
· 오룻ᄒᆞ다 (완전하다, 전일하다)
· 그음없다 (그지없다, 한이 없다)
· 서리담다 (한과 분함을 참고 견디다)
· 브롯되다, 어중되다 (시건방지다)
· 머리지어 (선두로 하여)
· ᄒᆡ옴없다 (하염없다)

이들 외에도 많은 품격 있는 궁중 어휘들이 무수하게 발견된다.

또한 발달된 경어법의 사용사례들을 매우 많이 보여주고 있으며, 되도록 직설적인 화법보다는 간접화법을 주로 사용하고 있음을 알 수 있다. 그리고 모진 말이나 단정적인 말을 삼가고 있으며, 꺼리는 사물을 상징적인 표현과 간접적인 표현을 사용하고 있어 이러한 방식으로 궁중어의 품격을 높이고 있음을 알 수 있다.

4) 문학적 가치

한중록의 문학적 가치에 대해서는 그간 여러 가지 평가가 있어왔다.

첫째, 문학적 갈래에 대한 논란들이 있어왔다. 궁중소설로 보는 입장, 실기문학(實記文學)으로 보는 입장, 수필로 보는 입장, 수기(手記)문학으로 보는 입장, 일기문학으로 보는 입장 등 여러 가지 견해들이 제출되어 있으나 뚜렷한 정설이 있는 것은 아니다. 어찌되었든 역사적인 상상력을 바탕으로 하면서도 작가에 의해 작중인물들이 의도적으로 성격화되고 있음을 발견할 수 있다.

둘째, 궁중여성의 한을 잘 표현한 '한(恨)의 문학'이라고 할 수 있다. 젊은 나이에 남편을 저승으로 보내고 아들이 왕이 되기까지 인고의 세월을 보냈다가, 아들이 왕이 된 이후에는 친가의 불행을 겪어야 했고, 손자가 왕이 된 이후에도 정순왕후에 의해 박해를 받아야 했다. 이런 안타까운 필자의 정황들이 문면 곳곳에 잘 나타난다.

문면 곳곳에, "섧고 섧도다", "슬프다", "슬프도다", "서럽도다", "원의원의(寃矣寃矣)"와 같은 말들이 수시로 사용된다. 그리고,

> "천지합벽하고 일월이 회색하는 변"
> "만고에 없는 설움"
> "그음 없는 슬픔이야 어찌 일시인들 참으리오"
> "귀신이나 알지"
> "천지도 응당 빛을 변할 것이니"
> "차마 일컫지 못할 일 중 더욱 일컫지 못할 일"

등과 같은 표현들을 통해 작가의 한을 더욱 극대화하고 있다.

셋째, 특히 인물형들이 살아 숨 쉬고 있다. 수많은 등장인물 중에서도 능동적인 성격이 두드러지는 화완옹주, 정순왕후, 김귀주, 홍국영 등과 이에 대응된 홍봉한, 홍인한, 홍낙인 등의 수동적인 인물들의 성격구조가 생동하는 문장력으로 형상화되어 효과를 극대화하고 있다.[16] 이러한 면에서 보면 소설적인 기법들이 활용되고 있는 것으로 볼 수도 있다.

넷째, 창작기법 면에서도 허구적인 표현을 통해 작가의 의도를 강조하는 모습을 보여준다. 혜경궁홍씨가 탄생할 때의 태몽과 조부가 수놓은 용병풍이 궁중에 들어와 신이함을 보이는 일, 저승전 취선당이 옛날 장희빈의 처소로 인현왕후를 저주하던 곳이라 거기서 자란 사도세자가 병환을 얻게 되었다는 내용, 작자의 맏아들 의소 잉태시 해산하다 죽은 화평옹주를 꿈꾸고 옹주의 환생임을 믿는 내용, 『옥추경(玉秋經)』을 읽고 사도세자가 신인을 부려 병환이 위중해진 내용들이 바로 그러한 것들이다.[17]

5) 문학사적 위상

『한중록』은 『계축일기』, 『인현왕후전』과 더불어 궁중의 생활을 다룬 궁중여성문학으로서 우리 문학사에서 중요한 위치를 차지하고 있다. 다른 두 작품이 작자와 창작연대가 분명치 않음에 비하여, 이 작품은 작자와 창작시기가 매우 명확하다. 특히 권력의 정점에 있었던 왕실여성이 지었다는 점에서도 중요한 가치를 지닌다.

또한 궁중 여성의 생활풍습과 언어생활을 보여준다는 점에서도 매우

16) 소재영, 「한중록」, 『한국고전소설작품론』(김진세 편, 집문당, 1990), 737면.
17) 소재영, 「한중록」, 『한국고전소설작품론』(김진세 편, 집문당, 1990), 737면.

중요하다. 궁중생활에 대한 다양한 기록들과 궁중어서 사용하는 어휘와 문장들은 우리의 생활사와 언어사에서도 중요한 의미를 지니는 것이다.

또한 주인공의 정서표현이 뛰어나고, 사도세자의 심리묘사가 훌륭하여 우리 고전 문학에서 전에 없는 경지를 이룩했다고 할 수 있다.

3. 문헌정보

혜경궁홍씨가 남긴 작품으로는 『한중록』이 유일하다. 이 한중록에는 현재 14종의 이본이 전해지고 있다. 이 작품에 대한 번역주석본으로 참고할 만한 것은 다음이 대표적이다.

이병기(교주), 『한중록』(백양사, 1947).
이병기·김동욱(교주), 『한듕록』(민중서관, 1961).
김용숙(교주), 『비장본 한듕록-버클리대학본』(숙대출판부, 1979).
정은임(교주), 『한중록』(이회문화사, 2002).

종합적인 연구저서로는 김용숙의 『한중록연구』(정음사, 1987)가 있다. 그리고 한중록에 대한 연구논문들은 매우 풍부하게 산출되었다.

전체적인 작품론으로는 소재영의 「한중록」, 『한국고전소설작품론』(완암김진세회갑기념논문집, 집문당, 1990)과 정은임의 「한중록」, 『고전소설연구』(화경고전문학연구회, 일지사, 1993) 을 참고할 만하다.

정신분석학적인 면에서의 연구로는 김용숙의 「사도세자의 비극과 그 정신분석학적인 고찰」, 『국어국문학』 제19호(국어국문학회, 1958)과 이

능우의 「한중록의 심리분석」, 『문학춘추』(문학춘추사, 1965), 이우경의 「한중록에 나타난 사불의 자화상」, 『이화어문논집』 제8집(이화어문학회, 1986)을 참고할 수 있다.

그리고 문체론적인 관점에서의 연구 이병원의 「한중록의 문체론적 연구」(고려대교육대학원 석사학위논문, 1983)가 있고 궁중어와 궁중풍속에 관한 연구로는 김용숙의 『이조여류문학 및 궁중풍속 연구』(숙대출판부, 1990)와 『조선조 궁중풍속 연구』(일지사, 1987), 「궁중어의 아름다움-<한중록>을 중심으로」, 『한글』 226호(한글학회, 1994)가 있다. 그리고 이은순의 「현륭원지·행장과 한중록의 비교연구」, 『한국학보』 22집(일지사, 1981)은 임오화변과 사도세자를 바라보는 정조와 혜경궁홍씨의 상이한 입장차를 거론한 논문이다.

4. 현대의 문화적 변용

『한중록』은 조선시대 궁중여성의 삶을 잘 보여준다는 점, 아버지 왕이 아들 세자를 죽인 특이한 사건을 다루고 있다는 점에서 현대에도 여전히 중요한 관심의 대상이 되고 있다.

이것은 소설의 소재가 되기도 하고 희곡의 소재가 되어 연극으로 공연되기도 하였다. 또한 텔레비전에서 방영하는 사극의 소재로도 중요하게 다루어진 바 있다.

『한중록』은 이미 영어로 번역되어 외국인들에게도 관심을 끌었던 작품이다. 영국의 저명한 마거릿 드래블(Margaret Drabble, 1939~)은 『한중록』의 혜경궁홍씨 이야기를 소재로 하여『붉은 왕세자빈(The Red Queen)』(2004)이라는 소설을 집필한 바 있다. 이 작품은 시공을 초월해 동양과 서양, 한국과 영국, 그리고 과거와 현재를 연결키면서 이야기를 전개하고 있다. 한국의 고전도 얼마든지 세계적은 보편성과 호소력을 지니고 있음을 밝혀준 소중한 소설이라고 할 수 있다.

붉은 왕세자빈의 번역본

마거릿 드래블

오태석의 희곡 <부자유친>도 영조와 사도세자 이야기를 소재로 한 작품이다. 그로테스크한 느낌을 주는 독특한 희곡으로 주목받아 여러 차례 연극으로 공연된 바 있다.

그리고 한중록의 이야기는 연극뿐만 아니라 텔레비전 드라마의 사극으로도 여러 차례 방영된 바 있다. 1988년에 MBC방송국에서 <조선왕조

오백년- 한중록>이 방영되었고, 1998년에는 같은 방송국에서 한중록을 바탕으로 하여 <대왕의 길>이라는 사극이 방영되었다. 특히 <대왕의 길>은 한중록을 대본삼아 온전히 살리려고 했다는 점에서 매우 주목할 만한 작품이었다.

최근에도 혜경궁 홍씨와, 사도세자와 정조를 다룬 사극은 꾸준히 제작되고 있는 추세이다.

사극에서 혜경궁홍씨로 분장한 배우들

에필로그

광복이후 우리 학계는 왕실보다는 양반, 양반보다는 민중의 문화에 관심을 가져왔다. 이러한 경향으로 인해 우리 문화의 성격이 더욱 폭넓게 연구되고 이해될 수 있었다는 점은 중요한 성과라고 할 수 있을 것이다. 그러나 왕실문화에 대한 연구는 여전히 미진하다. 전통시대의 문화에서 왕실문화는 변두리가 아닌 중심에 있던 문화였고, 그 정점에 있었던 최고급의 문화였다. 특히 조선 왕실은 칼의 힘보다는 문화적인 리더십을 통해 국가를 경영하려는 전략을 늘 가지고 있었다. 그러한 점에서 왕실문화는 전통시대의 문화를 이해하는 데 무엇보다도 중요한 분야이다. 민주주의 시대에 왕실문화라는 것이 얼핏 무의미해 보일 수도 있다. 그러나 그럴수록 왕실문화의 실체는 더욱 분명하게 밝혀져야 한다. 이를 통해 근대문명의 실상과 의미가 더욱 분명하게 드러날 수 있기 때문이다.

특히 문화적인 리더십을 통해 국가를 이끌어가는 전략은 현재에도 여전히 유효할 뿐만 아니라 더욱 그 중요성이 강조되고 있다. 그러한 기본적인 전략뿐만 아니라 그 안에 내재되어있는 문화의 실제 내용도 계승 발전시킬 수 있는 것들이 풍부하게 남아있다.

그러한 점에서 『한중록』과 같은 작품은 더욱 새로운 의미로 다가온다.

홍랑

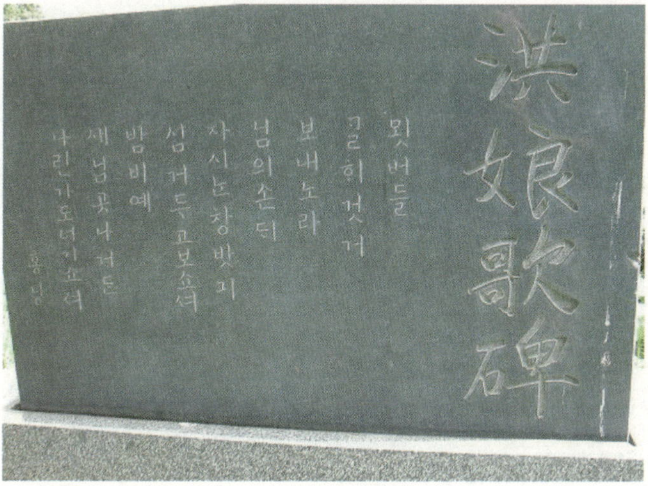

프롤로그

홍랑이라는 여성시인에 대해서는 사실 알려진 바가 거의 없다. 지금까지 알려진 것이라야 몇 가지 사실들뿐이고 알려진 작품도 시조 단 한수가 남아있을 따름이다. 그러나 그 단 한수의 시조가 그녀를 여성 시조작가의 반열에 당당히 오르게 했으니, 수십 편의 시조를 남긴 사람에 부러울 것이 아니다.

그럼에도 역시, 알려진 사실이 워낙 적어서 작가론을 전개하는 것 자체가 거의 불가능에 가깝다. 이러한 현실을 반영하듯, 짧은 비평 글 외에는 홍랑을 단독으로 다룬 단편 연구논문이 아직 한편도 나타나지 못했다.

1. 생애

홍랑의 생애에 대해서는 알려진 것이 거의 없다. 홍랑은 홍원의 관기였다. 홍랑은 1573년 고죽(孤竹) 최경창(崔慶昌, 1539-1583)을 처음 만난다. 이때 최경창의 나이는 35세였는데, 아마 홍랑의 나이는 이보다 훨씬 어렸을 것으로 추정한다. 고죽의 문집에 이에 대한 짤막한 기록이 보인다.

> 만력 계유 가을에 내가 북도평사로 막부에 나아갔더니, 홍랑이 따라와 막중에 있었다. 다음 해 봄 내가 서울로 돌아가게 되니, 홍랑이 따라와 쌍성에 이르러 이별하고 돌아가다가, 함관령에 이르러 날이 어두워지고 비가 심하게 내리는 때를 만나, 마침내 노래 한 수를 지어 나에게 보냈다.[1]

---

1) 萬曆癸酉秋, 余以北道評事赴幕, 洪娘隨在幕中. 翌年春, 余歸京師, 洪娘追入雙城而

홍원의 관기였던 홍랑은, 고죽이 있는 경성(鏡城)에까지 와있었다. 이것은 자신의 지역을 벗어날 수 없는 관기의 신분으로 보아 자신의 지역을 이탈했음을 말한다. 홍랑은 고죽을 따라와 쌍성에서 이별하고 돌아가다가 함관령에서 시조 한수를 지어 고죽에게 보낸다. 자신의 애원을 담아 시조와 함께 버들을 꺾어 고죽에게 보낸다.

또 이어지는 기록을 보면 다음과 같다.

그 후에 소식이 끊겨더니, 을해년에 내가 병이 나 오래 낫지 않아 봄부터 겨울까지 자리를 떠나지 못하였다. 홍랑이 그것을 듣고 즉일로 출발해 무릇 칠주야만에 이미 서울에 당도했다. 이때에 양계에 금령이 있었고 또 국상을 만나, 소상이 비록 이미 지났으나, 평시와 같지 않았다.[2)]

고죽이 북도평사로 있다가 한양으로 돌아온 후, 을해(1575)년에는 병이 깊어 봄부터 가을까지 병석을 떠나지 못했다. 이에 홍랑은 즉일로 칠주야(七晝夜)를 달려온다. 이때 그녀는 관기로서 지역경계를 이탈하였고, 또 양계(兩界)의 금령을 어겼다. 양계의 금령이란 함경도와 평안도 주민은 내지인과 결혼할 수도, 내왕할 수도 없다는 규정이었다. 그런데 홍랑은 국상중임에도 불구하고 이 금령을 어기고 한양까지 들어왔다. 결국 고죽은 파직이 되고 홍랑 또한 경성으로 돌아가야만 하였다. 고죽은 안타까운 자신의 심정을 담아 '증별(贈別)'이라는 시를 지어 홍랑에게 주었다고 한다.

別, 還到咸關嶺, 値日昏雨暗, 乃作歌一章, 以寄余. 其後音問相絶.(孤竹關係筆寫本 資料, 崔治萬發行『孤竹集』參照)

2) 歲乙亥, 余疾病沈綿, 自春徂冬, 未離床褥. 洪娘聞之, 卽日發行, 凡七晝夜, 已到京城. 時有兩界之禁, 且遭國恤, 練雖已過, 非如平日.(孤竹關係筆寫本 資料, 崔治萬發行『孤竹集』參照)

말없이 마주보며 유란을 주노라
오늘 하늘 끝으로 떠나면 어느 날에나 돌아오리.
함관령 올라서서 옛 노래 부르지 마라
지금도 비구름에 청산도 어두우니.

相看脈脈贈幽蘭
此去天涯幾日還
莫唱咸關舊時曲
至今雲雨暗靑山

그 후 고죽은 1582년 종성부사의 임명을 받고 함경도에 가게 된다. 기록에는 없으나 이 무렵 아마 홍랑과 해후했을 가능성이 있다. 다음 해인 1583년에 고죽은 세상을 떠나는데 이때에 홍랑이 파주 해주최씨 선산에 이르게 된다.

고죽이 죽은 후, 용모를 스스로 훼손시키고 파주 묘소를 지켰다. 임진왜란 때 고죽의 시고(詩稿)를 짊어지고 피난하여 병화를 모면케 하였다. 홍랑이 죽자 고죽의 묘 아래에 묻어주었다.[3)]

홍랑은 고죽의 묘소에서 3년 동안 시묘살이를 한다. 또한 자신의 용모에 신경 쓰지 않고 묘소를 지킨다. 그리고 임진의 난리 속에서도 고죽의 원고를 보존하여 문집을 출간할 수 있도록 했다. 그 후 홍랑도 죽고, 해주최씨 후손들은 그녀를 고죽의 무덤 바로 아래에 장사지내 주었다. 그녀의 행동이 많은 감명을 주었기에 가능한 일이었을 것이다.

3) 孤竹歿後, 自毁其容, 守墓於坡州. 壬辰之亂, 負孤竹詩稿, 得免兵火. 及死, 葬孤竹墓下.(南鶴鳴, 『晦隱集』參照)

최경창과 홍랑의 묘는 현재 파주군 교하면 다율리에 있으며 그녀의 시비가 함께 서 있다.

2. 작품세계

다음의 시조는 바로 1574년에 홍랑이 최경창을 보내고 함관령에서 지었던 작품이다.

묏버들 ᄀᆞᆯᄒᆡ 것거 보내노라 님의손ᄃᆡ
자시ᄂᆞᆫ 창밧긔 심거두고 보쇼셔
밤비예 새님곳 나거ᄃᆞᆫ 나린가도 너기쇼셔

이별의 슬픔이나 안타까움이 잘 나타날 뿐만 아니라 절실한 애원이 담겨져 있다. 이별을 당해 버들을 꺾어주는 것은 하나의 관례적 행위이다.

홍랑과 최경창의 묘소

당나라 때부터 벗과 헤어질 때에는 버들을 꺾어 이별의 징표로 주는 풍습이 있었다. 그러므로 버들을 꺾는다는 말에는 이미 이별의 의미가 함축되어 있는 것이다. 버들은 생명력이 강해 꺾어준 가지를 심어두면 쉽게 뿌리를 내리고 새파란 새잎을 피운다. 이처럼 자신들의 사랑도 시들지 말자는 다짐이 담겨 있는 것이다. 또 한가지 '柳'의 중국음은 머무른다는 의미의 '留'와 발음이 똑같아 가지말고 머물러 달라는 중의성을 내포하고 있다.[4] 이 시조에도 그런 상징성이 강하게 작용하고 있음을 알 수 있다.

또한 그것을 창밖에 심어두라고 했다. 창은 외부로 연결되는 통로이다. 그것도 침실 창밖이다. 침실은 내면 깊숙한 무의식의 세계인 잠과 꿈의 세계로 연결되는 장소이다. 그러므로 자아의 내면 심층과 외면을 바로 연결하는 창이라고 할 수 있다.

아울러 이 시조에는 한문 성어(成語)가 거의 사용되지 않고 순연한 우리말이 잘살아 있는 시조이다. '묏버들'은 산버들, '갈해 꺾어'는 가리어 꺾어나 골라 꺾어, '손대'는 손에, '심거'는 심어, '곳'은 강세조사이다.

최경창은 이 시조를 한역하여 '번방곡(飜方曲)'이라 하였다. 한역시는 아래와 같다.

홍랑의 시비

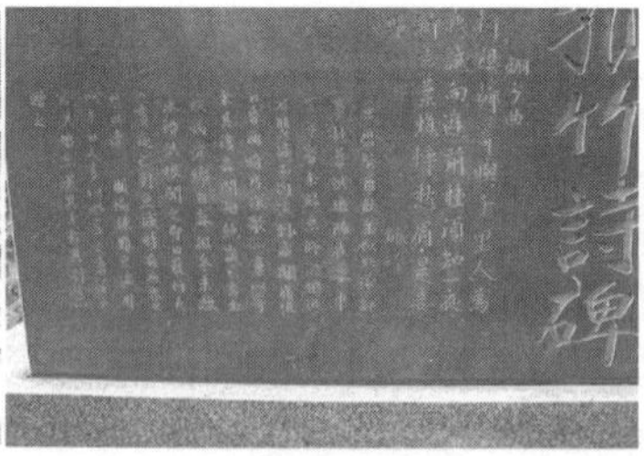
고죽 최경창의 시비

4) 정민, 『한시미학산책』(솔, 1996), 92쪽 참조.

버들가지 꺾어 천리 길 떠나시는 님께 부치오니
뜰 앞에 심어두고 저를 보시듯 하소서.
어느 날 밤 새잎 나거든
초췌하게 시름 짓는 첩의 몸인 줄 여기소서.

折楊柳寄與千里人
爲我試向庭前種
須知一夜新生葉
憔悴愁眉是妾身

3. 문헌정보

홍랑의 시조는 김천택의 『청구영언』에 수록되어 있다. 홍랑과 최경창에 얽힌 사연은 최경창의 문집인 『고죽집(孤竹集)』, 남학명의 『회은집(晦隱集)』에 수록되어 있다.

홍랑의 시조에 대한 연구는 다음의 두 글이 전부인 것으로 여겨진다.

최승범, 「홍랑의 시조에 어린 풍류」, 『시와 시학』 제42호(시와시학사, 2001봄).
권순열, 「최경창과 홍랑연구」, 『고시가연구』 제16집(한국고시가문학회, 2005).

다만, 기녀시조 전반에 대한 연구는 성현경의 「기녀시조와 사대부시조」, 『조선전기의 언어와 문학』(형설출판사, 1976); 박종수의 『조선조 기류문학 연구』(단국대학교박사논문, 1987); 나정순의 『기녀시조와 여성의

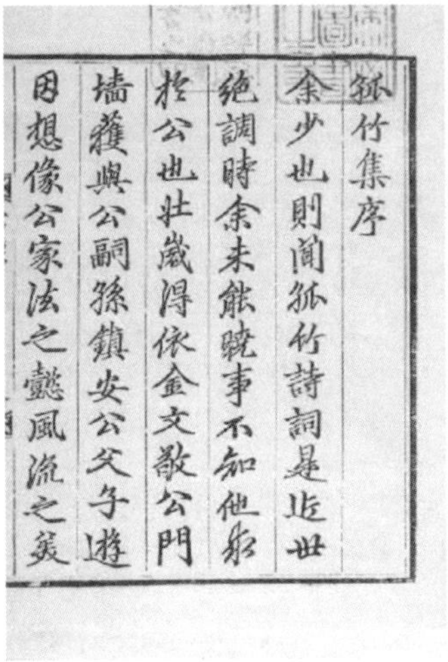

孤竹集序
余少也則聞孤竹詩詞是近世
絶調時余未能曉事不知他邪
於公也壯歲得依金文敬公門
墻獲與公嗣孫鎭安公文字遊
因想像公家法之懿風流之美

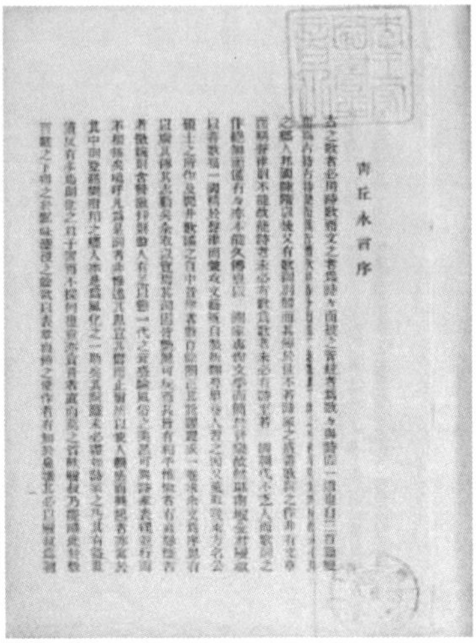

青丘永言序

고죽집(고죽 최경창의 문집)

청구영언

식』(역락, 2000)에서 이루어진 바 있다.

에필로그

홍랑의 지극한 사랑은 많은 사람들에게 회자되었고 많은 이들을 감동시켰다. 이다지도 절실한 사랑이 아니었다면, 단 한편만으로 멋스럽고도 애틋한 천고의 절창이 나올 수도 없었을 것이다.

가만히 그녀의 시조를 읊조려보면 입안에 저절로 감칠맛이 도는 것을 느낄 수가 있다.

영문해설

A Study of Gyeonggi Female Writers (1)

A Study of Gyeonggi Female Writers (1)

This book focuses on general aspects of Gyeonggi Female writers. Though we include both classical and modern writers in the process of research, we release a part of the research on the female writers of the classic era first at this time. Another book on the modern female writers of Gyeonggi will be published next year.

The five classic women writers associated with Gyeonggi include Heonanseolheon, Hwang Jin-i, Gang Jeong-il-dang, Hyegyeng-gung Hong-ssi, Hongrang. The grave of Heonanseolheon is in Gwangju, and Gang Jeong-il-dang married and lived in Gwangju and her grave is in Seongnam. Hwang Jin-i, a renowned concubine of Gaeseong, is one of Songdosamjeol including Seo Hwa-dam and the Bakyeon Fall. The grave of Hyegyeng-gung Hong-ssi was moved to the grave of Prince Sado in Suwon by King Jeongjo. And Hongrang was buried along with her lover, Choegyeongchang in Paju.

The classic women writers discussed in this book are related to Gyeonggi province, but they are representatives of the classical writers of Korea. Considering the fact that only a few female writers of Chosun era are known.

their literary works are valued highly with the history of Korean literature. So they are not only the writers of Gyeonggi but also major representatives of the classic female writers of Korea.

Specifically Heonanseolheon and Hwang Jin-i were very popular with the excellent quality of their literature and exceptional talents which are rare among the common female contemporaries. This book focuses on those aspects of their life and work.

Hwang Jin-i wrote several fine poems in three lines or "Sijo". One of her poems which is related to her lover, Seo Hwa-dam fallows.

In the green valley, O Blue Water!
Do not boast of thy easy flowing.
If once thou reach the ocean blue
thou canst not come again.
Bright Moon shines on the empty mountain -
why not rest upon my breast?

(Translated by Tae Hung Ha)

Blue Water or Sapphire Stream is the pun on a romantic gentleman called "Byukkyesoo" who boasted that no woman could conquer him, and Bright Moon is the poet, Hwang Jin-i. In this poem, she sings of the lure of her own loveliness, which made him surrender to her charms while he was riding across the Full Moon Hill in Kaesong.

In addition, Hyegyeng-gung Hong-ssi and Gang Jeong-il-dang were born with the nobility and Hong became a daughter-in-law in the loyal family and the other a daughter-in-law in the noble class. Their writings show the political swirls of the era and women virtues of the Yangban class based on Neo-Confucianism.

In addition, the love of anecdote between a gisaeng (a singing and dancing girl) Hongrang and Choe Gyeong-chang appeals to us beyond their era. Choe Gyeong-chang translated Honrang's poem for him into Chinese and included it (with a title, Beonbanggok) in his anthology, Gojukyugo. The affectionate relationship between two people still touches the hearts of many people. Its contents include the following:

I cut off a branch of the wild willow
And send out to my love.
Under the window of thy chamber
Plant and watch it grow.
When, in the evening rain, a bright new leaf unfolds,
Look on it as my fair brow.

(Translated by Tae Hung Ha)

This book discusses on seven issues of the above five writers. The focuses of the discussion are on the relationship between life and work; the spacial aspect of life and literature; the literary relevance of Gyeonggi Province; the nature of their literary world and their places in the literary history; literary networks among writers and their literary lineage. In addition, this research includes a list of works and related literature and their cultural alterations in the present time. This study is based on related literature research and data acquisition, and several actual visits on the related places.

There are some researches available on these women writers. However this book is different from them in its new focus on their link with Gyeonggi Province and practical uses of their lives and heritage in our time.

Providing a comprehensive list of research data and literary works, we rediscover the literary world of the Gyeonggi women writers of Chosun era and help other related researchers. And we hope this book can be used as a basic material for education. We also hope this research on Heonanseolheon, Hwang Jin-i, Hyegyeonggung Hong-ssi and etc. who lived in Chosun era can be utilized as contemporary cultural contents(films, dramas, musicals, animations etc.) and facilitate the local cultural tourism. In addition, we expect this book will be a better foothold for a similar study of the modern female writers in Gyeonggi province.

The publication of this book is sponsored by Gyeonggi-do and the Gyeonggi branch of the National Association of Cultural Centers. We hope this is a good opportunity for understanding the traditions and values of Gyeonggi culture and creating and developing them for the current and future society.

蘭雪軒集

許楚姬

氏蘭雪齋集。又飄飄乎塵埃之外。秀
而不靡。沖而有骨。遊仙諸作。更屬當
家。想其本質。乃雙成飛瓊之流亞。偶
謫海邦。去蓬壺瑤島不遠。隨蘭苕水
玉樹一成。鸞書旋召。斷彩殘墨。皆成
珠玉。落在人間。永充玄賞。又豈叔真
易安輩悲吟苦思。以寫其不平之衷。
而總爲兒女子之嘻笑顰蹙者哉。許

蘭雪齋詩集小引

閨房之秀擷英吐華亦天地山川之所
鍾靈不容施亦不容遏也漢曹大家成
敦史以紹家聲唐徐賢妃諫征伐以
動英主皆丈夫所難能而一女子辦之
良足千古矣即彤管遺編所載不可
縷數乃慧性靈襟不可泯滅則均焉
即嘲風詠月何可盡廢以今觀許

門多才昆弟皆以文學重於東國以
手足之誼輯其稿之僅存者以傳予
得寓目輒題數語而歸之觀斯集當
知予言之匪謬也

萬曆丙午孟夏廿日朱之蕃書於碧
蹄館中

毓有餘。許氏家門之瑞。長發不匱。茀
歎偉丈夫輩出之爲烈者。唐永徽初。
新羅王眞德。織錦作太平詩以獻。載
入唐音。至今膾炙相傳。謂爲其先王
眞平之女。然則女中聲韻。在東方從
來旣遠。而蘭雪集尤其踰美歎盛者。
故采以附諸
皇明大雅。流傳萬禩。厥有光氏在矣。

蘭雪軒集題辭

余使朝鮮。禮賓寺許副正。出其姊稿索余言。而稿目中有蘭雪集。則其故姊氏所著云。會趣程。未及錄示。余旣

歸

朝。端甫寄余一帙。展誦迴環。其飄々之秀吉光。飄々之秀物外。誠匪人間世所恒有者。余於是益信東國山川之靈。孕

萬曆丙午嘉平旣望。

賜進士出身文林郎刑科都給事中前翰林院庶吉士

欽差朝鮮副使

賜一品服渭濱梁有年書

稿。

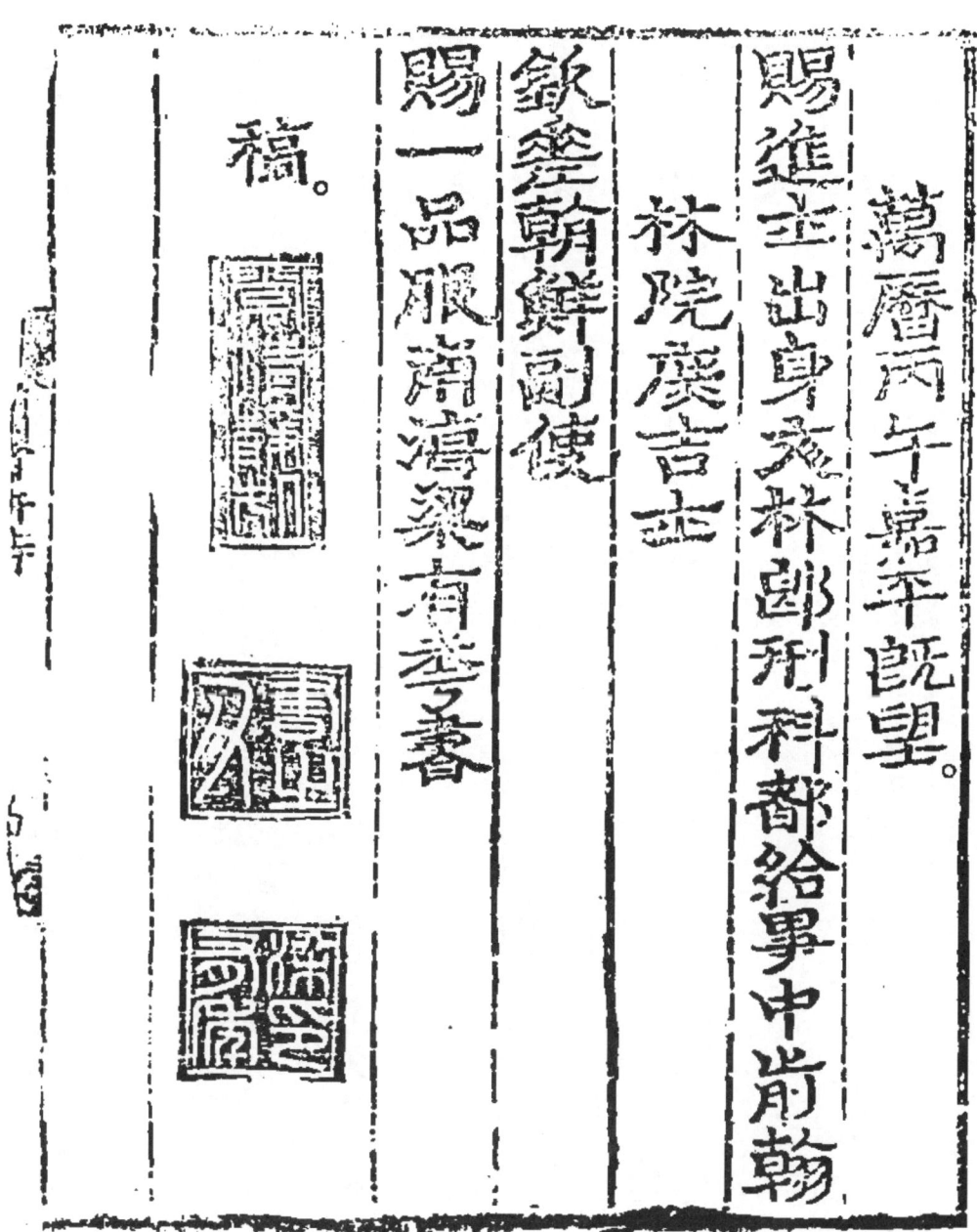

秀色縱凋悴。淸香終不死。感物傷我心。涕淚沾衣袂。

又

古宅晝無人。桑樹鳴鵂鶹。寒苔蔓玉砌。鳥雀栖空樓。
向來車馬地。今成狐兎丘。乃知達人言。富貴非吾求。

又

東家勢炎火。高樓歌管起。北隣貧無衣。枵腹蓬門裏。
一朝高樓傾。反羨北隣子。盛衰各遞代。難可逃天理。

又

夜夢登蓬萊。足躡葛陂龍。仙人綠玉杖。邀我芙蓉峰。

蘭雪軒詩

季弟許筠 彙粹

五言古詩

少年行

少年重然諾。結交遊俠人。腰間玉轆轤。錦袍雙麒麟。
朝辭明光宮。馳馬長樂坂。沽得渭城酒。花間日將晚。
金鞭宿倡家。行樂爭留連。誰憐揚子雲。閉門草太玄。

感遇

盈盈窓下蘭。枝葉何芬芳。西風一披拂。零落悲秋霜。

又

鳳凰出丹穴。九苞燦文章。覽德翔千仞。噦噦鳴朝陽。
稻粱非所求。竹實乃其食。奈何梧桐枝。反栖鴟與鳶。

又

我有一端綺。拂拭光凌亂。對織雙鳳凰。文章何燦爛。
幾年篋中藏。今朝持贈郎。不惜作君袴。莫作他人裳。

又

精金凝寶氣。鏤作半月光。嫁時舅姑贈。繫在紅羅裳。
今日贈君行。願君爲雜佩。不惜棄道上。莫結新人帶。

下視東海水。澹然若一杯。花下鳳吹笙。月照黃金罍。

哭子

去年喪愛女。今年喪愛子。哀哀廣陵土。雙墳相對起。
蕭蕭白楊風。鬼火明松楸。紙錢招汝魄。玄酒奠汝丘。
應知弟兄魂。夜夜相追遊。縱有腹中孩。安可冀長成。
浪吟黃臺詞。血泣悲吞聲。

遣興

梧桐生嶧陽。幾年傲寒陰。幸遇稀代工。劚取爲鳴琴。
琴成彈一曲。擧世無知音。所以廣陵散。終古聲堙沉。

又

芳樹藹初綠。蘼蕪葉已齊。春物自妍華。我獨多悲悽。
壁上五岳圖。牀頭參同契。煉丹倘有成。歸謁蒼梧帝。

寄荷谷

暗窓銀燭低。流螢度高閣。悄悄深夜寒。蕭蕭秋葉落。
關河音信稀。端憂不可釋。遙想青蓮宮。山空蘿月白。

七言古詩

洞仙謠

紫簫聲裏彤雲散。簾外霜寒鸚鵡喚。夜闌孤燭照羅

又

近者崔白輩。攻詩軌盛唐。寥寥大雅音。得此復鏗鏘。
下僚困光祿。邊郡愁積薪。年位共零落。始信詩窮人。

又

仙人騎綵鳳。夜下朝元宮。絳幡拂海雲。霓衣鳴春風。
邀我瑤池岑。飲我流霞鐘。借我綠玉杖。登我芙蓉峰。

又

有客自遠方。遺我雙鯉魚。剖之何所見。中有尺素書。
上言長相思。下問今何如。讀書知君意。零淚沾衣裾。

瓊花風軟飛靑鳥。王母麟車向蓬島。蘭旌蘂帔白鳳
駕。笑倚紅闌拾瑤草。天風吹擘翠霓裳。玉環瓊佩聲
丁當。素娥兩兩鼓瑤瑟。三花珠樹春雲香。平明宴罷
芙蓉閣。碧海靑童乘白鶴。紫簫吹徹彩霞飛。露濕銀
河曉星落。

湘絃謠

蕉花泣露湘江曲。九點秋烟天外綠。水府涼波龍夜
吟。蠻娘輕戛玲瓏玉。離鸞別鳳隔蒼梧。雨氣侵江迷
曉珠。閑撥神絃石壁上。花鬟月鬢啼江姝。瑤空星漢

又

近者崔白輩。攻詩軌盛唐。寥寥大雅音。得此復鏗鏘。

下僚困光祿。邊郡愁積薪。年位共零落。始信詩窮人。

又

仙人騎綵鳳。夜下朝元宮。絳幡拂海雲。霓衣鳴春風。

邀我瑤池岑。飲我流霞鍾。借我綠玉杖。登我芙蓉峯。

又

有客自遠方。遺我雙鯉魚。剖之何所見。中有尺素書。

上言長相思。下問今何如。讀書知君意。零淚沾衣裾。

夏

槐陰滿地花陰薄。玉簟銀床敞珠閣。白苧衣裳汗凝
珠。呼風羅扇搖羅幕。瑤階開盡石榴花。日轉華簷簾
影斜。雕梁晝永燕引雛。藥欄無人蜂報衙。刺繡慵來
午眠重。錦茵敲落釵頭鳳。額上鵝黃膩睡痕。流鶯喚
起江南夢。南塘女伴木蘭舟。采采荷花歸渡頭。輕橈
齊唱采菱曲。驚起波間雙白鷗。

秋

紗廚寒逼殘宵永。露下虛庭玉屏冷。池荷粉褪夜有

高超忽。羽蓋金支五雲波。門外漁郎唱竹枝欽潭上
掛相思月。

四時詞 春

院落深沉杏花雨。流鶯啼在辛夷塢。流蘇羅幕襲春
寒。博山輕飄香一縷。美人睡罷理新粧。香羅寶帶蟠
鴛鴦。斜捲重簾帖翡翠。懶把銀箏彈鳳凰。金勒雕鞍
去何處。多情鸚鵡當窓語。草粘戲蝶庭畔迷。花罥游
絲闌外舞。誰家池館咽笙歌。月照美酒金叵羅。愁人
獨夜不成寐。曉起鮫綃紅淚多。

笑相語。玉容半爲相思瘦。金爐獸炭暖鳳笙。悵底暴

兒薦春酒。憑闌忽憶塞北人。鐵馬金戈青海灣。黃沙

吹雪黑貂弊。應念香閨淚滿巾。

五言律詩

出塞曲

烽火照長河。天兵出漢家。枕戈眠白雪。驅馬到黃沙。

朔吹傳金柝。邊聲入塞笳。年年長結束。辛苦逐輕車。

又

昨夜羽書飛。龍城報合圍。寒笳吹朔雪。玉劍赴金微。

香井梧葉下秋無影丁東玉漏響西風簾外霜多啼
夕蟲金刀剪下機中素玉關夢斷羅帷空裁作衣裳
寄遠客悄悄蘭燈明暗壁含啼寫得一封書驛使明
朝發南陌裁封已就步中庭耿耿銀河明曉星寒衾
轉輾不成寐落月多情窺畫屛

冬

銅壺滴漏寒宵永月照紗幃錦衾冷宮鴉驚散轆轤
聲曉色侵樓窓有影簾前侍婢瀉金甁玉盆手澁臙
脂香春山描就手屢呵鸚鵡金籠嫌曉霜南隣女伴

泥潤埋金屐。鬢低膩玉簪。銀屛錦茵暖。春色夢江南。

又

春雨梨花白。宵殘小燭紅。井鴉驚曙色。梁燕怯晨風。
錦幌凄凉捲。銀床寂寞空。雲軿回鶴馭。星漢綺樓東。

寄女伴

結廬臨古道。日見大江流。鏡匣鸞將老。花園蝶已秋。
寒沙初下鴈。暮雨獨歸舟。一夕紗窓閉。那堪憶舊遊。

送荷谷謫甲山

遠謫甲山客。咸原行色忙。臣同賈太傅。主豈楚懷

又戍人偏老長征馬不肥男兒重義氣會擊[illegible][illegible]歸

效李義山體

鏡暗鸞休舞樑空燕不歸香殘蜀錦被淚濕越羅衣

[illegible]夢遶蘭渚荊雲落粉闈西江今夜月流影照金微

又

月隱驂鸞扇香生簇蝶裙多嬌秦地女有淚衛將軍

玉匣收殘粉金爐換夕熏回頭巫峽外行雨雜行雲

效沈亞之體

邊月明紅樹晴波斂碧潭柳深鸎睍睆花落燕呢喃

定。講堂齋罷鶴歸松。蘿懸古壁啼山鬼。霧鎖秋潭臥燭龍。向夜香燈明石搨。東林月黑有疎鍾。

又

淨掃瑤壇禮上仙。曉星微隔絳河邊。香生岳女春遊襪。水落湘娥夜雨絃。松韻冷侵虛殿磬。天花晴濕石樓烟。玄心已悟三三境。盡日交床坐入禪。

宿慈壽宮贈女冠

燕舞鸞歌字莫愁。十三嫁與富平侯。厭攜瑤瑟彈珠閣。喜看花冠禮玉樓。琳館月明簫鳳下。綺窓雲散鏡

玉河水平秋岸闊雲斂夕陽濕風吹鴈去中斷不成

行

七言律詩

春日有懷

章臺迢遞斷腸人雙鯉傳書漢水濱黃鳥曉啼愁裏

雨綠楊晴裊望中春瑤階寂歷生青草寶瑟淒涼閑

素塵誰念木蘭舟上客白蘋花滿廣陵津

次仲氏見星庵韻

雲生高嶂濕芙蓉琪樹丹崖露氣濃板閣梵殘僧入

其二

巃嵸危棧切雲霄。峰勢侵天作漢標。山脉北臨三水絶地。形西壓兩河遙。烟塵晩捲孤城出。苜蓿秋肥萬馬驕。東望塞垣鼙鼓急。幾時重起霍嫖姚。

其三

侵雲石磴馬蹄穿。陟盡重岡若上天。秋晩魚龍隱大壑。雨晴虹蜺落飛泉。將軍鼓角行邊急。公主琵琶説怨偏。日暮爲君歌出塞。劒花騰躍匣中蓮。

其四

纔收焚香朝暮空壇上鶴背冷風一陣秋

夢作

橫海靈峰壓巨鰲六龍晨吸九河濤中天樓閣星辰近上界烟霞日月高金鼎滿盛丹井水玉壇晴晒赤霜袍蓬萊鶴駕歸何晩一曲吹笙老碧桃

次仲氏高原望高臺韻

層臺一柱壓嵯峨西北浮雲接塞多鐵峽覇圖龍已去穆陵秋色鴈初過山回大陸吞三郡水割平原納九河萬里登臨日將暮醉憑長劍獨悲歌

立。驟雨暗空雲色低。龍抱火珠潛水宅。鵰翎逸翮隱
坤倪。沉沉深殿鬼神泣。彩筆淋漓元氣迷。

皇帝有事天壇

羽蓋徘徊駐碧壇。璧堦清夜語和鑾。長生錦誥丁寧
說。延壽靈方仔細看。曉露濕花河影斷。天風吹月鶴
聲寒。齋香燒罷敲鳴磬。玉樹仟幢遶曲欄。

次孫內翰北里韻

初日紅欄上玉鉤。丁香千結織春愁。新妝滿面猶着
鏡。殘夢關心懶下樓。誰鎖彫籠護鸚鵡。自把羅幙倚

萬里翩翩一劍裝倚天危閣掛斜陽河流西坼連三郡山勢南回隔大荒脚下片雲生冉冉眼中溟海入茫茫登高落日時回首塞馬嘶風殺氣黃

送宮人入道

拜辭清禁出金鑾換却鴉鬟著玉冠滄海有緣應駕鳳碧城無夢更驂鸞瑤裙振雪春雲暖環佩鳴空夜月寒幾度步虛銀漢上御衣猶似奉宸懽

題沈孟鈞中溟風雨圖

虹掣中霄百尺梯仙人素足踏雙霓獰風吹壁海濤

儂住白玉堂。郎騎五花馬。朝日石城頭。春江戲雙舸。

貧女吟

豈是乏容色。工鍼復工織。少小長寒門。良媒不相識。

又

夜久織未休。戛戛鳴寒機。機中一匹練。終作阿誰衣。

又

手把金剪刀。夜寒十指直。為人作嫁衣。年年還獨宿。

效崔國輔體

妾有黃金釵。嫁時爲首飾。今日贈君行。千里長相憶。

箜篌。嫣紅落粉堪惆悵。莫把銀盆洗急流。

五言絶句

築城怨

千人齊抱杵。土底隆隆響。努力好操築。雲中無魏尚。

又

築城復築城。城高遮得賊。但恐賊來多。有城遮未得。

莫愁樂

家住石城下。生長石城頭。嫁得石城壻。來往石城遊。

又

江南風日好。綺羅金翠翹。相將採菱去。齊盪木蘭橈。

又

人言江南樂。我見江南愁。年年沙浦口。腸斷望歸舟。

又

湖裏月初明。采蓮中夜歸。輕橈莫近岸。恐驚鴛鴦飛。

又

生長江南村。少年無別離。那知年十五。嫁與弄潮兒。

又

紅藕作裙衩。白蘋爲雜佩。停舟下渚邊。共待寒潮退。

又

池頭楊柳踈。井上梧桐落。簾外候虫聲。天寒錦衾薄。

又

春雨暗西池。輕寒襲羅幙。愁倚小屛風。墻頭杏花落。

長干行

家居長干里。来往長干道。折花問阿郎。何如妾貌好。

又

昨夜南風興。船旗指巴水。逢着北来人。知君在楊子。

江南曲

相逢青樓下。繫馬垂楊柳。笑脫錦貂裘。留當新豐酒

大堤曲

淚墮羊公碑。草沒高陽池。何人醉上馬。倒著白接䍦。

又

朝醉襄陽酒。金鞭上大堤。兒童拍手笑。爭唱白銅鞮。

七言絶句

步虛詞

乘鸞夜下蓬萊島。閑輾麟車踏瑤草。海風吹折碧桃

花。玉盤滿摘安期棗。

賈客詞

朝發宜都渚。北風吹五兩。舡頭各澆酒。月下齊盪槳。

又

疾風吹水急。三日住層灘。少婦舡頭坐。焚香學筭錢。

又

掛席隨風去。逢灘即滯留。西江波浪惡。幾日到荊州。

相逢行

相逢長安陌。相向花間語。遺却黃金鞭。回鞍走馬去。

又

卒。探馬歸來試擘弓。

厲馬千羣下磧西。孤山烽火入銅鞮。將軍夜發龍城北。戰士連營擊鼓鼙。

寒塞無春不見梅。邊人吹入笛聲來。夜深驚起思鄉夢。月滿陰山百尺臺。

都護防秋掛鐵衣。城南初解十重圍。金戈渫盡單于血。白馬天山踏雪歸。

入塞曲

戰罷臨洮敗馬鳴。殘軍吹角宿空營。回中近報邊無

九霞裙幅六銖衣。鶴背冷風紫府歸。瑤海月明星漢
落。玉簫聲裏彩雲飛。

青樓曲

夾道青樓十萬家。家家門巷七香車。東風吹折相思
柳。細馬驕行踏落花。

塞下曲

前軍吹角出轅門。雪撲紅旗凍不翻。雲暗磧西看候
火。夜深游騎獵平原。
隴戍悲笳咽不通。黃雲萬里塞天空。明朝番帳收殘

竹枝詞

空舲灘口雨初晴。巫峽蒼蒼烟靄平。長恨郎心似潮
水。早時纔退暮時生。
瀼東瀼西春水長。郎舟去歲向瞿塘。巴江峽裏猿啼
苦。不到三聲已斷腸。
家住江陵積石磯。門前流水浣羅衣。朝來閑繫木蘭
棹。貪看鴛鴦相伴飛。
永安宮外是層灘。灘上舟行多少難。潮信有期應自
至。郎舟一去幾時還。

事。日暮平安火入城。
新復山西十六州。馬鞍懸取月支頭。河邉白骨無人
葬。百里沙場戰血流。
落日狼烟度磧来。塞門吹角探旗開。傳聲漠北單于
破。白馬將軍入塞回。
騂弓白羽黑貂裘。綠眼胡鷹踏錦韝。腰下黃金印如
斗。將軍初拜北平侯。
漢家征旅滿陰山。不遣胡兒匹馬還。辛苦總戎班定
遠。一生猶望玉門關。

隣家女伴競鞦韆。結帶蟠巾學半仙。風送綵繩天上去。佩聲時落綠楊烟。

蹴罷鞦韆整繡鞋。下來無語立瑤階。蟬衫細濕輕輕汗。忘却教人拾墮釵。

宮詞

千牛閣下放朝初。擁箒宮人掃玉除。日午殿頭宣詔語。隔簾催喚女尚書。

龍輿初幸建章臺。六部笙歌出院來。試向曲欄催羯鼓。殿頭宮女奏花開。

西陵行
蘇小門前花正開。梛香和酒撲金杯。夜闌留得遊人
醉。油壁車輕月裏回。
錢塘江上是儂家。五月初開菡萏花。半軃烏雲睡新
覺。倚欄閑唱浪淘沙。

堤上行
長堤十里柳綠垂。隔水荷香滿客衣。向夜南湖明月
白。女郎爭唱竹枝詞。

鞦韆詞

暖。六宮新賜辟寒珎。
清齋秋殿夜初長。不放宮人近御床。時把剪刀裁越
錦。燭前閑繡紫鴛鴦。
長信宮門待曉開。內官金鎖鎖門回。當時曾笑他人
到。豈識今朝自入來。
披香殿裏會宮粧。新得承恩別作行。當座繡琴彈一
曲。內家令賜綵羅裳。
避暑西宮罷受朝。曲欄初展碧芭蕉。閑隨尚藥圍碁
局。賭得珠鈿綠玉翹。

紅羅袱裏建溪茶。侍女封緘結出花。斜押紫泥書勅字。內官分送大臣家。

鸂鶒新調羽未齊。金籠鎖向玉樓栖。閑回翠首依簾立。却對君王說隴西。

儺罷宮庭彩炬明。景陽樓外曉鍾聲。君王受賀朝元殿。日照彤闈拜九卿。

黃昏金鎖鎖千門。一面紅粧侍至尊。阿監殿前擕寶詔。問頻知是寵承恩。

金爐獸炭欲回春。八字眉山淡未勻。共惜滿身珠翠少玉簫金瑟半塵埃。

新擇宮人直御床錦屏初賜合歡香明朝阿監來相問笑指胸前小佩囊。

金鞍玉勒紫遊韁跨出西宮入未央遙望午門開雉扇日華初上赭袍光。

西宮近日萬機煩催喚昭容啓殿門爲報榻前持燭女漏聲三下紫微垣。

當夜中官抱御書玉籤抽付卷還舒慇懃護惜金蓮燭學士歸時送直廬。

天廚進食饌金盤。香果魚羹下筯難。徐喚六宮今退膳。旋排當直女充餐。
氷簟寒多夢不成。手揮羅扇撲流螢。長門永夜空明月。風送西宮笑語聲。
綵羅帷幙紫羅茵。香麝霏微暗襲人。明日賞花留玉輦。地衣簾額一時新。
看修水殿種芙蓉。卑下飛函出九重。試着綵衫迎詔語。翠眉猶帶睡痕濃。
鴨爐初委水沉灰。侍女休粧掩鏡臺。西苑近來巡幸

按轡營中占一春。藏鴉門外麴絲新。生憎灞水橋頭
樹。不解迎人解送人。

横塘曲

菱刺惹衣菱角大。日落渚田潮未退。蓮葉盖頭當花
冠。藕花結帶爲雜佩。
斫藕香殘風雨多。吳姬爭唱竹枝歌。歸來日落横塘
口。烟裏蘭橈響軋鴉。

夜夜曲

蟪蛄切切風騷騷。芙蓉香褪冰輪高。佳人手把金錯

楊柳枝詞

楊柳含烟灞岸春。年年攀折贈行人。東風不解傷離
別。吹却低枝掃路塵。
青樓西畔絮飛揚。烟鎖柔條拂檻長。何處少年鞭白
馬。綠陰來繫紫遊韁。
灞陵橋畔渭城西。雨鎖烟籠十里堤。繫得王孫歸意
切。不同芳草綠萋萋。
條妬纖腰葉妬眉。怕風愁雨盡低垂。黃金穗短人爭
挽。更被東風折一枝。

虎。赤羽麾幢上玉清。

瑞風吹破翠霞裙。手把鸞簫倚五雲。花外玉童鞭白虎。碧城邀取小茅君。

焚香遙夜禮天壇。羽駕翻風鶴氅寒。清磬響沉星月冷。桂花烟露濕紅鸞。

宴罷西壇星斗稀。赤龍南去鶴東飛。丹房玉女春眠重。斜倚紅闌曉未歸。

氷屋珠扉鎖一春。落花烟露濕綸巾。東皇近日無巡幸。閑殺瑤池五色麟。

刀。挑燈永夜縫征袍。

玉漏微微燈耿耿。羅幃寒逼秋宵永。邊衣裁罷剪刀冷。滿窓風動芭蕉影。

遊仙詞

千載瑤池別穆王。暫教青鳥訪劉郎。平明上界笙簫返。侍女皆騎白鳳凰。

瓊洞珠潭貯九龍。彩雲寒濕碧芙蓉。乘鸞使者西歸路。立在花前禮赤松。

露濕瑤空桂月明。九天花落紫簫聲。朝元使者騎金路。碧城西畔五雲深。

新詔東妃嫁述郎。紫鸞烟盖向扶桑。花前一別三千歲。却恨仙家日月長。

閑携姊妹禮玄都。三洞真人各見呼。教著赤龍花下立。紫皇宮裏看投壺。

星影況淡月露沾。手挼裙帶立瓊簷。丹陵羽客辭歸去。自下珊瑚一桁簾。

瑞露微微濕玉虛。碧牋偷寫紫皇書。青童睡起捲珠簾。星月滿壇花影踈。

閑解青囊讀素書。露風烟月桂花疎。西妃小女春無
事。笑請飛瓊唱步虛。
瓊樹玲瓏壓瑞烟。玉鞭龍駕去朝天。紅雲塞路無人
到。短尾靈尨藉草眠。
烟鎖瑤空鶴未歸。桂花陰裏閉珠扉。溪頭盡日神靈
雨。滿地香雲濕不飛。
青苑紅堂鎖泬寥。鶴眠丹竈夜迢迢。仙翁曉起喚明
月。微隔海霞聞洞簫。
香寒月冷夜沉沉。笑別嫦娥脫玉簪。更把金鞭指歸

世。一點秋烟辨九州。
花冠蘂帔九霞裙。一曲笙歌響碧雲。龍影馬嘶滄海
月。十洲閑訪上陽君。
樓鎖彤霞地絕塵。玉妃春淚濕羅巾。瑤空月浸星河
影。鸚鵡驚寒夜喚人。
新拜真官上玉都。紫皇親授九靈符。歸來桂樹宮中
宿。白鶴閑眠太乙爐。
烟蓋飄飄向碧空。翠幢歸殿玉壇空。青鸞一隻西飛
去。露壓桃花月滿空。

西漢夫人恨獨居。紫皇令嫁許尚書。雲衫玉帶歸朝晩。笑駕青龍上碧虛。

閒住瑤池吸彩霞。瑞風吹折碧桃花。東皇長女時相訪。盡日鸞前皁鳳車。

滿酌瓊醪綠玉巵。月明花下勸東妃。丹陵公主休相妬。一萬年來會面稀。

愁來自著翠霓裙。步上天壇掃白雲。琪樹露華衣半濕。月中閑拜玉真君。

雲角青龍玉絡頭。紫皇騎出向丹丘。閑從壁戶窺人上。日出瓊林露未晞。

管領金華四十年。老兄相訪蔚藍天。烟簑月遜人間事。笑指溪南白玉田。

緱嶺仙人碧玉笙。折花閑倚董雙成。瑤絃誤拂黃金柱。遙隔彤霞聽笑聲。

乘鸞來下九重城。絳節霓旌別太清。蓬萊周靈王太子。碧桃花裏夜吹笙。

瀛畔紅桑幾度開。羽衣零落暫歸來。東窓玉樹三枝長。知是眞皇別後栽。

廣寒宮殿玉爲梁。銀燭金屛夜正長。攔外桂花凉露濕。紫簫聲裏五雲香。

催呼滕六出天關。脚踏風龍徹骨寒。袖裏玉塵三百斛。散爲飛雪落人間。

瓊海漫漫浸碧空。玉妃無語倚東風。蓬萊曉覺三千里。滿袖啼痕一抹紅。

瑤妃閑製赤霜袍。素手頻回玉剪刀。眉鎖隩痕花影午。紫皇令賜碧禽翎。

華表眞人昨夜歸。桂香吹滿六銖衣。閑回鶴馭瑤壇笛。碧雲飛遶遶天臺。

烟蓋歸來小有天。紫芝初長水邊田。瓊臺採得英英實。遺却紅綃倒鶴鞭。

羣仙相引陟芝田。暫向珠潭學採蓮。斜日照花瓊戶閉。碧烟深鎖大羅天。

玲瓏花影覆瑤碁。日午松陰落子遲。溪畔白龍新賭得。夕陽騎出向天池。

珠洞銀溪鎮瑞烟。大郎多病罷朝天。雲謠讀盡書鸞去。日午紅龍戶外眠。

儵龍促鳳上朝元。路入璇空敞八門。仙史殿頭宣詔
語。九華王子主崑崙。
粧鏡孫鸞怨上元。雲車春暮下天門。封郎大是無情
着。牽袖歸來積淚痕。
青鸞孀宿一千年。天水仙郎結好緣。空樂夜鳴簷外
月。北宮神女降簾前。
天花一朶錦屛西。路入藍橋匹馬嘶。珠重玉工留玉
杵。桂香烟月合刀圭。
東宮女伴罷朝回。花下相邀入洞來。閑倚玉峰吹鐵

手。道是月宮霜兎毫。
西歸公子幾時迴。南岳夫人早晚來。巡歷十洲猶未
遍。夜闌笙鶴降蓬萊。
琴高昨日寄書來。報道瑤潭玉藥開。偷寫尺牋憑赤
鯉。蜀中明夜約登臺。
絳闕夫人別玉皇。洞天深閉紫霞房。桃花落盡溪頭
樹。流水無情賺阮郎。
乘龍長伴九真遊。八島朝行夕已周。深夜講壇風雨
定。小仙歸去策青虬。

騎鯨學士禮瑤京。王母相留宴碧城。手展彩毫書玉
字。醉顔猶似進清平。
皇帝初修白玉樓。璧階璇柱五雲浮。閑呼長吉書天
篆。挂在瓊楣家上頭。
芙蓉城闕錦雲香。別詔曼卿主畫堂。朝日駕龍千騎
女。白蘭叢裏合笙簧。
別詔真人蔡小霞。八花磚上合丹砂。金爐壁炭成圖
篆。白玉盤盛向帝家。
玉女臺中價最高。十隨王母與仙桃。閑持玉管白於

朔。偸向氷園摘玉桃。

氷屋春回桂有花。自騎孤鳳出彤霞。山前逢着安期子。袖裏携將棗似瓜。

瓊海蓬瀛月露漙。十千宮女駕青鸞。平明去赴瑤池宴。一曲笙歌碧落寒。

瓊樹扶疎露氣濃。月侵簾室影玲瓏。閑催白兎敲靈藥。滿付天香玉屑紅。

綠章朝奏十重城。飲鹿嵩溪訪叔卿。宴罷紫微人上鶴。九天環佩月中聲。

皃伯閑乘白鹿遊。折花來上五雲樓。丹經滿案藥堆鼎。何事玉郎霜滿頭。

彤軒碧瓦飾瑤墀。不遣青苔染履綦。朝罷列仙爭拜賀。內家新領八霞司。

海上寒風吹玉枝。日斜玄圃看花時。紅龍錦襜黃金勒。不是元君不得騎。

蟠桃結子宴崑崙。滿酌瓊酥勸上元。催喚彩鸞東去疾。玉峰邀取老軒轅。

足下星光閃閃高。月篩溪影濕龍毛。臨霞笑喚東方甚。不寫鞋綃五岳圖。

閑隨弄玉步天街。脚下香塵不涴鞋。前導白麟三十

八。角端都挂小金牌。

紫陽宮女捧丹砂。王母令過漢帝家。窓下偶逢方朔

笑。別來琪樹六開花。

獨夜瑤池憶上仙。月明三十六峰前。鸞笙響絶碧空

靜。人在玉淸眠不眠。

東皇種杏一千年。枝上三英蔽碧烟。時控彩鸞過舊

苑。摘花持獻玉皇前。

露盤花水浸三星。斜漢初低白玉屛。孤鶴未迴人不
寐。一條銀浪落瑤庭。
蓬萊歸路海千重。五百年中一度逢。花下爲沽瓊液
酒。莫敎靑竹化蒼龍。
身騎靑麟入蓬山。花下仙人各破顔。爭說衆中着易
辨。七星符在頂毛間。
簷鈴無語閉珠宮。紫閣涼生玉簟風。孤鶴夜驚滄海
月。洞簫聲在綠雲中。
后土夫人住玉都。日中笙笛宴麻姑。華郞年少心慵

玉碧桃花滿紫陽宮。

一春閑伴玉真遊。倏忽星霜已報秋。武帝不來花落盡。滿天烟露月當樓。

彤閣銀橋駕太虛。劍光閑射九真墟。金牌掛向雙麟角。碧月寒侵玉札書。

絳燭熒煌下九天。日升蟠陸玉爐烟。無央鸞鳳隨金母。來賀東皇一萬年。

蘂凿雲低日欲斜。水宮簾箔捲秋波。楓香月鶴經年夢。腸斷閶門萼綠華。

唐昌館裏簇瓊花。仙子來看駐鳳車。塵染蕙衣蓬島
遠。玉鞭遙指海雲涯。
羽客朝升碧玉梯。桂巖晴日白雞啼。純陽道士歸何
晚。去向蟾宮訪羿妻。
玉林風露泬寥寥。月引仙妃上石橋。斜倚紫烟頭不
舉。赤城南畔憶文簫。
沙野先生閑赤城。鳳樓凝碧悄無聲。香消玉洞步虛
夜。露濕桂花涼月明。
朱幡絳節曉霞中。別殿清齋待五翁。秋水一絃輕戞

起。吹散仙香滿十洲。

乘鸞夜入紫微城。桂月光搖白玉京。星斗滿空風露濕。碧雲時下步虛聲。

黃金條脫繫羅裙。十幅花綃染碧雲。千載玉清壇上約。笑憑三鳥寄羊君。

六葉羅裙色曳烟。阮郎相喚上芝田。笙歌暫向花間盡。便是人寰一萬年。

夜坐

金刀剪出篋中羅。裁就寒衣手屢呵。斜拔玉釵燈影

文昌公子欲朝天。笑泥嬌妃索玉鞭。庭下彩鸞三十
六。翠衣相對碧池邊。
星冠霞佩好威儀。三島仙官入奏時。頻把金鞭打龍
角。為嗔西去上天遲。
八馬乘風去不歸。桂枝黃竹怨瑤池。昆庭玉瑟雲中
響。傳語淩華罷畫眉。
榆葉飄零碧漢流。玉蟾珠露不勝秋。靈橋鵲散無消
息。隔水空看飲渚牛。
珠露金飈上界秋。紫皇高宴五雲樓。霓裳一曲天風

附録

廣寒殿白玉樓上樑文

述夫寶蓋懸空。雲軿超色相之界。銀樓耀日。霞檻出遠塵之壺。雖複仙螺運機。幻作甓瓦之殿。翠蜃吹霧。嘘成玉樹之宮。靑城丈人。玉帳之術。斯殫碧海王子。金櫝之方畢施。自天作之。非人力也。主人名編瑤籍。職綴瓊班。乘龍太淸。朝發蓬萊。暮宿方丈。駕鶴三島。左挹浮丘。右拍洪厓。千年玄圃之樓。遲一夢人間之塵土。黃庭誤讀。謫下無炎之宮。赤繩結緣。悔入有處畔。別開紅焰救飛蛾。

閨怨

錦帶羅裙積淚痕。一年芳草恨王孫。瑤箏彈盡江南曲。雨打梨花晝掩門。

月樓秋盡玉屏空。霜打蘆洲下暮鴻。瑤琴一彈人不見。藕花零落野塘中。

秋恨

絳紗遙隔夜燈紅。夢覺羅衾一半空。霜冷玉籠鸚鵡語。滿階梧葉落西風。

遂日。駐八風於山阿。宵迎上元。綠髮散三角之髻。晝
接帝女。金梭織九紋之綃。瑤池衆真會南峯。玉京羣
帝集北斗。唐宗踏公遠之杖。得羽衣於三章。求帝對
史仙之碁。賭寰宇於一局。不有紅樓之高構。何安絳
節之來朝。於是移章十洲。馳檄九海。因匠星於屋底
木宿掄材。靡鐵山於楹間。金精動色。坤靈揮斲。騁巧
思於般倕。大冶鎔鑪。選奇智於鍊範。青赮垂尾。雙虹
飲星宿之河。赤霓昂頭。六鼇戴蓬萊之島。璇題燭日
出彤閣於烟中。綃綴流星。架翠廊於雲表。魚緝鱗於

之室。壺中靈藥。纔下指於玄砂。脚底銀蟾。遠逃形於
桂宇。咲脫紅埃赤日。重披紫府丹霞。鸞笙鳳管之神
遊。喜續舊會。錦幙銀屛之孀宿。悔過今宵。胡爲日宮
之恩綸。俾掌月殿之牋奏。官曹淸切。足踐八霞之司。
地望崇高。名壓五雲之閣。寒生玉斧。樹下之吳質無
眠。樂奏霓裳。欄邊之素娥呈舞。玲瓏霞佩。振霞錦於
仙衣。熠燿星冠。點星珠於入勝。仍思列仙之來會。尙
之上界之樓居。靑鸞引玉妃之車。羽葆前路。白虎駕
朝元之使。金綬後塵。劉安轉經。援雙龍於案上。姬滿

婉華清歌飛瓊巧舞。雜駭空之靈音。龍頭鴻髓之
醪。鶴背麒麟脯之饌。琳筵玉席。光搖九枝之燈。碧藕
氷桃。瓊盛八海之影。獨恨瓊楣之之句。繫致上仙之
興。嗟清平進詞。太白醉鯨背之已久。玉臺摛藻。長吉
咲她神之太多。新宮勒銘。山玄卿之雕琢。上界鐫壁。
蔡真人之寂寥。自懸三生之墮歷。誤登九皇之辟剡。
江郎才盡。夢退五色之花。梁客詩催。鉢徹三聲之響。
徐援彤管。咲展紅牋。河懸泉湧。不必覆子安之金句。
願文遒。未應頻謫仙之面。立進錦囊之神語。留作瑤

玉瓦。鴈列齒於瑤階。微連捧旂。下月節於重霧。危仞
樹蘂。設蘭楹於三辰。金繩結綺戶之流蘇。珠網護雕
欄之阿閣。仙人在棟。氣吹彩鳳之香臺。玉女臨窓。水
溢雙鸞之鏡匣。翡翠簾雲母屛青玉案。瑞靄霄凝。芙
蓉帳孔雀扇白銀床。祥蜺畫鎖。爰設鳳儀之宴。俾展
燕賀之誠。旁招百靈。廣延千聖。邀王母於北海。斑麟
踏花。接老子於西關。青牛臥草。瑤軒張錦紋之幕。霓
簷低霞色之帷。獻蜜蜂王。紛飛炊玉之室。含景鷹帝。
出入鷹瓊之廚。雙成鈿管。晏香銀箏。合鈞天之雅曲。

陸海變色鷹風輪而尚存。銀窓靂霞。下視九萬里依微世界。闢戶臨瀛。咲着三千年清淺。悉由手回三霄日星。身遊九天風露。

恨情一疊

春風和兮百花開。節物繁兮萬感長。處深閨兮思欲絶。懷伊人兮心腸裂。夜耿耿而不寐兮。聽晨鷄之嘒嘒。羅帷兮無堂。玉階兮生苔。殘燈翳而背壁兮。錦衾悄而寒侵。下鳴機兮織回文。文不成兮亂愁心。人生賦命兮有厚薄。任他歡娛兮身寂寞。

宮之盛觀。宜諸雙樑。賀於六偉。抛梁東。曉騎仙鳳入
珠宮。平明日出扶桑底。萬縷丹霞射海紅。抛梁南。玉
龍無事飮珠潭。銀床睡起花陰午。笑喚瑤姬脫碧衫。
抛梁西。碧花零露彩鸞啼。春羅玉字邀王母。鶴馭催
歸日已低。抛梁北。溟海茫洋浸斗極。鵬翼擊天風力
撇。九霄雲垂雨氣黑。抛梁上。曙色微明雲錦帳。仙夢
初回白玉床。卧聞北斗廻杓響。抛梁下。八埏雲黑知
昏夜。侍兒報道水晶寒。曉霜已結鴛鴦尾。伏願上樑
之後。琪花不老。瑤草長春。曦舒凋光。御鸞輿而猶戲

大被霜半袒。二女曰。此廣桑山也。在十洲中第一。君有仙緣。故敢到此境。盍爲詩紀之。余辭不獲已。即吟一絶。二女拍掌軒渠曰。星々仙語也。俄有一朶紅雲。從天中下墜。罩於峰頂。擂鼓一響。醒然而悟。枕席猶有烟霞氣。未知太白天姥之遊。能逮此否。聊記之云。

詩曰

碧海侵瑶海。青鸞倚彩鸞。芙蓉三九朶。紅墮月霜寒。

姊氏於己丑春。捐世。時年二十七。其三九紅墮之語乃驗。

夢遊廣桑山詩序

乙酉春。余丁憂。寓居于外舅家。夜夢登海上山。山々皆瑤琳琨玉。衆峯俱疊。白璧青熒明滅。眩不可定視。霱雲籠其上。五彩妍鮮。瓊泉數派。瀉於崖石間。激々作環玦聲。有二女年俱可二十許。顏皆絶代。一披紫霞襦。一服翠霓衣。手俱持金色葫蘆。步屣輕躡。揖余從澗曲而上。奇卉異花。羅生不可名。鸞鶴孔翠翺舞左右。衆香馚馥於林端。遂躋絶頂。東南大海。接天一碧。紅日初昇。波濤浴暈。峯頭有大池湛泓。蓮花色碧葉

夫人姓許氏自號蘭雪齋於筠爲
三姊。嫁著作郎金君誠立。早卒無嗣。
平生著述甚富。遺命茶毗。所傳至
鮮。俱出於筠臆記。恐其久而愈忘。
爰災於木。以廣其傳云爾。
萬曆紀元之三十六載孟夏上澣。弟
許筠端甫書于[illegible]高堂。

靜一堂遺稿 全

六人有兄弟而塤篪相和有朋友而鍾呂相合是皆人倫中至樂而自古人之有此樂者絶難得而或有之況乎家室之內夫婦相得簪珥之警不絶於燕閑茶飯之說皆足以資益則其爲樂何如也吾宗坦園明直甫少好氣節所行者亦不能無得失自勝冠稍稍嚮道遂就正於剛齋先生門閉戶讀書篤志礪行余嘗重之後來其窮益甚又喪其伴體身計之淒廓殆人所不堪猶尙益奮勵不渝初志余益異之忽一日袖出一小冊子題曰靜一堂遺稿泣謂余曰此吾亡妻所著文字之收拾於

巾幗中者嘗自謂文章非婦人事未或出於藏其人雖
歿不欲傷平日志然亦終有所不忍湮沒者其爲詩絶
少而要皆學者自警之言其文又非華靡藻飾無非惓
惓於不佞身心上論學則主誠敬論工課則斷斷乎格
致與踐履條條自合於經旨者盖其常時治紅之暇潛
心古經必有慧識妙悟而其用工之淺深見處之[illegible]倘
爲其夫者亦未能盡知然而使其夫浸浸然變其氣質
從師就友能免於大罪過者皆婦人賜也余竦然聞之
始焉擊節興歎終焉斂膝起敬而曰噫余之於子重之
與之者其有驗矣其有資於簪珥之警茶飯之益也是

尤豈不絶異矣乎古昔哲婦賢媛之名於後世者或以孝烈德行言語一節之美烑燿人耳目何限而至於義理之精解學力之深造如此卷者豈易得於閨閤之內也其視兄弟之聯芳朋友之唱酬其難易得失果何如也明直之圖所以不朽永作貽後之楓範惡得已乎明直甫以余有同人之好要一言以識之不敢以外竊不揆僭妄而樂爲之書時

崇禎紀元後四甲午九月戊子通政大夫前大司諫坡平尹濟弘識

靜一堂遺稿

目錄

附錄

靜一堂遺稿目錄終

詩

敬次尊姑只一堂韻 丁巳

下學須敦倫慈幼且安老直轡從此行自是坦坦道

原韻

春來花正盛歲去人漸老歎息將何爲只要一善道

始課 戊午

三十始課讀於學迷西東及今須努力庶期古人同

見書童被撻

爾能謹而愼過罪何處從自今使有悔誠心復正容

山家

山中君子宅讀書對明窻有客從遠至柴門吠老尨

自勵

休令好日月游浪斷送庶宜鑑不學者枯落歎窮廬

性善

人性本皆善盡之爲聖人欲仁仁在此明理以誠身

呈夫子

妾愧無才德幼年學線針眞工須自勉衣食莫關心

敬呈夫子行駕

淸晨灑泣送君子去去湖山應不忘臨行惟有一言告

世事循環如彼荅

除夕感吟

無爲虛送好光陰五十一年明日是中宵悲歎將何益

且向餘生修厲已

病後 壬午

一疾幾危今幸差濟秋開戶余心快調濟豈專蔘朮功

伊來體認誠明界

偶吟

我乏三年艾沈痾苦未醫及今猶不蓄他日悔何追

讀中庸

一編思聖傳千載繼開多體立無偏倚用行不謬差始

青一堂遺稿 二二

能存戒愼終可致中和達道關三德誠哉理孰加

示從孫讓鎭婦崔氏權氏

貞慤自來順從務焉是婦道也爾須勉旃

夜坐 癸未

夜久羣動息庭空皓月明方寸淸如洗豁然見性情

坦園 甲申

坦園幽且靜端合至人居獨探千古籍高臥數椽廬

謝海石金相公 載瓚 惠貺新曆 代夫子作 丙戌

蓂莢陽生惠及隣山家從此記冬春只憂時月悠悠過

誦服良箴企日新

奉獻青翰子 李觀夏 尊大人回甲壽席 代夫子作

養德北山下潛光道益尊鶴聲清和子鈞影綠生孫弧矢方回甲賓朋共侑樽餘庥曾未艾車卿宰容門

贈朴仲格 秉殷代夫子作

志行雖貴勤門路須尋正可久終成功爲山與鑿井

示同庚諸友 代夫子作

五旬荒鈍只依前尤悔如山孰可鐫諸子從今相佽助顧資麗澤送餘年

坦園三章 代夫子作

林居谷飮抱書自好前脩有心庶幾窺奥學疑部塞孰

從往叩履茲中正坦平其道
景仄廣淵氷雪磋峨秣馬脂轄前路云邈僕瘏難馭登
頓于嗟遭此晩暮憂傷如何
鳥嚶求羣魚泳逐隊節序陽和其樂自在胡爲索居終
罕朋輩願言三益勸箴吾過

謹次太席涓灘詩韻（代夫子作）

寧陵追泣宋夫子中夜悲歌當日詩後生兆誦春秋義
感淚頻添白髮垂

勉諸童

汝須勤讀書毋失少壯時豈徒記誦已宜與聖賢期

除夜偶吟

古聖傳斯道人人所共由心月印寒水精光炯千秋相傳一敬字關鍵孰能他騖遠徒虛勞力遠須近求終身宜自強望道猶遲韜

贈安秀才駿甲錄示高信義 廷植 夫子作

聖道如大路古今之所由學問非別致向上須探求卷中指南術歷歷在前脩勉哉駕直轡道域偕優遊

呈夫子

昔從艮齋日求道斷無他于今三十載造詣果如何

元韓敬堂夫子 庚寅

人苟未聞道不死亦非慶惟將夫子訓一心盡誠敬

除庭草

小鋤理荒穢快雨灑塵埃縱愧濂翁意山茅舊逕開

示誠圭姪

先生知爾孝以爾承兄後願爾事先生一如事父母

壬午冬夫子示余五絶一首勉志業之進就余未及仰和矣忽於昨夜夢中追次前韻旣寤而猶記遂錄以存之 壬辰卽屬纊前三日

餘生只三日微負學賢期想兹曾夫子正終易簀時

主敬 以下年條未考

萬理原天地一心統性情若非敬爲主安能篤遠程

聽秋蟬

萬木迎秋氣蟬聲亂夕陽沈吟感物性林下獨彷徨

仰孔夫子

大哉夫子德滄海浩無邊嗟爾則蠡酌安知納百川

客來

遠人慕夫子云自北關來家貧曷飲食唯有酒三杯

坦園前路通乎康莊

哀哉叔季世幾人遜迷程坦坦吾家路願言直轡行

誠敬吟

非誠曷有非敬曷存唯斯二者入道之門

謹次王舅戒女閨箴韻

惡草不宜吸於古來謂名劍余王舅訓垂後甚分明

偶吟

斷斷平生志唯期學古當行知行必踐應物身先正

書

與姜就如 日會 書 代夫子作

令李氏來訪袖傳惠札披讀之餘從審新凉靜履毖衛慰荷無比第聞間遭功服之喪兼以夭慘驚愕何喩弟省狀如依而身恙宿病上益沈痼悶不可狀聞亂兒善

附錄

行狀

孺人姓姜氏號靜一堂系出晉州隋煬帝東伐高句麗時兵馬元帥諱以式大破隋師名震三國是其鼻祖也奕世蟬聯爲東方名族有諱啓庸文科以國子博士佐金方慶征日本有大勳封晉山府院君歷三世諱君寶文科門下侍中鳳山君諡文敬諱蓍號養眞堂文科三重大匡門下贊成事晉山府院君諡恭穆事在麗史諱淮伯號通亭文科政堂文學諱碩德號玩易齋以隱逸進長國子憲府亞東銓南宮事我　英陵贊修五禮儀

卒知敦寧府事謚戴敏諱希孟號私淑齋三登巍科再
嘘勳盟封晉山君卒左贊成謚文良俱見名臣傳皆有
集曰晉山世稿諱龜孫文科右議政謚肅憲肅憲之曾
孫諱克誠號醉竹改科舍人 賜暇湖堂諱宗慶號梅
墅文科薦史局未及補而卒 贈都承旨諱晉暉號壺
溪 睿宗寢郎牛溪先生嘗許以吾道有托不幸早歿
亦皆有集曰續世稿取第生員諱晉昇仲子爲嗣諱德
後號愚谷著訓子格言 贈春曹亞卿諱錫圭號聱牙
齋文科擢於胥北謫東遷十年而宥又以文章忤權戚
官止軍資監正知製 教寔孺人之五世祖也高祖諱

濟溥號無有堂通德郎以文行三登銓剡終屈於命曾
祖諱杜字號就將齋中 景宗癸卯司馬疏仲尹公志
述冤大忤一邊人遂終身坎坷有遺集藏于家祖諱心
煥考諱在洙俱有篤行蚤世不振妣安東權氏淸江處
士瑞應之女玉所山人燮之曾孫遂庵先生仲弟叅判
尙明之玄孫也孺人以 英宗壬辰十月二十五日生于
堤川近右面新村第先是母夫人有娠夢兩聖妣降其
室指侍者一人曰此有至德今以付汝旣而孺人生母
夫人心異之遂因夢而名焉性貞靜端一喜怒不形於
色自幼不與羣兒戲足不踰閫外雖淸羸多疾而精力

過人每女紅不教而能灑掃應對恪承庭訓見者嘖嘖
以爲天人淸江公奇愛之曰山水從兒胥吾汝以爲吾
權第一婦女汝其勉矣八歲先府君誦無非無儀夜行
以燭等語以訓之孺人俛首聽從罔或有違親有疾雖
祈寒盛暑不解衣不交睫藥餌食飲必躬親之戊申遭
外艱哀毁踰制幾至傷孝家甚貧從母夫人針線紡績
達宵不寐母夫人閔其勞令暫休孺人對以不勞且無
睡意以安母氏心婢僕輩或進魚果之屬雖甚飢必奉
于母夫人辛亥歸于坦齋尹子兩家俱貧未卽裝行翌
年尊舅臨見將十數日察其言行甚宜之曰吾家其復

興乎癸丑尊舅下世甲寅夏孺人始自清江舟行母夫人戒之曰善事尊姑無違夫子娣姒親黨之間須盡吾實心貧者常也一任命數愼勿戚戚孺人承聆而退終身不忘雖於無人之地昏夜之中言不敢不謹行不敢不徐夙興夜寐極其孝敬定省必拜得一味則必藏儲以爲供親奉先之需尊姑愛之甚然不敢恃此而少有怠忽終尊姑之身十六年如一日己巳尊姑之喪哀毁甚切晨夕之哭上食之節盡其誠禮時値荒年冬且寒嚴家罄銖粒而竭力營葬每事必親手足皸瘃人或言其太勞孺人曰是何言也吾不爲而誰爲之乎致敬於

夫子每出行經宿以上則必拜辭于姑之閤門之內肅
若朝廷有丈夫弟二人友愛篤至自失所恃益加撫恤
癸丑日會負笈京師從我先人卒爲謹飭之士孺人志
也見人薄於夫之兄弟則甚非之曰知愛其夫子而薄
其兄弟是不體舅姑均視之意也尊舅喪後家計益剝
落夫兄肅庵公光國僦屋數楹身親鄙事猶不贍於奉養
坦齋亦曳繞奔走於湖嶺之間孺人泣勉曰人而不學
無以爲人與其棄義而營生不若聞道而安貧婦雖不
才粗解針績當日夜孜孜以具饘粥願夫子讀聖賢書
無以家務關心坦齋感其言取四書及程朱書讀之孺

人每手執刀尺隅坐而聽或問字畫或問音義諦視一過遂卽闇誦又解奥旨坦齋大加驚異遂相與講確曰聞所不聞後數年又曰學而不行與不學同凡聖賢謨訓旣知其當然則可以行之然獨學而無師友則不免固陋願夫子從師取友以自益焉坦齋益自奮勵就師門請業多從諸君子游學業大進坦齋嘗寒餓日久過作遠行孺人奉以一絶叙臨別之懷且勉以物理循環不足欣戚之意戊午僑居果川借人空舍虎豹晝嘷夔魑夜啼滿目凄荒且七時絶粒間遭兒械孺人猶能寬慰曰夫子守正邪自遠矣飢困之時尤當忍性脩短之

命自有定分皆不必憂但患在己之道未能自盡夫何怨尤乎坦齋倘有過失則必中申勉戒在外堂處事又或不中則以片紙急報止之一宰臣悶坦齋之貧時有操千金而干囑者宰臣書於坦齋曰事直矣君其以書告我我其成之孺人曰以千金而易吾之操可乎勸夫子報書以辭又嘗失數百金坦齋有憂色孺人曰得喪關數何必芥懷況皇姑之言曰甑已破視何益丈夫不當憂此等小事耳坦齋素無甔石而行三世七位緬葬於千里之地爲兄弟親族立后者七八人營辦婚喪亦多且數從師友於遠道而孺人能以死守家治規井井

遠近接濟未嘗或闕坦齋性喜賓客戶屨常滿孺人從其志每客來極意營辦雖疏食菜羹薄酒寸肴必致精潔使客忘其貧而盡其歡人或謂其難能孺人曰是婦道之小節也此猶不能則焉用婦人爲哉嘗曰不能一炊而屢年拮据得數十緡成人大事終絕口不伐已功有所假貸於人則指日以償雖典賣裙釵不踰其期嘗曰人之貧富自有定分寒士之妻每有厭貧之心至於怨舅姑訕夫子是非人道也又曰非義之物死且不可受況在不必死之地而可以貨取乎故見一物則必先求義之當否又曰善者治之源利者亂之樞若有以利

來說者但當守正以遠之耳平居無疾言遽色呵叱不
及於僕隷音樂俳戲喧鬧外庭而未嘗窺戶夜不秉燭
則未嘗下堂用財則先人而後已分餁則先死而後生
善則歸美於人過則歸咎於己揚人之善唯恐不及掩
己之能唯恐有知惡而詡其善愛而知其過然未嘗言
人之過曰不治己過而先言人過可乎人有毀己者勸
夫子加厚曰盡己而已平生篤學探賾天人之際研窮
性命之源致力於存養省察敬義交須動靜如一少時
讀中庸戒愼章剖析精義闇合紫陽之旨閑居無事闔
戶端坐體認未發自言神氣和平渾忘飢寒疾病之苦

又嘗見朱夫子在同安聞鐘一聲未絶此心已自走作之語每當昏曉鐘時黙黙體驗書童擊水杓爲戲疏數無節孺人令勻其聲以驗此心操捨之頃又或持針紉線期以從此至彼不場此心自言始患浮撓漸至瀜習洎晚年衰𦒘泰然矣遍讀十三經沉潛紬繹每獨處吟誦又博觀典籍古今治亂之迹瞭如指掌嘗作字書帛於燈下運毫適逸楷正模寫尊王昜正心齋筆法及黃道谷(都正運、祚號)洪艮齋(校理儀泳號)權天游(進士仁號)後書亦學心齋(性潭本號)剛齋半行而銀鉤鐵索一出心畫工於詩律不甚用功而自然成章文則三十後始爲之人有謁文於

坦齋者而未及酬應則孺人或代撰而曰此非婦人事
也或恐人之見知也已未秋坦齋拜中洲李尙書文(直輔)
請次偶及戊午一絶李公極加歎賞曰賢夫婦相戒之
辭孺人聞之媿自是益加韜晦片言隻字絶不示人至
辛巳除夕始見一詩蓋知坦齋之益謹於言也嘗言五
倫五常之理也皆是人心自然處非勉強也又曰師者
雖非天屬然生三而一事之故有心喪三年之制而今
人不知有此願夫子克從古道論小學則曰身爲萬事
之本敬爲一身之主故敬身一篇乃是揔會論大學則
曰學莫先於格致今人多不能脩齊由其不能格致上

用功也又曰性命之微一貫之妙無徒作一場空說話
須先從人事上篤實求之又曰天命之性自是子思極
言道之本原又指示戒懼使學者先知下工夫處非懸
空說了又曰天命之性初無男女之殊婦人而不以任
姒自期者是亦自棄也又曰天地萬物與我一體也苟
未格一物之理則欠吾一知自天地鬼神卦象井田以
至昆蟲草木與夫經史難義日用所疑一一條列以質
于坦齋坦齋隨知隨荅所不知者問于師友而荅之坦
齋又或設疑問難則孺人盡其意而荅焉遂錄其問荅
爲二編以爲體行之資人有一言一行之善則聞輒入

錄以爲模楷壬午七月孺人得危疾氣絶三日而蘇荅
問編言行錄幷見闆失孺人歎曰平生精力盡歸烏有
矣壬辰秋疾革屬纊前一日坦齋入見泣下孺人正色
曰死生命也何戚之有顧夫子愼旃是年九月十四日
卒于漢師樂峴里坦園第享年六十一隣里老少聞孺
人之歿皆失聲哭學徒之在門而或自幼被養或升堂
拜見者數十人亦皆帶素號哭以十月三十日葬于廣
州淸溪東大旺面遁退里壬坐之原從先兆也尹子名
光演字明直師剛齋宋先生剛齋命其號曰坦齋其上
祖諱莘達佐麗祖官太師玄孫文肅公諱瓘討女眞有

大勳封鈴平伯文康公諱彦頤以文學名父子俱見麗
史九世而昭靖公諱坤叅佐理勳封坡平君官吏判三
世而諱興商號永隱官都正值昏朝棄官隱 贈吏判
諱傳號九思堂令諱在莘號樵漁篤學行由洗馬止縣
令諱枚號浦隱 贈吏叅諱三星號克齋師尤庵先生
郡守 贈戶判諱心震號正心齋知樞諱東燁號自齋
早游渼湖之門有文行卽其十世九世若七世六世而
會王考王考考也妣天安全氏生員汝忠女也號只一
堂其行蹟有剛齋語坦齋篤學四十年內有良箴外有
賢師苑爲儒門之望而遽失閫中切磋之益其悲哀之

情良有旣乎孺人擧五男四女不育取宗人光周子欽圭爲后娶韓山李文在女生一男九鎭幼孺人天姿絶高地步醇深天人性命王覇邪正靡不溯流而窮源加以存省之工中和之德發爲詞翰猶祥鸞瑞鳳光采爛然而常自謙虛韜晦若無所有人亦罕有知者坦齋方搜輯遺稿將以入梓零金碎玉猶足以知其所存則一臠全鼎其在斯歟嗚呼天地醇元之氣醞釀而賦人在男子則爲堯爲舜在婦人則爲任爲姒繼堯舜而作者文武周孔也繼周孔而作者程朱也前聖後賢統緒相承吾道如日星于天而若夫繼任姒而作者果誰歟如

曹大家孟德曜賢則賢矣吾未知其聞道也否乎孺人
生于文獻故家端莊其氣貌簡正其言辭安詳其動止
行足以標準一世文足以步驟鴻匠噫其盛矣且超逸
之才或欠於涵養光明之德易蔽於氣慾知之不至以
其無講學明理之功也行之不力以其無誠意正心之
實也惟才德兼備知行交須者余於孺人見之然則如
孺人者奚止爲女中之君子實女史中所未有也余豈
或阿其親而溢美乎哉坦齋袖遺事一編泣而曰知吾
內莫如子詳盡爲狀余曰旣輓之又誄之若其狀德文
字又烏可以拙辭也謹撰梗槩以俟他日立言者

崇禎後四癸巳九月下澣三從姜元會撰

孺人晉川姜氏墓誌銘

坦園尹明直過余江漢之上示其內子姜孺人所著靜一堂遺稿要一言發其潛幽余曰婦人之德含章而不外見且竊讀其狀仁義忠信不離於心欲以文辭圖不朽者恐乖孺人素志曰無已則盍爲誌用壽厥傳余曰是不可以已也遂按而敍之孺人晉州人以高句麗兵馬元帥以式爲鼻祖奕世圭組名德輩出爲左海名族不須譜也考諱在洙妣安東權氏處士瑞應女寒水先生從玄孫也權孺人有異夢而擧孺人因夢而名性貞

靜端一足不蹈閫外處士公奇愛曰山水翁從兄嘗稱
汝母爲吾宗第一婦女汝其趾矣仍受女誡罔或少違
及嫁舅宜其言行曰吾家其復興乎事尊章至孝定省
必拜及喪哀毁幾不全時値荐饑家罄銖粒而竭力終
事體膚皸瘃而不知勞致敬君子出行必拜勸其居業
曰人而不學無以爲人與其棄義而營生不若聞道而
安貧妾雖不才粗解針績當謀饘粥願讀聖賢書無以
家務累心明道感其言讀四子及程朱書孺人每手執
刀尺隅坐而聽遂卽闇誦默契奧旨復勉明道從師曰
學而不行與不學同眞知經訓之當然後可行獨學則

固陋願從師友以自廣俾盡生三事一之義明直家貧蒸不食厥居僑寓深山虎豹縱橫累日絶火又罹殤慽而孺人猶寛明直曰守正邪自遠矣脩短自有定命饑困尤當忍性急未能在我夫何怨尤明直有過失必[illegible]警不休雖在外堂出片幅止之有憫明直之貧操千金干囑者孺人勸其勿受曰詎可以千金而易吾之操明直亦嘗喪財孺人曰得失關數毋少介懷明直赤手舉三世緬襄爲親族繼絶者近十人且營辦昏喪咸賴孺人之力明直好賓客戶屨常滿孺人極意供歡人謂其能孺人曰是婦道之睫節而猶不能則焉用婦人爲哉

嘗云貧富自有定分寒士之妻厭貧而至於訕泣非人道也苟其非義死且不可受況不必死而可以貨取乎善者治之源利者亂之媒以故遇物先求義之當否苟有以利來者守正以遠之居恆無疾言遽色呵叱不及僕隷晝不窺戶夜不下堂臨財先人而後己分飪先死而後生善則歸人不善則歸己慥慥乎隱惡揚善曰不治己過而先言人過可乎有毀明直者勸其加厚曰盡己而已嘗云天命之性初無男女之殊婦人不以姙姒自期者是自棄也專於內脩動靜如一常服褖衣隨明直晨謁家廟退必端拱跪坐體認未發境界神氣和平

不知有饑寒疾病每聽晨夕鐘聲默驗心體存否如朱
先生同安時書童擊水杓爲戲孺人令均其節以驗操
舍之頃又紉針期以從此至彼不易此心竟賴存養之
力始患浮揚漸底凝定焉好學如渴遍讀十三經沈潛
闡繹窮晝夜罔倦博通史籍古今治亂人物臧否燦然
若指掌嘗云五倫五常之理也皆人心所自然非勉強
又曰身爲萬事之本敬爲一身之主敬身一篇是小學
總會又曰學莫先於格致令人不能修齊由不能用工
於格致又曰性命之微一貫之妙無徒作一場空說先
從入事上求之又曰天命之性卽子思極言道之本原

又舉戒懼俾學者先知下手處非懸空說了又曰天地萬物與我一體苟未格一物之理則參吾一知負三才萬象以至經史百家日用所疑罔不鑽研錄爲三編多精義名論竟佚不傳惜哉筆法一出心畫嘗不作閒言語或爲君子代斲或爲箴戒發者偶破人見實自是彌加韜晦以訒其出焉及疾革無怛化意見明直泣正色曰死生命也何慽之有顙夫子勉旃竟以壬辰九月十四日卒距其生甲子一周也鄰里如喪親戚明直學徒升堂而拜者皆素帶號哭十月葬于廣川道退里壬坐從先兆也明直名光演坡平人世襲文行服事鰲村宋

公困窮勉學而得於內助者爲多云孺人九擧不育爲
之畜妾視遇如子女而曰妬之爲惡當居七去之首繼
子欽圭欽圭子九鎭嗚呼古先王施敎初無男女之別
而女子不就傅詩之所誡只在無非無儀惟酒食是議
以故聲聞中雖有英姿朗識未嘗以道學自勗苟有一
言可採聖人不棄此衛莊姜許穆夫人之詩所以見列
於國風也詩猶不刪況專於學而窮天人性命之原者
哉今讀孺人文其敎學問裨世程者近古閨閤中一人
非特婦人之能言者也余謂明直孺人君之師君叟讀
十年書可以知孺人之德明直笑曰子之言是也靜一

非孺人所自號而乃所願在茲云銘曰
猗嗟碩媛名閥肖子維德之符具玆四美敦悅詩禮循
蹈繩軌動靜無違行已有恥環佩瓊琚翼翼靡靡象服
是宜不徒譬珥好學尋道是安素履天授慧識洞窺衆
理鷄鳴昧朝以勗夫子寤寐羹墻睎古莘摯弗篤弗措
死而後已淸溪漣猗遁山荊嵋永安且固以藏女士德
音孔嘉昭示無止我銘不朽敬告彤史
崇禎紀元後四乙未閏六月上澣唐城洪直弼撰

祭亡室孺人姜氏文 三篇

維崇禎紀元後歲次四壬辰十月癸卯朔十五日丁

巳夫尹光演因朝奠哭告于亡室孺人靜一堂姜氏靈筵曰嗚呼今日是君回庚之日也使君而猶在則皤皤然老夫妻相對雖粟飯藜羹啜菽飲水其樂亦足而胡爲今日徒見有我不見有君素帷風凄木榻塵凝只留殘稿剩墨散亂於空箱破篋之中觸目凄慘而已嗚呼痛哉君之入吾室終始四十餘年其間同憂共戚食貧攻苦之事追而思之無一非痛哭處也而惟君至仁至厚至誠至正可師而可法可敬而可重者非但尋常婦女之所不可及雖成德君子亦有所難者吾於是愈爲之悲傷焉君之于歸父母安之娣姒宜之宗黨稱之婢

僕依之室無升斗之儲而奉祭祀罔或有缺囊罄錙銖之資而接賓客必盡其歡信於踐言及期則一刻不宿明於辭受非義則一介不取急於周濟簡於自奉嚴於律已寬於責人舉九男女不育而心無怨焉歷三晝夜絶粒而容無戚焉字畫足以勒金石而傍人未嘗見焉文辭可以伴鉅工而親戚不之知焉炎暘雖酷晝必掩門而坐階庭雖近夜必秉燭而行聲音不出中閨足跡不及外戶飲膳極其潔針線極其精此雖出於天稟之卓異而盖亦得力於經傳者多確有操守動成模楷類皆如是斯豈人人之所可能也哉且不唯是也吾幼而

失業長而憂馱親齡漸高家計剝落役於營生奔走東西將不能保有恒心君嘗泣而勉余曰人而不學失其所以爲人與其棄義而謀生不若聞道而安貧且一飲一啄元自有定不可力求惟當修吾本分以俟天命吾雖不才終不以衣食累夫子之心須以讀書爲念以副吾仰學之誠吾始感君一言奮發焠礪取四書及程朱書閉戶課讀頗致勤苦每展卷咿唔君執女工隅坐而傍聽吾讀未熟君已闇誦吾疑未解君已融會往復問難咸得領要如是五六年君又曰學而不思與不學同思而不行與不思同凡書中聖賢謨訓俱是當行底道

理既知其當行則行之可也而必有師友之資然後所
行將不至於過差顧夫子從師取友以自益焉吾又慳
然開悟自是就師門請益又從諸君子游用工於踐履
省察不敢自懈行年六旬迄無所成然比之少日猖狂
妄率亦自不同君又平日研窮性命之源探賾精一之
要常於應事接物之際儿然端坐體認未發自言每有
疾恙輒收斂端坐觀得誠明之界自然神氣和平不知
疾之去體也吾聞之甚喜遂勉而學之雖未敢自謂有
得而此心終不放肆以至于今日微君之言吾未知其
爲何狀人也嗚呼痛哉吾嘗謂婦人之事丈夫也相愛

則易主敬則難承順者多勸戒者少惟君之於吾行人
之所難得人之所少見吾有一善則非徒喜之又加勉
焉見吾有愆尤非徒憂之又從以責焉必使吾立於中
正之域爲天地間無過之人雖吾闇劣未能悉從然嘉
言格論終身服膺所以夫婦之間嚴若尊師肅肅祗祗
罔或有忽任與君坐如對神明每與君語如眼瞑眩自
今以後斯人也不可得而復見嗚呼痛哉君素嬰沈痾
老而尤劇長在枕席迨至今秋數日少間吾私自喜幸
謂可以及見日辰忽於一朝病勢猝加方其未沒吾入
而視之君見我泫然泣下旣而正色曰死生命也何庸

戚戚吾時進食君又曰願愼飮食屢顧新婦意不能忘又欲向吾有言吾曰勿勞也凡事吾已有涅磨者當自處之耳無何君遂冥然而寐蘧然而化其於臨卒之際氣貌從容言辭周詳一一如平日略無顚倒錯亂之擧亦豈非大過於人者歟嗚呼痛哉自君之逝吾不能不過哀或謂余曰甚矣子之哀也無乃自念夫鰥居孤處身世踽凉而然歟抑亦自傷夫單寒窮窶殯葬饋奠無以如禮而然歟何其異乎人之哀之也吾曰否否子安知我之心哉生老病死卽理之常長貧固窮乃士之分吾何爲甚哀但念吾室人之亡吾有所疑誰其釋之吾欲

日辛未夫尹光演哭告于亡室靜一堂姜氏靈筵曰嗚
呼今日我生之辰余早失祜悲慟在身先妣憐我撫我
成人繇當此時截髮爲餅饋及同志輒設講席非要樂
康寶窮資爲君繼妣志勸我麗澤何有何亡平生殫力
君今逝矣誰復繼之我獨斯存感舊悲時一二三子來儕
壺傳觴觴物傷懷有淚滂滂君頻入夢執策問義或告
休咎指以趨避謂靈昧昧胡能如斯我分斯酒侑君一
酌知君有心爲我惻惻嗚呼慟哉尙其歆格

維 崇禎後四癸巳重陽日丙子夫尹光演謹以庖酒
哭告于靜一堂靈筵曰嗚呼君沒未幾疾病日侵窮窶

日甚兒孫盡散婢僕不留唯吾煢然一身履穿攝弊呻
飢呼寒卧起於荒園破茅之中一何身世之孤苦耶歲
值饑荒人心不臧盜及於筵几之物變出於情想之外
橫災之辱無從之毀纏繳其身拂亂其心而曾無寧靜
之日又何命途之嶔巇耶是吾平日未能遵先人之訓
奉尊師之教從孺人之戒以至於此耶以吾師大賢之
德曾被毀辱於人而猶曰吾有自修之實則人言豈至
斯哉然則若余之言行謏淺未孚於人者宜其遭此矣
嗚呼先考嘗有訓矣忠孝節義是已吾師嘗有敎矣克
復誠敬是已孺人嘗有戒矣存省之工中和之德是已

竊欲從事於是孜孜不懈閉戶讀書以終餘年而顧此寸進尺退前亡後遺作一天地間無用之物他日從君於泉下安得不汗顏哉嗚呼君之云逝人或勸余繼室又或使余卜姓而余旣不能遵先訓奉師敎從賢妻之戒則此心誠不忍一日安養秖欲自苦以斃而但念血屬無遺重得罪於祖先是以晝宵悲歎罔知措身之地嗚呼嗚呼夫復何言日月周朞靈床將撤從今以後雖欲有言告訴無處玆陳一觴聲淚俱迸嗚呼哀哉尙饗

孺人靜一堂姜氏誄文

歲壬辰之月日坦齋尹明直喪其配孺人靜一堂姜氏

哭而慟曰天奪我良友而今而後吾不復有爲矣第念知孺人莫如我詳爲挽詩律絕四首而歸之遂續爲之誄曰婦人之有才者未必有德有德者未必有才世或有中才小德之兼而有者則猶可爲女中之士而我未之聞也今孺人以絕人之才曠世之德未笄而有窈窕之稱既嫁而有洒掃之實閨門之內肅然若朝廷之儀而永夜寒燈孺人持針夫子讀書其讀書爲斯文之名儒者實孺人開發之力也使夫子不以貧窶亂心而惟學是勉則夫婦相戒之意有足以感神明而明直之爲之也亦可謂勇往直前者矣孺人於是或從傍涉獵或

專精研究終始四十年之間除了供祭祀賓客針線饔飧憂慽疾病等事如十三經是孺人之菜飯而粥之說心湯之說性處靡不攄其精微之蘊嘗愛看周公爾雅左氏春秋近思錄擊蒙訣諸書而閭巷諺釋一不經眼此豈非孺人之自得於天理之粹然者乎倘使孺人而爲男子身則可以置經幄而進啓納規可以莅函席而牖蒙警俗其爲有補於世道者何如而惟天之予齒去角其理則然尚何怨哉嗚呼性情之正得於關雎明誠之學得於中庸安於貧則不愧乎簞瓢之樂發於詩則可參乎濂洛之什銀鉤之畫吾知其直內之敬尺筆

之步吾知其向上之功平生著述不爲不多而不使人
知如經書劄疑序記箴銘之類隨錄隨祛擲地金聲盡
歸烏有惟若干篇留落篋笥一臠今鼎其在斯歟奈之
何以孺人之才之德喫盡艱難一朝示憩而又無一箇
血胤扶將於死生之際安得不爲之悲且唏也吾將以
任姒之德獻與孺人則固知孺人之讓而不居如世所
稱曹大家之英才亦孺人之所不屑也一言以蔽之曰
才德兼備謂之君子宅曰女史之爲孺人立傳者其唯
曰女中之君子乎抑余有私切悲于中者文學乃吾家
之青氊也顧余顓蒙到老無成門內弟兄其能擔負繼

述之責者亦無幾又何使孺人不爲吾家之丈夫而只
爲明直之一良友也此明直之幸而吾家之不幸也吾
安得不爲之悲且盡也蓋孺人卽我再從叔諱在休之
女也系之以辭曰嗟孺人兮靜而一氷玉之質存中發
外粹而榮學問之功嗟孺人兮仁且孝舅曰賢婦撤去
土墻引正路夫曰良友嗟孺人兮備嘗艱奈何乎天君
子之述合兩美永言不朽是年冬十月下澣三從姜元
會揮淚而書

挽章

齊閨罔壺必稱姜靜一孺人集衆芳奉櫛良箴來正路

大東詩選

詠半月

誰斲崑山玉裁成織女梳牽牛離別後謾擲碧空虛

送別蘇判書 世讓

月下庭梧盡霜中野菊黃樓高天一尺人醉酒千觴流水和琴冷梅花入笛香明朝相別後情與碧波長

滿月臺懷古

五百終南餘古寺夕陽喬木使人愁烟霞冷落殘僧夢歲月崢嶸破塔頭黃鳳羽歸飛鳥雀杜鵑花落牧羊牛神崧憶得繁華日豈意如今春似秋

朴淵

一派長川噴壑礱龍湫百仞水潨潨飛泉倒瀉疑銀漢怒瀑橫垂宛白虹雹亂霆馳彌洞府珠春玉碎徹晴空遊人莫道廬山勝須識天磨冠海東

桂生 姓李字天香號梅窓扶安妓

贈醉客

雪意虛明遠鴈橫梅花初落夢逾清北風竟夜茅檐外數樹寒篁作雨聲

暮春書懷

睡餘散步小墻東樹色蒼然望更空閉戶春歸山影外隔簾鶯語夕陽中
王孫芳草年年雨蜀魄殘花夜夜風流水光陰人欲老回尋前事竟無窮

娼妓

吁咄 高麗有龍城娼吁咄彭原娼動人紅皆能詩而不傳楓嶽錄曰吁咄龍城妓也每爲使客所寵善書唱和宋國瞻出佐西北戎幕獨不遊狎吁咄作詩呈之云

呈宋佐幕 國瞻

廣平鐵腸早知堅兒本無心共枕眠但願一宵詩酒席助吟風月結芳緣

動人紅

自敍

娼妓與良家其心問幾何可憐柏舟節自誓矢靡他

黃眞

한듕록

한둉ᄉᆞ 일

녀옥시의 궐니의 도리와 쳑 찰왕됴ᄉᆞ이 도셕ᄋᆞ의 잇시

너녀ᄉᆞ쳔ᄋᆞ이 ᄭᅳᆫ히 밋실ᄋᆞ셔 ᄎᆞ쳔 이ᄇᆡ 권ᄃᆞᄒᆞ 션언져 부ᄅᆡ 졈

계히 봉셔 뎐의 강쳐 친ᄅᆞ이 ᄌᆞᆼᄃᆞᆼ의 ᄃᆞᆯ쳐 가ᄒᆞ올 ᄃᆞᆯ거시 아니보

ᄭᅳᆯ효ᄒᆞᆨ 효의 ᄯᅢ ᄉᆞ연이 ᄭᅳᆺ치 가 공경ᄒᆞᄂᆞᆫ 도리와 가 ᄒᆡ야 ᄋᆞ옹

도셕ᄋᆞ 보ᄋᆞ젼 회담의 ᄉᆞ시ᄋᆞ ᄯᅳᆺ일ᄂᆞ 고도회 인 ᄊᆡ 붕ᄃᆡ리 ᄒᆞ시

기 쳔비 져 오쳐 이름 졀 ᄂᆡᄋᆞ 숭도ᄒᆞ시 ᄯᅩ 봉쳐의 쳔 인졍의

되 ᄎᆞ도회 머리의 ᄊᆡ 봉ᄃᆡ 용군 진ᄇᆡ의 쳐도ᄉᆞ오 ᄒᆞᆫ 심ᄒᆞᆫ 경계

로ᄅᆞᆯ 밧ᄌᆞ와 ᄃᆞᆫ 모회 ᄉᆡ ᄎᆞᆯᄒᆞ오 ᄉᆞᄎᆞ오시 ᄃᆡᆯ 졀이 졀ᄒᆞ오며 ᄉᆞᄒᆞ온거시

업ᄉᆞᆫ지라 ᄇᆡᆨ 졀ᄉᆞ 연이 미 양 멀ᄉᆞᆫ 집의 ᄆᆞ오라 ᄉᆞᆨ 졀ᄀᆡ 비며

ᄯᅳᆯ거시 업ᄉᆞᄋᆞ ᄒᆞ올 번 되젼히 ᄆᆞ ᄉᆞᆫ 굴ᄒᆞ올 ᄊᆡ ᄂᆡ 뫼ᄋᆞ 뫼와 몽 글

야 져의 기리던 ᄒᆞ던 미ᄉᆞ 가리게 ᄒᆞ엿ᄂᆞᆫ ᄒᆞ오니 그 망이믈
ᄒᆞ며 ᄉᆡᆼ각ᄒᆞᆯ 졔 ᄒᆞ오셔 ᄯᅳᆺ이 어덧셔 못ᄒᆞ오셧거나 울ᄒᆞᆫ 매회
감ᄒᆞᆫ ᄒᆞ올 당ᄒᆞ오니 츅ᄆᆞ지 ᄒᆞᆼ이 ᄇᆡᆨ번 더ᄒᆞ오니 셰월이 더ᄒᆞ오
면 ᄆᆡ 졍ᄋᆡ이 잇더 ᄯᅳᆺ 못ᄒᆞ올 ᄯᅳᆺᄒᆞ옵기 ᄂᆡ ᄒᆞᆼ가ᄒᆞᆯ 모ᄋᆞᆷ나 졍
역ᄒᆞ올 일을 ᄉᆡᆼ각ᄒᆞ오되 ᄌᆞ리ᄒᆞ옥 ᄒᆞ와 쓰ᄋᆞ ᄒᆞ오나 ᄒᆞ올 길 ᄉᆔ
ᄀᆞ ᄇᆡᆨ을 ᄡᅵ지 ᄉᆞ라
쳔왕ᄭᅴ 올 ᄯᅩ ᄒᆞᆫ 월 십 팔일 모셔 외 ᄎᆞᆫ이 져 오신 날을
반 ᄎᆞᆼ 방 거 ᄒᆡᆼ ᄒᆞ오 외 가 외 셔 ᄂᆞᆺ ᄌᆞ 오시나 졍 일을 밀ᄒᆞ야 외 쳔 민
겨오셔 혹 ᄎᆞᆼ이 쳔비 겨오신 방 반ᄌᆞ 외 셔리 물ᄭᅳᆯ 외 보와
지오시더 나며 가ᄂᆞᆫ ᄯᅢ 뫼리 ᄯᅩᆼ ᄒᆞ와 향 시 미ᄋᆞ ᄒᆞ오신 외 심ᄉᆞᆯ
시더라 ᄒᆞ며 ᄌᆞ근 졍 한 ᄒᆞᆷ 겨오셔 권 ᄒᆡ 넘 ᄒᆞ야 보오시 근 ᄇᆡᆨ 졸

며 져나 벽아와 ᄯᅩ ᄀᆞ라 리인 ᄒᆞ시더라 샹쳘 일 ᄒᆞᆫ 후 집을
ᄃᆞ리 옷나 ᄌᆞᆼ조모니시 ᄯᅢ 모셔 보ᄋᆞ시고 리 ᄃᆞ ᄒᆞ오셔 이마히 ᄅᆞ
를 아히와 ᄃᆞ ᄅᆞ나 잘 ᄒᆞ시 국라 ᄒᆞ오셔 욱 ᄆᆞᄃᆞᆯ 졍ᄒᆞ 갈히
며 브러 세나 못ᄃᆡ 마셔 더라 며 졍ᄂᆞᆫ 줄라 비 도 부쳐 모셔 이
샹이 ᄉᆞ랑ᄒᆞ오사 우ᄅᆞᆷ마 련ᄒᆞ더니 보ᄋᆞ셔 가ᄅᆞ출ᄂᆞ미 망회ᄌᆞᆼ
갓쥐 말ᄉᆞᆷ ᄒᆞ오시더 이마ᄀᆞᆷ 기 ᄌᆞᄅᆞ니 ᄅᆞᆯ이나 ᄉᆡᆼ인 ᄅᆞᆯ 일ᄌᆞ
이 ᄒᆞ티라 ᄒᆞ오시나 며 어려셔 듯ᄌᆞ와ᄉᆞ던 일이 ᄌᆞᆼ궁 뫼도
려 볼ᄃᆞ 싱각ᄒᆞ오시며 편ᄒᆡᆼ의 당ᄒᆞ올 ᄌᆞᆯ져 이나 ᄒᆞ올 일
이 ᄌᆞ티 냥티와 귀ᄌᆞᆼᄒᆞ오시던 말ᄉᆞᆷ이 우ᄉᆞᆫ 미ᄅᆞᆫ 미져 보신
가비 양ᄒᆡᆼ우ᄌᆞᆨ이 잇더라 며 마시외 ᄒᆡᆼ뎨 잇셔 부ᄋᆞ셔 셔ᄃᆞ
수ᄉᆞᆯ ᄆᆞ아 오셔더니 ᄒᆡᆼ이 ᄃᆞᆺ볼 ᄒᆞ오신 며 ᄌᆞ의 울 ᄆᆞᄅᆞᆯ 져 밧ᄌᆞ

떼치다 벗아와 또 근다 괴ᄆᆡ ᄒᆞ시더라 샹쳘일ᄒᆞᆫ지 볼ᄉᆞ
도라 보아 즁ᄌᆞ 모니시게 ᄒᆞ셔 보ᄋᆞᆸ시ᄂᆞᆫ 괴리 ᄒᆞᄋᆞᆸ셔 이마히 ᄅᆞᆫ
ᄅᆞᆯ 아희 와 ᄃᆞ ᄅᆞ어 잘ᄒᆞ기ᄅᆞᆯ 라 ᄒᆞᄋᆞᆸ셔 ᄆᆞᆺ ᄋᆞᄅᆞᆷ 쳥ᄒᆞ여 갈희
떼 보ᄂᆡ셔 나 못니 마쳐 더라 ᄂᆡ 졈ᄭᆞ시ᄂᆞᆫ 즐라 ᄆᆡ 도보쳐 오셔이
샹이 ᄉᆞ랑ᄒᆞ오사 우ᄅᆞᆷ ᄯᅢ 리던 ᄂᆡ ᄆᆞᄋᆞᆷ 셔 가ᄅᆞ쳐 ᄌᆞᆫ ᄆᆡ 양 회ᄀᆞᆼ
갓치 말ᄉᆞᆷ ᄒᆞᄋᆞᆸ시더 이 아희 가 즁ᄂᆞᆫ 어 ᄅᆞᆯ 이나 쳔 인ᄅᆞᆯ 알ᄌᆞᆨ
이 ᄒᆞ리라 ᄒᆞᄋᆞᆸ시니 며 어대 쳐 ᄃᆞᆺ ᄌᆞᆫ 와ᄉᆞ던 일ᄋᆞᆯ 이 공조의 ᄃᆞ
리 ᄂᆞᆯᄋᆞ 심 각ᄒᆞᄋᆞᄂᆡ 며 편ᄒᆞᆫ 이의 당 ᄒᆞᆯ 즁ᄉᆞᆯ 저 아나 ᄒᆞᆫ 일ᄅᆞᆫ
이 ᄅᆞᆨ티 낭터 와 귀 즁ᄒᆞᄋᆞᆸ시던 말ᄉᆞᆷ 이 구 ᄉᆞᆫ 미ᄅᆞᆫ 미 쳐 보신
가 ᄇᆡ 양 쉽ᄋᆞ 작 이 잇더라 며 마시의 현 ᄯᅢ 잇쳐 무ᄋᆞᆯ 쳐ᄃᆞ
ᄌᆞ ᄉᆞᆯ ᄆᆞᄋᆞ 우셔 더 ᄋᆞ 현 이 ᄃᆞ 보ᄒᆞ시니 며 ᄌᆞᆫ 의 울 ᄋᆞᄅᆞᆫ 적 ᄇᆞᆺ ᄌᆞ

와 부모ᄭᅴ 하직ᄒᆞ올 이 업ᄉᆞ오시 쳔 슐 밧긔 ᄉᆞᆯ 되옵고 ᄉᆡᆼ 오 거 쳐
ᄒᆞᆫ ᄉᆞᄒᆞ오시 ᄭᅦ 엇ᄌᆞ오셔 ᄆᆞᆯ 오신 ᄇᆞᆯ 나ᄂᆞᆫ 모ᄅᆞᆫ ᄉᆞᆯ오시 ᄆᆡ 옥 죄
ᄌᆞᆫ 졀ᄂᆞᆫ ᄒᆞ오시ᄃᆡ 난ᄂᆞᆫ ᄯᅢ 되와 구ᄒᆞᆫ ᄒᆞ거나와 쳔인 ᄭᅴ오셔
ᄉᆞ랑ᄒᆞ오시ᄂᆞᆫ 이 더ᄉᆞᆯ 벌ᄒᆞ오셔 ᄆᆡ 면 망홀 ᄯᆡ 녀ᄌᆞ로ᄂᆞᆫ 거
ᄉᆞᆯ 어려 이 녀기ᄂᆞᆫ 부모의 말ᄉᆞᆷ을 ᄯᅥ나 기미여 ᄒᆞ며 저 ᄀᆞᆺ ᄀᆞᆺ
세ᄉᆞᆯ 보ᄌᆞᆺ더 부ᄉᆞ랑ᄒᆞ오시믈 능히 밧ᄌᆞ와 되ᄉᆞᆸ의 거
평ᄉᆡᆼ이 ᄋᆞᆸᄂᆞᆫ 이ᄅᆞᆯ 어 졈ᄉᆞ오ᄂᆞᆫ지라 부모ᄭᅴ셔 ᄃᆡ 부ᄉᆞ랑
ᄒᆞ셔ᄂᆞᆫ이라 ᄒᆞ시나 ᄯᅢ비 조ᄎᆞᆷ 이ᄯᅢ 지라 부모의 ᄆᆞᄋᆞᆷ 굿굿
갑ᄒᆞ올 길이 업ᄉᆞ와 동심되 감격ᄒᆞᆷ을 ᄆᆞᄋᆞᆷ이 어ᄯᅥ케 간졀
ᄒᆡ 아니 하리오 우리 부모ᄭᅴ오셔 이 ᄉᆡᆼ이 편의 ᄒᆞ오시면 일
을 ᄉᆡᆼ각ᄒᆞ니 부모를 ᄎᆞᄌᆞ올 ᄯᅢ 궁궁의 ᄃᆞᆯ ᄯᅢ 죠ᄎᆞ시 미ᄋᆞᆷ이 편의

울ᄂᆞᆸ더가미망싱각ᄒᆞ면눈물이ᄒᆞᆯ너만ᄉᆞ여망ᄒᆞ드러
화연헌공ᄌᆡ오신명안위ᄌᆞᆼᄎᆞᆫ이오시ᄂᆞᆫ령강공손쾌세셜
훤ᄆᆡ젼ᄋᆞ공소황ᄒᆞ오셔ᄉᆞ도ᄒᆞᆯ피아ᄂᆞᆫ녀ᄋᆞᆯᄒᆞᆫ엄국동의신떼ᄒᆞᆯ
저ᄋᆞ샤월산ᄒᆞ오셔서떼타라왼ᄂᆞᆫ온배ᄒᆞ러ᄉᆡᆼ접곳드ᄂᆞ전
되믈ᄯᅩ화오셔바히업셔명헌공지쳐뵈옵ᄒᆞᆸ보즈더가계
강은하미싱ᄒᆞᆯ지라빅ᄒᆞ찬한공ᄌᆡ오셔천인거되ᄒᆞᆸ오셔
기ᄒᆞᆯᄉᆡᆼᄒᆞ오쳐미망쳔인의어ᄆᆞᄋᆞᆷ어ᄒᆞ쌍쳐셔뻬우쳐
갈오샤ᄃᆡ미이한가ᄋᆞᆫ웅웅탈ᄒᆞᆫ곳들저ᄂᆡ미보히비ᄒᆞᆨ셰
빵은간ᄒᆞ오샤장ᄋᆡᆫᄉᆞᆫ잘ᄒᆞᆯ저쳬상의드물거시나한가ᄉᆞ복
뫗ᄒᆞ오ᄒᆞᆯ이ᄒᆞᆯ피오시ᄒᆞᆸ에ᄆᆞᄋᆞᆫᄒᆞ옵복이면원히타ᄂᆞᆫ명ᄂᆞᆫ
복쥔간ᄂᆞᆫᄒᆞᆯ꺽구ᄆᆡ더ᄒᆞ오시ᄃᆞ홀오셔ᄂᆞᆫ리산물ᄲᅮ히보ᄂᆞᆫ

셕졔 아녀 ᄒᆞ옵셔 ᄂᆡ 빅ᄌᆞ겨오셔 량션이오 ᄂᆞᆷ으실 면ᄋᆞᄉᆞ
량ᄒᆞ옵시ᄂᆞᆫ 뜻이 옵션지라 졍양의 ᄒᆞ올 ᄯᅢ 치이나 ᄒᆞ올 리 몰ᄒᆞᆯ
우리 집가 혜ᄂᆞᆫ 연강 텹ᄒᆞ올 ᄯᅢ 망ᄒᆞ 디 명헌궁 져오셔 ᄋᆞᆺ
이리 ᄒᆞ오셔 작위 상쳐 의미 ᄎᆞᄉᆞ혀 일ᄉᆞᆼ실을 쳥건 ᄒᆞ요셔
산어ᄇᆡ ᄌᆞᆯ도 소리지 마니 셜운 명이 ᄉᆞ연 ᄒᆞ오니 ᄒᆞᆫ곳 ᄀᆞ옵션
지라 제ᄌᆞ ᄇᆡ져오셔 평ᄒᆞ야 ᄒᆞ오신 쳔ᄇᆡ의 ᄉᆡᆼ녀으로 봄ᄃᆡ ᄆᆡ
ᄒᆞ옵시ᄋᆞᆸ이 ᄂᆞᆫ ᄂᆞ온 셜 쳥ᄒᆞ오 ᄂᆡ 혈ᄉᆞ 민ᄒᆞ옵시 기ᄃᆞ므로셔 ᄯᅢ
현궁 ᄯᆞ도 옵셔 기ᄌᆞᆯ 먹ᄒᆞᆫ ᄉᆞᆯ ᄆᆞᆺ치 ᄒᆞ옵시ᄂᆞᆫ ᄯᅢ가 ᄌᆞ귀ᄒᆞ 옵시ᄋᆞᆸ어
명헌궁 쳥ᄒᆞ옴을 ᄌᆞᆯ ᄉᆞᆨᄒᆞ오 겨어일셔 박ᄎᆞ랑 ᄲᅡᆨ좡 ᄲᅡᆨ하
옵셔어 이런 고ᄌᆞ 쳔ᄇᆡ져오셔 비ᄌᆞ 죄ᄉᆞᆼ의 홍뷔 옵셔ᄂᆞ 해
의 일ᄉᆞᆸ ᄯᅢ다 못ᄌᆞᆯ이며 어ᄇᆡ ᄉᆞ시고 ᄉᆡᆼ각의 ᄉᆞᆨ 항ᄌᆞ ᄅᆡ 엽ᄉᆞᆯ

볼아라 ᄒᆞᆨ셜호오신 졀의 볏이 단경셩이 ᄀᆞᄌᆞ신지라 ᄯᅢ
므도 비 미양 밤의 ᄎᆞᄌᆞ 한다 호오셔되 숑구조보ᄂᆞᆯ 여리지이
내 호오셔고 방젹 쳥쳔으로 ᄌᆞ야 ᄀᆞᆺ친히 호오셔 방울 셔와 호
오셔 나며 양이 친 방의 부ᄅᆞᆯ이 벽기 가지 ᄒᆡ엿ᄂᆞᆫ ᄌᆞᆯ을 ᄂᆞᆯ곤 ᄌᆞᆼ
은 일곳고 졀ᄌᆞᆫ 보ᄌᆞᆫᄌᆞᆼ은 ᄯᅩᆯ와 ᄆᆞᆯᄀᆞᆫ ᄌᆞᆯ이 ᄌᆞ이 너기ᄂᆞᆫ ᄯᅢ 양 방의
쳥셜ᄒᆞ오셔 ᄭᅴ 별ᄌᆞ 창을 ᄀᆞ리오셔 방의 칙쳔ᄒᆞ오신 ᄯᅢ 브
ᄌᆞ현ᄒᆞᆫ 쳥찬ᄒᆞ온 ᄆᆞᆯ을 ᄉᆞᆯ히 너기오셔 ᄭᅬ온 방의 ᄉᆞᆨ고 ᄒᆞᆯ
ᄒᆞ셔 ᄎᆞᆫ이 다오셔 기의 맛ᄌᆞ티 리ᄌᆞ와 ᄒᆞ오ᄂᆞᆫ 일이 만아 져오셔 ᄂᆞᆫ
의복 지졀ᄎᆞ ᄌᆞ녀이 업히 오셔이 지극히 검박ᄒᆞ오셔 ᄯᅥᄂᆞᆫ
ᄒᆞ셰의 밋졔ᄒᆞ오셔고 우리 ᄂᆞᆺ비 옷도 ᄀᆞᆯ을지언졍 비양 더
현냥지 이아니ᄒᆞ오니 검박ᄒᆞ오셔 옷라 졍졀한ᄉᆞ 미졍ᄒᆞ오신

ᄌᆞᆯ미 편리 조인을 밋ᄌᆞᆯ이 미ᄭᅥ다 하 천비 져모쳐 상서희 ᄌᆞᆯ가
경쳐 마ᄋᆞ ᄒᆞ오시고 져 상이 화과 ᄌᆞᆯ며 오시나 억ᄉᆞᆨ ᄒᆞ오시
나 일ᄀᆡ 우러러 청덕을 일곳근 비러와 ᄒᆞ시미 ᄋᆞᆺ노ᄋᆡ 업
보지라 우리 집이 ᄃᆞ위ᄒᆞ여 ᄭᅳᆯ즌 명리 ᄌᆞᆨ여모 우리 되기
나시 청빈ᄒᆞᆫ ᄒᆞ오 우리 박ᄒᆞᆫ조거 처ᄂᆞᆫ 너복상 쳐의 ᄯᅥ놓
리시고 즁ᄒᆞ고져 쳔도 너복시랑 ᄉᆡᆼ이 이 선지리 어ᄂᆞᆯ ᄂᆞᆫ본ᄃᆡ
의며외 명별이 일체 칭명ᄒᆞ여 일ᄌᆞᆨ헤 ᄌᆞᆨ복명외고 ᄋᆞᆫ
ᄒᆞᆯ밋과 샤치ᄒᆞᆯ 일이 일ᄒᆞᆫ도 ᄡᅡᆼ복ᄒᆞᆫ ᄒᆞ오시며 업고서 쳔ᄂᆞᆯ져회ᄯᅢ
쳔비 져모쳐 상승ᄒᆞᆫ 젼ᄇᆞᆫ ᄒᆞ오셔 면쇠 가ᄂᆞᆫ ᄒᆞ오시고 졈의관
단ᄒᆞ오처 우리 졔ᄉᆞ ᄉᆞᆼ이 의ᄆᆡ 면ᄒᆞᆯ 회하거 일실의 가득ᄒᆞ오
너머 ᄲᅧᄌᆞᆨ 우ᄒᆞ ᄒᆞᆯ인ᄃᆞᆯ 엇지 말오셔 업ᄉᆞᆫ리 오ᄃᆞᆼ고져

모쳐 셩덕힝이 놉라 ᄒᆞᆫ 모쳐 ᄇᆡᆨᄉᆞ 빠ᄅᆞ오셔ᄂᆞ이 ᄎᆞᆷᄅᆞ 만ᄒᆞᆫ 이
오셔ᄂᆞᆫ 거취ᄂᆞᆫ 절ᄒᆞ셔 ᄯᅢ 문셕이 ᄃᆞᆨ 월효 모쳐 졀셜노 념히 몽
ᄀᆡ 모녀 츙의 쳔변 시라 ᄂᆞᆯ을 심히 슌탕ᄒᆞ샤 면문을 가ᄒᆞᆷ
히셔ᄂᆞᆫ 범ᄇᆡᆨ을 재조ᄒᆞ오쳐 ᄌᆞ별이구오시믈 ᄃᆡ셜ᄒᆞ올 쳔비 갓
ᄌᆞᆸ져 빠ᄅᆞ오셔 쳔비 히양오쳐 갈오사 뎌 이인 희 조희 셜ᄅᆞ미
셤ᄒᆞ라 ᄒᆞ셔 ᄃᆡ라 명헌ᄉᆞᆼ 져오쳐 젼ᄉᆞᆫ ᄀᆞᆫ 관ᄒᆞ오셔ᄂᆞ 쳔
인제 오쳐의 동ᄒᆞ시믈 ᄯᅢ ᄒᆞ샤 우러러 뵈옵지 못ᄒᆞᆫ 상뎐
앙의 ᄉᆞ우즐 정거ᄒᆞ오쳐 죽야 실ᄇᆡᆨ을 ᄡᅳ오사 상명ᄒᆞ우 조ᄎᆞ시
의 봉우대비 츅ᄒᆞ옹신 ᄒᆞ오 쳔인 져오쳐 위 쳔ᄒᆞ오쳐 ᄌᆞᄂᆞᆫ ᄒᆞ오
신홍시을 강히 잇ᄌᆞᆸ지 못ᄒᆞ오며 쳔인 거오쳐 힝셜이 놉
라 ᄃᆞᄅᆞᆫ 오쳐 홀ᄯᅡᆯ 새ᄇᆡᆨ이 ᄯᅦᆫ ᄉᆞ우ᄇᆞ라 뵈옵 ᄉᆞ오셔ᄂᆞᆫ 안ᄌᆞᆫ이

면졔ᄭᅥᆺ부인긔 젼ᄒᆞᄋᆞᆸ셔 ᄯᅢ 못ᄒᆞ신 ᄒᆞᆫ 말ᄉᆞᆷ이 ᄯᅢ려ᄅᆞ쇼
온ᄉᆡᆨ을 ᄉᆡᆼ시기시나 공로 ᄭᅡ치오셔 ᄯᅢ원ᄉᆞ 령ᄒᆞ오셔 ᄯᅡ라 ᄆᆡᆨ효
ᄉᆡᆼ어여 ᄎᆞᆯ의 병도 ᄯᅡ 아ᄋᆞᆯ 말ᄉᆞᆷ이 잇ᄉᆞ와 보ᄋᆞᆸ이와 ᄃᆞᆺ 나ᄋᆞ감
복이 아니리 읍근 ᄉᆡᆼ인 ᄃᆡ오셔 부음으로 ᄃᆞ 각ᄭᅴ ᄉᆡᆼ기시니 각별
ᄒᆞ오셔ᄂᆞᆫ 아ᄐᆡ 죠ᄎᆡ 마오시고 ᄒᆞᆯ ᄒᆞ오셔 ᄂᆡ 죽ᄉᆞᆸ오셔 이ᄅᆞᆯ 로 도ᄆᆡ
도념 저러ᄒᆞ올지면 졍렬ᄒᆞ오시이나 져오셔 고션 ᄌᆞ연 ᄇᆡᆨ니 ᄂᆡ
녀졀의 쳔ᄎᆡᆨ이 도ᄒᆡᄒᆞ리 쳔 만져오셔 룡리의 법을 보재
아니면 이어 이동거의 졍이 되 오ᄒᆞᆫ쉬 몽소 ᄂᆡ 금로 ᄒᆞ오ᄋᆞᆸ시ᄂᆞᆫ 상
ᄉᆞ오샹ᄎᆞᆨ의 갓가이오셔 ᄇᆡᆨ년 져 졀을 ᄌᆞ졍이 ᄒᆞ오신 그
후 ᄉᆡᆼ질 ᄃᆞᆯ이 쳔ᄇᆞᆯ 누의 효ᄅᆞᆯ 구졔ᄒᆞ올 못밋ᄎᆞᆯ 도시 ᄒᆞ오시
ᄂᆞᆫ 힝졀 ᄇᆞ ᄒᆞ오나 ᄒᆞ온 집의 ᄯᅩ ᄒᆡᆼ ᄯᅡ ᄒᆞᆫ ᄯᅢ ᄎᆞᆯ지 ᄯᅢ 못ᄒᆡ 도온도

ᄒᆞ오시ᄂᆞᆫ 동궁 즁이 ᄯᅴ여 나오시ᄂᆞᆫ 내 젼ᄉᆞ회 ᄂᆡ 밧ᄌᆞ 졍ᄒᆞᆫ 듯ᄒᆞ고
ᄆᆞ올 졉ᄇᆡ 외셔 오셔 좃ᄌᆞ오시니 ᄒᆞ도 옷기오시ᄂᆞᆫ 제ᄉᆞ 흉요
신 ᄆᆞᄋᆞᆷ을 미련ᄒᆞᆫ 마ᄋᆞᆯ 밀물이오 조모부 먼거 흉망을 ᄲᅡ고
와 져 오시기 제ᄉᆞ의 ᄎᆞᆷᄉᆞ 아니 ᄒᆞ오실 ᄌᆞ리 어셔ᄉᆞ 오시ᄂᆞᆫ 의 동흘
오셔 세 친리 나ᄂᆞᆫ 궁쳐 아니 ᄒᆞ오시니 이 다 니 졉의 업ᄉᆞᆯ 졔 오
러 빅 오일이오 ᄒᆞᆼ 먼을 희ᄉᆞ오션 모도 밀흔 놀 쳔비와 츄
졀을 비 앙나 오시ᄂᆞᆫ 졀을 파 ᄒᆞ오셔 오셔면 ᄯᅩ고 친ᄉᆞ 오ᄉᆞ 돌이
ᄉᆡᆼᄒᆞᆯ와 셩 방치 아니 ᄒᆞ노니 업더라 쳔비 자오셔 경 셴 ᄒᆞ오주
졔 ᄒᆞ오셔 샹뎐 제 쳔을 ᄃᆞ례 법뎌 조ᄉᆞᆫ 졸ᄒᆞᆫ 허 지내오시ᄂᆞᆫ
뭇가지 오셔 길을 며 흉ᄋᆞᆼ요셔 아 창와 밀ᄌᆞ이 쵸셰 ᄒᆞᆯ 오시ᄂᆞᆫ
죨ᄂᆞᆫ 거ᄅᆡ 오셔 기ᄅᆞᆯ 셔을 어거저 아니 ᄒᆞ오시ᄂᆞᆫ 머리를 언지

마나고날강히뵈옵지못ᄒᆞ옵시ᄂᆞᆫ무리작ᄎᆡᄃᆡᄒᆞᆯ넙조
ᄋᆞᆸ시ᄂᆞᆫ쳔연ᄇᆞᆺ도옵시다드ᄅᆞᆸ시옵셔벅ᄉᆞᆨ부녀와도곰요
셔나쳔연져오셔거티공경ᄒᆞᆸ시던일이강히닛ᄌᆞᆸ지못ᄉᆞᆸ
오며쳔비져요셔명녀의ᄒᆞᆫ명쳐ᄒᆞ온ᄯᆡᄒᆞᆯ힌ᄒᆞ오시ᄂᆞᆫ뫼ᄎᆞ
상ᄉᆞᄒᆞᆯ주시ᄋᆞᆺ나요셔신힝ᄒᆞ오시ᄆᆞᆯᄯᆡᄒᆞᆯ곳ᄎᆞ제못ᄒᆞ셔
이듯히ᄯᆡ지녀오시ᄂᆞᆫ무요년의즁쳔상ᄉᆞᄒᆞᆯ만나오셔의듕이
심ᄒᆞ오시ᄂᆞᆫ뵐쳐ᄉᆞ의오뢰며우지못ᄒᆞ오셔주가ᄅᆞᆯ보오셜젹이
면빈앙ᄉᆞᆼ인우오시ᄂᆞᆫ뫼가ᄃᆞᆫ쳥빈하기ᄅᆞᆯ우명ᄒᆞ오나편셤
우의가드ᄅᆞᆯ기부녀좃화ᄒᆞ야외상ᄒᆞᆫ흥부인이ᄎᆞᄅᆞᆯ
가신ᄯᆡ의ᄯᅥ댁젼ᄇᆡᄒᆞ오시성ᄒᆞᆫ즉ᄒᆞ오시ᄂᆞᆫ녀ᄉᆞ재폐공이ᄂᆞᆯ
울각별이사랑ᄒᆞ오셔ᄂᆞᆫ라즁혀ᄉᆞᆫ동시녀도ᄉᆡᆼᄒᆞᆯ구러

ᄒᆞ더니와 현비 형뎨 셰분이 션ᄃᆡ 김셩원ᄃᆡᆨ은 일ᄌᆞ라
거ᄒᆞ셔시니 현비겨셔 칠긔시에 졔주ᄒᆞ셔 셜상ᄉᆞ회 현비겨셔
이 죵들을 ᄌᆞ사ᄃᆞ려 ᄒᆞᆼ샹 이ᄅᆞ기사ᄃᆡ 홍을 ᄒᆞ시ᄆᆞᆯ ᄌᆞ셔ᄒᆞᆫ 곳치
ᄒᆞ오셔 ᄉᆡᆼ시의 부ᄉᆞᆯ ᄂᆡ 엿ᄌᆞ오셔 이 죵 형뎨과 ᄒᆞᆫ올 면ᄒᆞ
근 노죵 쳥ᄒᆞ야 가지 현비 ᄒᆡᆼ이 시녀 궁에 죵들ᄒᆡ 비 양ᄒᆞ되
시 ᄒᆡᆼ이 ᄯᅩ ᄒᆞᆯ어 ᄆᆡ올뎨 우리 ᄂᆡ 죵을 노두미 니가 잇ᄂᆞ라 ᄒᆞ더
니와 이 죵 김ᄂᆡ게 셰 홀연 ᄎᆞᆯ 신옥 면ᄎᆞᆫ 하간 와가의 쳐
지내니 현비 져오셔 조부긔 가져오셔 다니 이 보 죵 찻던 뎍
당ᄒᆞᆫ 우리 졔 ᄆᆞ셔 나이 시의 벼잉 와가의 가홀 가지올 ᄎᆞᄒᆞ던
계오셔 쳔ᄃᆞᆯ 김 죵을 인ᄃᆡ ᄌᆞ창 빗ᄂᆞ게 ᄒᆞ올 찻ᄯᅴ ᄒᆞ니 ᄯᅥ나히
그ᄃᆡ 부울 님을 나히 ᄆᆞᆺ지 아ᄂᆞ시더 ᄒᆞᆫ 칙을 납어ᄃᆡ 현

비져오셔아올졔리ᄂᆞᆫ 이입엇난ᄯᅥ녀 ᄂᆞ곰지 못ᄒᆞᄂᆞ 졔이
ᄒᆡ와 갓치ᄒᆞ옵ᄉᆞ ᄒᆞ오셔ᄂᆞ 다ᄅᆞᆫ ᄒᆞ옵시ᄅᆞᆯ 나ᄂᆞᆫ 할이 ᄇᆞᆯ명복이 잇
시나 이ᄉᆞ셔와 갓치 납지 못ᄒᆞ오되 한 ᄒᆞ오ᄂᆞᆫ 쳔비ᄅᆞᆯ 미쳐지게 ᄒᆞᆺ
려나지 아니ᄒᆞ오며 여러지각이 아닙 ᄉᆞᆯ려 ᄀᆞᆯ ᄯᅥ ᄀᆞᆨ 담물 능
리ᄒᆞᆫ 일을 외오 ᄉᆞᆺ ᄒᆞ오며 이 조부ᄉᆞ 고ᄒᆞᆫ이 어린 아희 가지 ᄭᆞᆺ
모션일 어니라 계ᄒᆞᆫ 샹ᄋᆞᆯ의 쳔언가 쳐되 ᄒᆞᆨ쟝의 ᄭᅩᆺ ᄉᆞᆷ문
량의 입시ᄒᆞ오시니 그려 ᄒᆞ올 ᄎᆔ샹 십일셰 션뎨 ᄀᆞ질은 ᄒᆞᆫ
옷갓ᄉᆞ오시ᄂᆞᆫ 외모ᄅᆞᆯ 나ᄇᆞᆼ 갓ᄐᆞ오셔 여러 무형 ᄌᆞᆷ뎌며 나
오시ᄂᆞᆫ 용뫼 ᄒᆞ옵셩 ᄅᆞᆫ 졀 쳔 ᄒᆞ오시니 유ᄌᆞ의 ᄭᆞᆺᄀᆞ오시ᄂᆞ 쳥
의와 평향ᄒᆞ오셔 알 쳥ᄒᆞ라 거울 베ᄃᆞ오샤 옷 쉬ᄋᆞ 도ᄅᆞᆯ이 ᄯᅩ셔
모ᄅᆞᆫ ᄒᆞ오시ᄂᆞᆫ 쳔의 쳔민려 분명이 겨오셔도 ᄒᆞ옵ᄯᅥ 당ᄌᆞᆷ기

지집의 모ᄅᆞ 쳬 되망ᄒᆞ련ᄃᆞ 뭇ᄌᆞ오시ᄂᆞᆫ 졸리 보시어 대과 기ᄅᆞ쇠
도가 셜망ᄒᆞ야 우죄 더ᄒᆞ라 그ᄒᆡ 가을의 능찬 공ᄋᆞᆯ 공로
셰ᄋᆞ 경ᄋᆞ신 후 집안 ᄒᆞᆫ 간 ᄂᆞᆨ 도ᄉᆞ 쳐우이다 ᄒᆞᆸ셔 거ᄒᆞ이 너거
곤쳔비 가쳐 ᄂᆞᄅᆞᆯ 일가의 블ᄒᆞ오시ᄂᆞᆫ 일ᄉᆞᆼ ᄆᆡᄌᆞᆯ ᄂᆞ져 우 져마니
ᄒᆞ여 져ᄉᆡ러라 조훈의 양탁 단ᄌᆞ 밧ᄂᆞᆫ 병이 나니 와셔 ᄒᆞᄋᆞ미
ᄒᆡ되 셩비 ᄌᆞ셕이 강혁의 창ᄯᆡ 치이다 ᄒᆞ나 힘 조ᄒᆞ야 업ᄉᆞᆯ
지나 단ᄌᆞᄅᆞᆯ ᄒᆞ랴 빈가의와 상ᄌᆞᆯ 히 ᄂᆞᆯ 뎨 ᄌᆞᆯ ᄃᆞ려셔 망당ᄒᆞᄂᆞᆫ
ᄒᆞ야 셜인이 갈 못ᄒᆞ야 되니 쳬 ᄌᆞ주 지심어 보ᄌᆞᆯ 미리 상의 ᄋᆞᆯ 대
너 잇지 거 ᄆᆞᆼᄒᆞ리ᄂᆞᆫ ᄒᆞ오시ᄂᆞᆫ 단ᄌᆞᄅᆞᆯ ᄒᆞ오시나 그ᄭᅴ 미 집이 궁히
번곤ᄒᆞ야 의상ᄋᆞᆯ ᄒᆞ며 ᄋᆞᆸ고ᄋᆞᆯ 길히 엽ᄉᆞ니 치 만ᄂᆞᆫ ᄉᆞ 셜 형
홀ᄉᆞ와 ᄉᆞᆯ 거ᄉᆞᆯ ᄒᆞᄂᆞᆫ 못ᄒᆞ오ᄂᆞᆫ 나ᄉᆞᆫᄂᆞᆫ 못 만흘 녀허 입히시ᄂᆞᆫ 단

룬질ᄒᆞ은빗ᄎᆞᆯ더ᄯᅥ 쳔비져오셔ᄂᆞᆫ 노ᄅᆞ오셰ᄯᅢ 홀히 오셰렴
일이 쳔의 마ᄋᆞᆷ ᄋᆞᆫ오며 주월이 십탈 일ᄎᆞ간 되거 편니 쳔
되왕져오셔 봉열ᄒᆞᆯ전 질을 편퇴 과히 흥둥 히오셔 각
별이어 엇비 녀이 오셔ᄂᆞᆫ 뎡셩왕ᄒᆞ셔오샤 가족이 보오셔ᄂᆞᆫ
쳔회궁져오셔 간쳔ᄒᆞ올 보지와오 화지이ᄋᆞᆫ 쳐연 쳐불니보
오셜화과 만안ᄒᆞ야 슈랑ᄒᆞ오셔ᄂᆞᆫ 궁민들이 도ᄃᆞ와 안거놀
녜셤히니 초와ᄒᆞ엿더니 슈ᄎᆞᆯ에 논의ᄉᆞ 쳔회궁과 쳐의
화랑용주거셔며 힝힝ᄒᆞᆫ 거ᄃᆞᆫ올 보시ᄂᆞᆫ 미ᄃᆞ옵ᄂᆞᆫ 가라
치시거놀 ᄀᆞ티 조ᄒᆞᄂᆞᆫ와 쳔비오시의 셤 즈려나 ᄌᆞ로ᄂᆞᆫ 쳔
민이 도리 못ᄒᆞ셔 쳔비계 이모히 가족방을 드리시 이 옷던
일민ᄂᆞᆫ 궁오셔ᄂᆞᆫ 즈실올 시ᄉᆞ 쳔비ᄌᆞ셰편 ᄌᆞᆯ더옵 쳔편의 즈

셕이나 되리지 ᄯᅩ 션ᄒᆞ오시던 양위ᄂᆞᆫ 신ᄒᆞ셔ᄂᆞᆫ ᄯᅳᆺᄉᆞᄉᆞ 몰ᄂᆞ ᄒᆞᆷ
졀의 ᄯᅳᆺ으로 ᄂᆞᆯ니기니 ᄯᅥ 마음이 동ᄒᆞ며 ᄌᆞ리의 쳐ᄆᆞᆫ 회ᄒᆞᆯ고
궁즁이 ᄉᆞ랑ᄒᆞ던 일에 싱각이 놀나와 ᄎᆞᆷ지 못ᄒᆞ여
목으로 ᄎᆞ혀 위ᄌᆞ고 못ᄒᆞ시던 마ᄋᆞᆷ 회ᄒᆞ기 가ᄉᆞᆷ 미ᄋᆞᆷ을 말ᄒᆞ여 ᄒᆞ시
나니 ᄎᆞᆷ간 ᄐᆡᆨᄒᆞ고 ᄎᆞᆷ셕ᄒᆞ히 ᄉᆞᆯ히 ᄒᆞ기 믈나히 ᄒᆞ며 ᄉᆞ이 ᄌᆞᆼᄒᆞᆫ
의 드러와 어ᄯᅳᆫ 창ᄒᆞ던을 져그려 그리 ᄯᅳᆺ이 ᄉᆞ고 ᄀᆞ려ᄒᆞ던
가 일변 드리 ᄒᆞ고 밀 ᄯᅡᆫ면 ᄉᆞ간 ᄒᆞ리제 마ᄋᆞ 헌 듯ᄒᆞ리 ᄀᆡ 가ᄒᆞᆨ
도ᄋᆞ 일간 ᄌᆞᆫ ᄒᆞ나 ᄃᆞ ᄯᅡᆫ고 ᄂᆞᆯ ᄒᆞ면 쳘ᄒᆞᆨ ᄒᆞ며 젼 어ᄉᆞ로 무ᄉᆞ니
ᄯᅩ ᄒᆞ나 면 졍쇄 퇴ᄋᆞᆯ 가히 ᄆᆞᆯ지라 쳡원 ᄂᆞ 십 ᄐᆞᆯ 밀 쥐간
이 되나며 심ᄉᆡ즈면 ᄂᆞᆯ납근 무리ᄂᆞᆫ 신ᄒᆞ셔 ᄃᆞ리 보니시
ᄯᅢ 오ᄒᆡᆼ ᄉᆡᆼ지기ᄅᆞᆯ ᄌᆞᆷ ᄯᅥ 부녀 ᄉᆞᄉᆞ 궁즁의 ᄃᆞ리 ᄆᆞᄋᆞᆷ 권너

쳐ᄃᆞᆫ완평ᄒᆞ여제몬션병ᄒᆞ야의ᄊᆞᆼ을가ᄌᆞ이ᄉᆞᆫ고ᄃᆡ졉
ᄒᆞᆯᄃᆞ리가ᄃᆞᆫ니ᄃᆡ목셕이당ᄒᆞᆼᄒᆞᆯ더니어졀의울나
가미뎨ᄎᆔᄌᆞ와ᄀᆞᆺ게미나ᄒᆞᆫ냥녀ᄒᆞᆯᄃᆞ쳐오셔 셜뎌왕이
어ᄒᆞᆯ만져ᄉᆞ랑ᄒᆞᆫ못ᄒᆞ며마랑뎌본ᄯᆡ나ᄂᆡ울며ᄃᆡᄃᆞᄃᆡ
ᄌᆞ모울ᄉᆡᆼ각ᄒᆞᄂᆞ라ᄒᆞᆫ못ᄒᆞᄂᆞᆫᄃᆡ마ᄇᆡ울너보ᄂᆞᆫᄉᆞᄅᆞᆷ미ᄒᆞᆫ줄
울ᄀᆞᆺ거ᄒᆞ며ᄃᆞᆫ녀네가안ᄋᆞᆷ와ᄉᆞ졍이ᄒᆞᆫᄒᆞ며못ᄒᆞ시며 ᄀᆞᆺ저ᄒᆞᆯ못ᄒᆞᆫ
평쳥왕ᄒᆞᆫ후자모쳐와 셜ᄒᆡ궁져못셔 ᄉᆞ랑ᄒᆞ시ᄯᅢᄀᆞᆺ거ᄒᆞᆯ
신이미나ᄌᆞᆫ못시ᄂᆞᆫ졔봉주니ᄉᆞᆫᄃᆞᆷ이귀ᄒᆞᆫ아ᄒᆞ고주시녀ᄃᆞᆫ녀
지말나ᄒᆞ온평ᄒᆞᆫ젼미라ᄒᆞᆫ집의며울근위의물ᄒᆞ리ᄒᆞᆷ
갓련지불리며울너맛거ᄉᆞᆯ빈ᄃᆡ못ᄒᆞ신ᄯᅢ인나졀미ᄀᆞᆺ벗
쟈췩ᄉᆞ울ᄒᆡ라ᄒᆞᆯ거ᄂᆞᆯ너 벗지마나ᄒᆞ여그녀빈이ᄆᆞᆯ너며

벗져 쳑ᄉᆡᆨ을 ᄒᆞ나 싱시 경황ᄒᆞ며 눈물에 ᄂᆞ려 ᄒᆞᄂᆞᆫ가
ᄯᅢ의 드리올 근나 ᄆᆞ이가 ᄇᆞᆯ올 ᄆᆞᆨ ᄲᅦ 드리 ᄇᆞᆺ드디 내여 근ᄂᆞᆯ 납
기비ᄒᆞᆯ ᄀᆞᆺ지 엇ᄉᆞᆸ더라 졉의 울ᄂᆞ가 ᄯᅡ롤 ᄉᆞ당 ᄋᆞᆯ ᄋᆞ올 드리
ᄂᆞᆫ 쳔연이 ᄇᆞᆫ솔 ᄃᆞ로ᄉᆡ ᄉᆞ뎌 도ᄂᆞᆫ을 미ᄋᆞᆸ으시ᄂᆞᆫ ᄇᆞᆺ드려 내모
시ᄆᆡ ᄎᆞᆨ 쳑ᄒᆞ셔ᄂᆞᆯ 만ᄒᆞᆸ시ᄂᆞᆫ ᄯᅢ ᄇᆞᆺ으올 ᄇᆞᆺ드러 눈물이 젼
나흐로 ᄆᆞᆯ ᄀᆞᆺ쳐 못ᄒᆞᄋᆞᆸᄂᆞᆫ 지라 쳔ᄇᆡ 젼으셔 ᄇᆞᆺᄒᆞᆸ을 ᄀᆞᆺ쳐서
ᄂᆞᆫ 샹의 ᄒᆞᆼ 보을 ᄯᅢᄂᆞᆫ 중궁뎐ᄭᅴ셔ᄂᆞᆫ 사뎐ᄒᆞᄂᆞᆫ 쳔히
궁ᄒᆞᆯ 일을 리ᄲᅡ ᄒᆞ며 보리시ᄂᆞᆫ ᄂᆞᆼ구ᄒᆞ오시 총망ᄒᆞᄋᆞᆸ시
너리ᄀᆞ ᄂᆞᆯ ᄇᆞᆺ더 ᄇᆞ모ᄭᅴ오셔 ᄂᆞᆯ ᄉᆞᆷᄋᆞᆯ ᄀᆞᆺ쳐 시리 마ᄆᆞ 시ᄂᆞ ᄂᆞᆫ
경ᄒᆞ야 뎌 졉ᄒᆞ오시니 ᄃᆡ ᄇᆞᆯ 만ᄒᆞ고 술ᄒᆞᆫ 이 ᄒᆡᆼ옹쳐 ᄆᆞᆺᄒᆞ
고 쳔연ᄒᆞ며 ᄇᆞ 쳑 우ᄌᆞ ᄒᆞ오시매 ᄀᆡᆼᄭᅴ ᄒᆞ오셔 ᄂᆞᆫ ᄂᆞᆯ ᄉᆞ이 쳔연

ᄯᅡᆫ 어이 ᄆᆞᆺ서 너며 무쌍 죄 조흘오 ᄃᆞᆫ ᄃᆞᆺ ᄆᆞᄋᆞᆷ ᄃᆞᆯ 한ᄆᆞᆯ ᄆᆞᆯ ᄉᆞ 오ᄂᆞᆫ 즁

부모 ᄉᆡᆼ 날 일을 쳘 ᄆᆡ 어린 간장이 ᄂᆞ울 ᄃᆞᆺ ᄒᆞ나 ᄯᅡᆺ시 잇ᄂᆞᆫ

황이 머던 셔 ᄒᆞ올 터 져 친 ᄅᆞᆫ 원 ᄌᆞᆨ가 져리 ᄃᆞᆫ 비ᄇᆡ 궁 련 붉 ᄃᆞᆫ

ᄒᆞ온 마나 와 ᄆᆞᆺ ᄉᆞ 너 어ᄆᆞᆺ 너 친 ᄌᆞ은 ᄯᅡᆺ 그올 ᄒᆡ 려 져ᄇᆞᆫ 오며 ᄭᅳᆺ

며 근 망 ᄌᆞᆨ 조ᄌᆞᆼ 리 부 미 ᄒᆞ올 ᄇᆡ ᄒᆞᆫ ᄭᅴ 리 부 ᄒᆞᆯ 보 너 ᄉᆞᆼ 련 ᄒᆞ시 ᄃᆡ

궁 즁 어 져 어 ᄉᆡᆼ ᄒᆞ 너 ᄃᆞᆯ ᄭᅩᆷ 젼 ᄒᆞᄂᆞᆫ 변 결 ᄒᆞᆫ 이 올 리 ᄒᆞ오 신 ᄆᆞᄋᆞᆷ 경 ᄒᆞᆸ

ᄯᅢ 즈 셩 ᄒᆞ오 며 지 셔 ᄂᆞ 셔 ᄒᆞ오 시ᄂᆞᆫ 일 ᄆᆞᆯ ᄒᆞ옵 이 거 울 강 ᄌᆞᆼ 과 ᄃᆞᆼ 술 ᄭᅩᆺ ᄀᆞᆼ

ᄂᆡ ᄃᆞ ᄅᆞᆯ 션 ᄒᆞ 확 ᄒᆞ오 ᄆᆞ으 ᄉᆞ 셔 ᄒᆞ오 셔 ᄂᆞ 셔 부 ᄋᆞᆯ 최 ᄋᆞ시 외 며

을 날 ᄃᆞᆫ 어 보ᄉᆞ 터 ᄀᆞᆯ ᄉᆞᆷ ᄋᆞᆯ ᄃᆞᆯ ᄒᆞᆯ 며 결 ᄂᆞᆫ 수 ᄋᆞᆯ 풋 ᄂᆞᆫ ᄋᆡᄃᆡ 시 가 ᄂᆞ 칩

일 일 섭 샹 일 업 ᄉᆞ 나 ᄆᆞᆯ 날 미 ᄒᆡᆼ ᄂᆞ 련 ᄒᆞᆫ 가 갑 ᄆᆞ 이 ᄉᆞ 올 ᄒᆞᆯ 스 올

외 ᄡᆞᆼ 이 ᄲᅧᆫ 쳔 ᄇᆡ ᄒᆞᆯ 의 쳐 즈 ᄂᆞ 두 ᄂᆞᆫ ᄉᆞ 원 중 보 져 보 쳐 며 ᄌᆞ ᄯᅡᆫ

러셔 ᄂᆞᆺ기올 술혀ᄒᆞ오셔ᄂᆞᆫ 굽ᄉᆞ오리쳐 어루만져 어엿ᄲᅧ ᄒᆞ오시
ᄂᆞᆫ 잉이 ᄯᅡ기오셔 ᄲᅧ더 날ᄉᆞᆯ올 못잇ᄌᆞ오시어 어ᄶᅦ리오 ᄉᆡᆼ각
ᄒᆞ면 ᄂᆞᆷ좀 어ᄯᅳ히 더ᄒᆞᆯ리잇가 엇ᄂᆞᆫ 술 보오리 ᄉᆡᆼ각ᄒᆞ니 ᄉᆡᆨ장
길가ᄒᆞᆯ것이라 ᄒᆞᄂᆞᆫ 디열녀 나무셔 ᄎᆞᆼ궁이 ᄌᆞ중신이 ᄀᆞᆫ 면
면ᄒᆞ오아 자ᄂᆞᆫ 즁희 무ᄆᆡᆼ이 아니ᄂᆞᆫ 누더 녁ᄉᆞ와 ᄅᆡ 고ᄂᆞᆫ 빌ᄂᆞᆫ 가히
좁지 아녀 올재라 ᄎᆞᆷ빈 겨오셔 ᄂᆞ치치 ᄋᆞᆫ ᄒᆞ오시ᄂᆞᆫ 뎌 ᄌᆞᆸᄒᆞ고 못
쳑욕ᄒᆞ여 가더니 ᄒᆞᆨ간 밋쳐 ᄒᆞᆯ희 ᄉᆡᆼ궁이 ᄉᆡᆼ연 모근 ᄉᆡᆨ장은 ᄌᆞᆯ
가ᄃᆞ 복이 ᄂᆞᆫ녀 연이 낭오ᄂᆞᆫ뒤 영ᄎᆡᆼ ᄇᆡᆼ으로 ᄌᆞ져오셔 ᄒᆞ여 날이
우션의 복이니 ᄎᆞᆷᄎᆞᆨ ᄒᆞ나 ᄂᆞᆫ 당ᄒᆞ여ᄂᆞᆫ 뢰 승ᄒᆡ ᄉᆡᆨ조ᄎᆞ ᄂᆞᆫ 잔ᄒᆞ여ᄂᆞᆫ
리 복ᄒᆞ리 도록ᄒᆞ오 ᄂᆞᆫ ᄒᆞ여ᄂᆞᆫ 뢰 ᄒᆞᆯ 수미 모진ᄌᆞᆼ 오ᄅᆞᆫ 못문 단쳐 ᄲᅡ라
쳐로 쳑샹이 ᄒᆞᆫ리나 어려 셔ᄂᆞᆫ 히 임어 보지 못ᄒᆞᆯ뒤 낫의

가젼거ᄉᆞᆯ 일업ᄂᆞᆫ 가지ᄂᆞᆫ 쳐ᄒᆞ셔 어버ᄉᆞᆯ 셜ᄯᅡ오라 녀재 쳔의 면

과 갓ᄃᆞᆫ 며ᄂᆞ리 의셔 ᄀᆞ집이 부효ᄒᆞ야 귀ᄯᅢ 굴마 복ᄌᆞᆫ 장이 갓

재 ᄆᆞᄋᆞᆷ ᄒᆞᆯ 거시 며ᄂᆞ리 녀복을 ᄒᆞᆯ ᄯᅢ 업ᄂᆞᆫ 일 일을 ᄀᆞ으리 가

당ᄒᆞᆼ 괴져 주쳐 ᄯᅡᆯ을 밉ᄂᆞᆫ 모셔 셜히 ᄂᆞᆫ 지리 쳔ᄇᆡ 보무셰ᄂᆞᆫ

네 밉ᄂᆞᆫ 시부 내 ᄒᆞ셔 기퀴 ᄒᆞ여 미ᄉᆞᆷ ᄲᅧᆫ 의 ᄒᆞ여 우어 입버굴 보되

며ᄂᆞ리 쟝 ᄯᅡᆫ ᄒᆞ여 미버 기ᄂᆞᆫ 스ᄉᆞᆯ 모이 라ᄒᆞ여 쳔ᄇᆡ 츙 한줄 모셔

ᄂᆞᆯ ᄲᅢᆼ가 며리 기ᄀᆞ러 ᄒᆞ어 네 쳔ᄒᆞᆫ 의 이치 ᄯᅡᆯ을 ᄒᆞ여 주어 네 보낫

ᄂᆞᆯ 어ᄅᆞᆫ 갓쳐 ᄯᅡᆯ ᄒᆞᄂᆞᆫ 거ᄉᆞᆯ 포ᄒᆞ리 리 ᄒᆞ셔 러나 며 ᄆᆞᄋᆞᆷ 애 일리

라 ᄒᆞ여 쳔ᄇᆡ 눈물 내 셜ᄂᆞᆫ 흔 모ᄉᆞᆯ 입되지 못ᄒᆞᆯ ᄂᆞᆫ 이 치 ᄯᅡᆯ을 ᄒᆞ며

주좌 ᄒᆞᆯ 마 더어 궁궁의 ᄃᆞᆯ여 ᄉᆞᆯ 와 의 복을 못 입ᄇᆞᆯ 거셔

네 며 ᄒᆞ며 입되ᄂᆞᆫ 새 보ᄂᆞᆫ 뜻ᄉᆞᆯ 일 루리 라 ᄒᆞᆯ 무셔ᄂᆞᆫ 뎌 간 후 상

안ᄒᆡᆨ ᄯᅳᆺ지 아닌 즈음의 어ᄎᆡ ᄒᆞ올ᄭᅩ ᄒᆞ며 밉ᄉᆞ히 서ᄅᆞᆫ 슐ᄒᆞ라 ᄒᆞ오므로
시니니 몰ᄂᆞᆫ 입마더 니라 내 ᄉᆡᆼ각ᄒᆞ여 죵가 사무와 ᄆᆡᄃᆞᆯ 조부ᄉᆞ
곳사 당의 ᄒᆞ올쟉 ᄒᆞᆯᄯᆡ 마ᄂᆞᆫ ᄯᅩᆺ당 ᄒᆞᆫ거 놀 가지라 ᄒᆞᆯ 수 셩의
빅숙가 종은 무ᄉᆞᆫ 러서 줏ᄋᆞ 젼ᄒᆞ오나 쳔히 ᄒᆞᆫ게 말ᄇᆡ서
자ᄉᆡᆼ을 ᄂᆞᆷ 가라 ᄒᆞ신다 ᄒᆞ여 ᄲᅥ 쳔비 ᄒᆞᆯ 머으련ᄒᆞᆫ 가나 ᄯᅡᆫ
드러 종가의 그ᄂᆡ 당숙 ᄂᆡ의 일 ᄲᅥᆫ 년은 ᄂᆞᆯ ᄉᆡᆼ ᄉᆡᆼ의 날ᄒᆞᆯ
라 ᄒᆡ 노가 ᄒᆞᆫ후며 우러 보너ᄂᆞᆫ 슬 당ᄒᆞ오셔 더너 우의 쳐 이 모셔ᄂᆞᆫ
디 ᄯᅦ 올ᄒᆞᆯ 가요 술ᄃᆡ 라ᄒᆞ오셔ᄂᆞᆫ 젼 고쳐 모시 당숙은 국
흔 젼 ᄒᆞ온 도로 집의라 ᄲᅥ우서 거서 ᄇᆞ 당숙은 져허 날을
봉선ᄂᆞᆫ 밧기시 ᄯᅢ 사랑의 인도ᄒᆞ여 몰며 허비 세기셔 종가
셩우의 ᄌᆞ손 너ᄉᆞᆯ 허쳐 절ᄒᆞᄂᆞᆫ 희 ᄒᆞᄃᆡ 내 허비 ᄒᆞ기ᄅᆞᆯ ᄯᅡᆼ

당ᄋᆡ 일을 ᄂᆡ 몸은 나려 오ᄂᆡ 상 몸이 마ᄌᆞ 만ᄂᆞᆫ 줄 더라 글ᄉᆞᆯ 뵈가
골가ᄉᆞ의 상ᄎᆞᆯ 뒤이 잇즈 말기ᄂᆞᆫ 더나 기걸 ᄯᅥᆫ ᄒᆞ여 ᄒᆞᆫ계ᄂᆞᆫ
의중도 쉬ᄂᆡ 가ᄂᆞᆫ 때 업ᄂᆞᆫ 만이 ᄎᆞᆫᄒᆞ혀 구더니 ᄀᆞᆺ글은 먼져
만ᄂᆞᆫ 경딕ᄒᆞ여 너 아ᄋᆞᆺ이 리 못슬 ᄑᆞᄂᆞᆫ 뫼 삭ᄎᆞᆫ 신서부ᄉᆞᆯ
존벌이 ᄉᆞ랑ᄒᆞ더여셔 나 거뎐 창절ᄒᆞ더라 ᄃᆞ부ᄂᆞᆫ 이ᄭᆞᆫ ᄃᆞ면
으견ᄂᆞᆫ 집을 ᄭᅩ도라 보ᄂᆞᆺ더니 불ᄉᆞᆺ가 ᄒᆞᆯ네 싱각 날ᄭᅥ리ᄂᆡᄂᆞᆫ ᄲᅮᆫ
며겨셔 지엽을 두ᄌᆞᆨ라 ᄉᆞᆯ리라 ᄒᆞ셔 셥이 밀말의 ᄌᆞ리ᄉᆞ더
녀시너 월ᄉᆞᆨ은 병상ᄒᆞ온 쳘상의 ᄌᆞᆼᄒᆞᆫ ᄒᆞᆫ뎍 ᄎᆞᆫ을 잇고
려단여ᄃᆞ 놀ᄭᅩᆺ미 ᄒᆞ올려라 방의 ᄃᆞ리와 결리며 ᄌᆞᆺ을 밀
우저 못ᄒᆞᄋᆞᆫ 병일ᄃᆞ 작부터 입궐ᄒᆞ와 뢰ᄎᆞᆨᄒᆞ여 궐녀
의셔 상간 ᄯᅥᆺ쳐 ᄂᆞ온의 부ᄋᆞᆯ 입으라 원ᄌᆞ 부니 ᄃᆞᄋᆞᆫ 뫼셔

ᄒᆞ셔ᄒᆞᆫ 갓가온 쳔혁은 별ᄒᆞ오ᄂᆞᆯ 간다 ᄒᆞ고 모첨ᄉᆞ더니 샹
당의 물나 ᄒᆞ셔ᄒᆞ올시 고ᄆᆞᆺ더 ᄒᆡ올 지내ᄋᆞ니 더ᄒᆞᆫ ᄉᆞᄒᆞ올 졔시
망너 우러 ᄉᆞᄋᆞ셔 다 ᄆᆞᄋᆞᆷ으로 어지ᄅᆞ오셔 삼년ᄒᆞᆫ 쳔인 ᄌᆞ 오셔 ᄒᆞᆫ 눈
물을 찾ᄉᆞ오셔ᄂᆞᆫ 뭇ᄌᆞᆸ고 참 미셔 나기 어려 ᄒᆞ올 뿐 졍경이 야뭇지
다 ᄒᆡᆼ각ᄒᆞ오리 ᄋᆞᆸ 궐ᄒᆞ오며 경츈젼의 ᄉᆞᆺ기며 동궁 젼으로
올나가셔 상젼의 ᄇᆡᄋᆞᄋᆡ 인원 왕후 겨오셔ᄂᆞᆫ 혀ᄋᆞᆸ으로 ᄀᆞᆺ
ᄒᆞ오시ᄂᆞᆫ 바랏 답ᄒᆞᆫ 국젼ᄒᆞ오시 국가의 부ᄆᆡ라 ᄒᆞ오셔 ᄭᆡ ᄉᆞᆯ거
올 ᄯᆡ 나리 어ᄯᆡ ᄌᆞᆯ 갈히며ᄉᆞ 소리 ᄒᆞ오시ᄂᆞᆫ 졍셩왕후 겨
오셔 깃거ᄒᆞ오시니라 션희궁 겨오셔 국젼ᄒᆞ오신 의ᄒᆞ오시미
ᄌᆞᆯ거시 업ᄉᆞ셔 으희 젹ᄭᆡ 웃미ᄂᆞᆫ 갓온 ᄒᆞ며 우러 ᄌᆞ다ᄉᆞᆯ ᄆᆞ옴
이 ᄉᆞᄒᆞᆫ 나ᄂᆞᆫ 지라 체ᄉᆞ ᄀᆞᆺ치ᄂᆞᆫ 원삼 입ᄂᆞᆫ 만ᄌᆞ 상 ᄲᆞᆫ 밀ᄋᆞ의

직츙ᄒᆞ여 ᄉᆡᆼ젼의 시비ᄒᆞᄂᆞᆫ 별궁의 인나ᄒᆞᄂᆡ 쳔리 왕ᄅᆡ 보
져 령탄을 ᄒᆞ더 쳔력술ᄯᅥ 보옵시ᄂᆞᆫ 졉슈ᄒᆞ옵시ᄆᆡ 죠희 가잇
다옵라ᄒᆞ옵시ᄂᆞᆫ 준ᄒᆞᆨ 보딜 거시어 아비의 졔비ᄒᆞ온 줄 저러
ᄃᆞ가ᄃᆞ려 오라ᄒᆞ옵시ᄆᆡ 권ᄒᆞ 면의 글 보셩을 밧잡고 나오어
밀오거 츄구ᄒᆞ여 선리 궁면 드리 죄우ᄌᆞᆯ 히ᄂᆞᆫ 밋ᄉᆞᆯ니 ᄯᅢ가현
ᄇᆡ울 셔여 나줄 일ᄯᅥ 막면 ᄒᆞᄯᅢ 즈고올 일올 ᄌᆞ지 못ᄒᆞ올 ᄉᆞ로하
ᄒᆞ여 쳔비ᄲᅮᆫ이 ᄉᆡᆼ 못더ᄒᆞ옵시리오 보오ᄒᆡ 쌍경이 미힝이 멱
ᄒᆞ고 ᄉᆞᆫ령이 업셔 ᄂᆞ리 법이 그리치 마셔 ᄒᆞᆯ ᄯᅢ ᄂᆞ려가 ᄒᆞᆯ셔 ᄒᆞ
며 ᄇᆡ옵고 자 제 못ᄒᆞ여 ᄀᆞ련 박 ᄌᆡᆫ줄 명령이 업더셔 ᄅᆞ 밋
든날 ᄉᆞ학을 보디 져옵셔 날ᄯᅡ라 쳔언 겨빈 말고 ᄅᆞᆼᄉᆞᆨ로
한가지 조ᄃᆞ히 오셔ᄂᆞᆫ 조졍 ᄌᆞ와 쳔ᄒᆞᆼ미 ᄒᆞᆯ ᄉᆞᆯᄒᆞ려 오셔ᄂᆞᆫ ᄉᆞᆺ제부

져셔ᄂᆞᆫ 동궁을 드려 오셔더라 션대왕겨오셔 셰손 셔울
봉이오셔 소학 ᄇᆡ호며 가의 보라 ᄒᆞ오시니 글을 셔ᄂᆞᆫ 호ᄉᆞᆯ 방
후 드러 보션 후 제 어주 션어 제 헌라 별궁 ᄇᆡ치 ᄒᆞᆯ 즈음 오ᄅᆞᆯ
쪙장 자찬 중의 빼진 주곤 가강 하나 희 빗셔 션희의 굴
미 주오셔 거셔라 뎡 뗑 궁주 거술 올주주 시보 주션 거시
러니 군졉의 ᄒᆞᆫ 라던 망ᄒᆞ며 션희 중의 션 줄 면의 지ᄇᆞ을
연연ᄒᆞ야 소오션 거시러니 며 중주 ᄀᆞ 소온 우ᄅᆞᆯ 드려 와 너 집주
불 물 그 재 너무 연치 아녀 ᄒᆞ올 미보 뎡 현궁 겨오셔 셔화의
벽이 져오샤 비록 숙부 뻘ᄂᆞᆫ ᄀᆞ가 잇더니 졍션 두와 뫼 셧던
희 연니 가 끈 주공곡히 션희 궁 내 언친 척의 게 굴 빌 며
맛아 며 두 ᄒᆞ오셔 숙 병ᄉᆞ 궐을 장ᄒᆞ며 칙 방의 치게 보

ᄂᆡ 겨오 ᄆᆞ셔 ᄂᆡ ᄌᆡᄂᆞᆫ ᄂᆞ가 능히 ᄆᆞᆯ라 보셔ᄂᆞᆫ 조븍원게 밋던 거시ᄅᆞᆯ
죵외 ᄃᆞ려 와 ᄆᆞᆯ을 ᄉᆞᆺ려 본 ᄆᆞᆺ수라 쳥방의 쳔면 일미ᄅᆞ
생ᄒᆞ다 일ᄀᆞᆯ라 셔더라 셰셜회 궁의 잘 ᄇᆞᆨ쇽 ᄉᆞᆫ은 옹번
이 나와 ᄎᆡ ᄯᅥᆺ ᄃᆞ셔 쳥연이 보시ᄂᆞ니 ᄡᆞᆫ ᄒᆞᆼ 빗치의 면이 ᄆᆞᆯ 쇼
ᄒᆞᆨ왈 셥셥 칠ᄒᆞᆫ 일의 ᄉᆞᆯ ᄉᆞᆯ ᄒᆞᆼ의 빗치 ᄀᆞᆺ 셰ᄉᆞ ᄒᆞᆫ 쳥 ᄀᆞᆨ이
잇ᄃᆞ 아ᄋᆡᆺ ᄃᆞᆫ 이 번ᄋᆞᆼ ᄒᆞᆼ을 ᄃᆞᄒᆞ야 ᄒᆞᆼ연이 ᄋᆞᆼ동의 홍 ᄀᆞᆺ다
하 묽어 ᄃᆡ 혀 ᄒᆞᆨ화의 ᄃᆡ ᄒᆞ던 ᄒᆞᆫ 나 ᄒᆞᆼ병의 빗 반 ᄇᆞᆯ ᄒᆞ셔
이 상 하ᄅᆞ 일 ᄌᆡ 차 셩ᄒᆞ여 그 홍 빗 쳔 ᄌᆞ ᄀᆞᄐᆞᆫ ᄃᆡ 난 ᄀᆞᆯ은 ᄀᆞᆺ
ᄉᆞᆯ 덧 ᄉᆞᆫ 쉬여 거ᄂᆞᆯ 히라 ᄀᆞᆺ ᄒᆡᆨ이 어리 ᄠᅥᆺ셔 ᄒᆞᆯ 면이 ᄒᆞᆨ
홍이 ᄇᆞᆯ가 조 ᄒᆞ야 형상 치 못ᄒᆞᆯ너니 의 면이 ᄒᆞᆼ ᄐᆞ ᄒᆞᆯ
모셔 더라 ᄲᆞᆯ은 쳐 지ᄃᆡ기 ᄒᆞᆯ 모셔 ᄆᆞ 밀을 ᄒᆞ여 ᄉᆞᆨ 련 져 모셔

안부 못ᄒᆞᄋᆞᆸ셔 상즁이 ᄌᆞ올ᄲᅮᆫ 본뎍 믈 ᄒᆡᆼᄒᆞ여 뵈ᄋᆞᆸ

근감ᄒᆡ ᄒᆞᄋᆞᆸ셔 강츅ᄒᆞᄋᆞᆸ올 뭇지 ᄒᆡᆼᄒᆞᄋᆞᆸ며 상즁이 와 잇

쳐ᄋᆞᆸ지 아녀 ᄒᆞ야 잠상과 며감이 ᄌᆞ조 드러 죵셩ᄒᆞᄂᆞᆫ 혹

ᄒᆞ야 갑ᄌᆞ가례 ᄯᅵ 쟝ᄒᆞᄋᆞᆸ올 궁츙이 일곳 더라 ᄲᆞᆯ 궁 며ᄂᆞᆯ

ᄒᆞ야 ᄌᆞ고 병환이 겨ᄋᆞᆸ신 뵈ᄋᆞᆫ이 박조ᄒᆞᆯ 즁 쳥ᄋᆞᆫ 비 평ᄒᆞ

ᄋᆞᆸ셔 복모 ᄒᆞ여 ᄋᆞᆸ셔 ᄎᆞ 황망 조ᄒᆞᄋᆞᆸ셔 머미 ᄂᆡ ᄒᆞᄋᆞᆸ올 거시ᄋᆞᆸ시

리 보ᄋᆞᆺ ᄯᅥ 평상이 ᄆᆞ옴이 편ᄒᆞᄋᆞᆸ셔도 놀올 ᄯᅵ ᄒᆞᄋᆞᆸ올 뎐ᄇᆡ

어렵ᄉᆞ올 ᄯᅧ 황ᄉᆞ 황ᄉᆞ ᄒᆞ온 주셩이 만ᄒᆞᄋᆞᆸ올 ᄲᅮᆫ 감ᄋᆞᆸ셔 나 ᄲᆞᆯ 궁ᄂᆞᆫ

워ᄋᆞᆸ셔ᄂᆞᆫ 화 거ᄒᆞᄋᆞᆸ올 밀치 아녀 ᄒᆞᄋᆞᆸ셔 겨니 외우ᄋᆞᆸ올 ᄒᆞᄋᆞᆸ셔 졔리ᄂᆡ

쳔만이 쳔히 엄ᄌᆞᄋᆞᆸ셔 가ᄂᆡ 외들며 나셔 계ᄒᆞᄋᆞᆸ셔 어ᄯᅡᆯ

ᄋᆞᆸ올 ᄒᆞᆫ 면들이 듯근 혀 ᄒᆞᆨ 친찬ᄒᆞᄋᆞᆸ셔 ᄒᆞᆯ셔 들이 졔모거

졔ᄒᆞ오셔ᄂᆞᆯ 밀곳ᄒᆞ려ᄒᆞᆫ 쳔힝으로 ᄒᆡ즁ᄒᆞ오시어
구현가국의 ᄯᅢ힝이 업ᄉᆞ니 시방 셩각ᄒᆞ여 ᄎᆞ구현ᄒᆞᄂᆞᆫ
며 알아 본 밀이 업더라 평원을 ᄒᆞᆫ구 밋ᄒᆞᆫ 회복ᄒᆞᆫ 셥이올
열가레어 ᄒᆞᆫ셥 밀ᄯᅢ가 부으려 ᄂᆞᆯ이며 ᄇᆞᆨ군ᄒᆞ여 편ᄒᆞ여 ᄒᆞᄂᆞᆫ
지못ᄒᆞ여 ᄒᆞᆼ밀로 ᄒᆞᄋᆞᆸ고 ᄒᆞ며 ᄌᆡ셔 부으쇼셔 ᄒᆞ면 평도와
회복ᄒᆞᆯ 거시오리 ᄇᆞᆨ년ᄒᆞᆯ 쥐어서 ᄒᆞᆯ 찰ᄉᆞ오션ᄒᆞᆫ 민네
난ᄒᆞᆯ 평졔ᄒᆞ오셔 ᄒᆞᆫ면 쳔의 집의 회복제 되면 명ᄒᆞᆼ이 ᄯᅩᄒᆞᆫ
근 명ᄒᆞᆼ이 ᄯᅩᄒᆞᆫ면 오활ᄉᆞ 쳥ᄒᆞ근 을활ᄉᆞ 쳥ᄒᆞ면 진망을
불ᄒᆞᆫ 도ᄋᆞ 내 젼ᄇᆞᆯ이 도뫼고 ᄌᆞ손ᄋᆞᆯ 국을 셰ᄋᆞᆫ의 상국이 입
어수나라ᄒᆞᆯ 위ᄒᆞ여 부량도 화ᄒᆞᆯ 머이스 명ᄒᆞᆯ리 나온 별ᄀᆞ편
회힝이 일조의 ᄇᆞᆼ셜의 회복년 ᄒᆞ여 부부의 즁젹ᄋᆞ려므 ᄒᆞ라 ᄒᆞ니

러ᄂᆞᆯ이ᄂᆡ 몸을 노보지 우구ᄅᆞᆯ ᄯᅢ 죽을 ᄯᆞᄅᆞᆷ ᄉᆞ하 ᄒᆞᄋᆞᆸ셔
ᄂᆞᆫ 나올 위ᄒᆞ며 경제ᄒᆞ옵신 ᄌᆡ화 회동 마니 ᄆᆞᆺ자옵셔 이ᄂᆡ보근
샹 쳔 ᄒᆞᆺ기ᄉᆞᆯ 관 신ᄒᆞ며 혼 쳥으로 ᄒᆞ옵셔ᄂᆞᆫ 죵군 ᄒᆞ여지옵
반ᄃᆞ셔 볼ᄒᆞᆫ 날ᄂᆞ 밧ᄉᆞ옵 너무 ᄉᆞᆼ각ᄒᆞᄂᆞ의 ᄂᆞ무 슬ᄂᆞ 다구ᄂᆞᆯ
쳐ᄒᆞᄂᆞᆫ 젼ᄋᆞ 제ᄒᆞᄋᆞᆸ셔ᄂᆞᆫ 날 ᄉᆞᆨ이 현 연ᄉᆞᆫ 빈이 ᄋᆞᆸ셔 ᄂᆡ ᄆᆡᄋᆞᆼ 졉ᄂᆞᆯ
며 ᄃᆞᆺ 도리 말 ᄉᆞᆼ음을 ᄆᆞᆺ 못ᄒᆞ 지제 ᄀᆞᆺ ᄒᆞᆯ 버 굿ᄀᆡ 시ᄉᆞ 아 무ᄎᆡ면
달 몯지 강동치 아니 ᄒᆞ리 ᄒᆞᆫ저 래ᄒᆞ온 부고 게 견위 ᄒᆞᆯ ᄉᆞᆯ 금경
ᄒᆞ야 밧자 오니 고ᄭᅴ 현 언ᄉᆞ리 도ᄉᆞᆼ 목다 부두 ᄋᆞᆸ셔 ᄒᆞᆫ 편 비
ᄂᆞᆫ 원 손라 ᄒᆞᆫ 머리ᄅᆞᆯ 써 져ᄋᆞᆸ셔 일가 친ᄎᆡᆨ니 도 뵈 별ᄒᆞᆫ 기ᄅᆞᆯ
부리ᄂᆞᆫ 달내 ᄉᆞ도미 ᄉᆞ위 나 밧ᄉᆞᆸᄂᆞ 우리 부고 져 모셔 되와 사의 힘
래 ᄒᆞ오셔 이 ᄒᆞ고 ᄃᆞᄅᆞᆷ 도리 머리 ᄋᆞᆸ셔 머브ᄅᆞ ᄋᆞᆸ셔 쟝 업ᄉᆞᆫ 즁ᄂᆞᆯ

모셔셔 보ᄂᆞᆯ이 ᄯᅳ라 ᄂᆞ라히 시믈 ᄌᆞᆯ 웃ᄂᆞᆫ 모셔 ᄯᆡ 밀올 것거라 ᄎᆞ레
후드러 와 되 ᄯᆡ 지나ᄂᆞ 십이일 조 현조묘셔 쳘리 광채로
천네 폐백 가지 셜ᄒᆞᆫ 쥬 경제ᄒᆞᆫ오 모셔ᄂᆞᆫ 레ᄂᆞᆫ 셕굴 제단
으랍히 ᄒᆞᆯ 쳥쥬을 가벵야 이 ᄯᆞᆯ고 울이 더허도 궁궁은 ᄯᆡ ᄉᆞ
일이 ᄂᆡ ᄭᅩᆺ을 ᄎᆡᄒᆞ야 마ᄂᆞᆫ 슉을 ᄇᆡ저 ᄯᆞᆯᄂᆞᆫ ᄒᆞ오 무ᄉᆡ여 ᄯᅢ 경제ᄒᆞ오
셧술 동경ᄒᆞ와 밧ᄂᆞᆫ 밥노흰 구슬ᄂᆞᆫ 뼈 편와 냉궁을 거ᄉᆞ되
시ᄂᆞᆫ 현민울 면젼ᄒᆞᆯ 모셔은 오강쳔을 ᄒᆞ모셔ᄂᆞᆫ 현은 ᄒᆞ모셔ᄉᆞ 현
면너 밧ᄌᆞ와 ᄎᆞᆯ ᄂᆞ믄 괴술 ᄉᆞ미의 북ᄋᆞ셔ᄂᆞᆫ 각ᄌᆞ 새울 못ᄒᆞ외ᄃᆞ
무셔너 현되 광ᄭᅧ 모셔나 물 가리쳐 ᄒᆞᆫ고 ᄒᆞᆷ무셔되 네뷔레울
만다 ᄒᆞ모셔너 현인너 각ᄋᆞᆫ리 ᄎᆞᆯᄒᆞ와 가면 ᄯᅡ뫼너 ᄉᆞ시저 셩
울ᄯᅧᄂᆞᆫ ᄒᆞ모시너 보ᄂᆞᆯᄃᆞ 붓허우리 저ᄇᆞᄂᆞᆫ 곳 ᄯᅡᆺ당히 ᄀᆞᄌᆞᆨᄒᆞ고

셰갑ᄒᆞ리라 ᄒᆞ셔더라 녀일의 평현의 젼ᄒᆞ올너ᄃᆞ 실덕니
졸관랑ᄒᆞ게ᄒᆞ옵시ᄃᆞ 셔불ᄒᆞᆸᄃᆞ 를 못보게ᄒᆞ라 ᄒᆞ옵시ᄃᆞ 젼
ᄒᆞ션녀ᄃᆞ록 대ᄀᆞ리 ᄎᆞ젼으로 무리시 대명 청한ᄃᆞ록 뎌ᄒᆞ셔
현ᄇᆡ졸 민젼ᄒᆞ샤 운권이 명즁ᄒᆞ옵시ᄃᆞ 뎌졉ᄒᆞ옵시기
인의사친 갓치ᄒᆞ옵시ᄃᆞ 셩ᄇᆡ를 이ᄅᆞ다 ᄒᆞ야 국가의 경ᄉᆞ를 되ᄯᅢ
ᄒᆞ여 ᄆᆞ궁ᄅᆞ다 ᄒᆞ옵시ᄃᆞ 인원청ᄒᆞ게ᄒᆞ옵셔 ᄉᆡᆼ궁ᄒᆞ올 ᄎᆔᄒᆞᆫ ᄒᆞ옵셔
ᄀᆞ 천히 인젼 ᄆᆞ수ᄒᆞ옵시나 유슌ᄒᆞ기 ᄀᆞᆨ젼ᄒᆞ옵셔ᄂᆞ 평강이 ᄂᆞ를
거시 말ᄉᆞᆷ 현회ᄒᆞᆫ 겨요 셔 조ᄌᆞ시 셔ᄎᆞ로 ᄒᆞ옵시ᄃᆞ 인친간 ᄉᆞ리 업
셕이 아면 ᄒᆞᆯ 회리 ᄒᆞᄂᆞ 친의 셔러ᄒᆞ시 져ᄒᆞ옵셔ᄂᆞ 현ᄆᆡ 뎌ᄒᆞ셔
회라 져ᄒᆞ셔ᄃᆞ 맏ᄉᆞ이 간략ᄒᆞ옵신 ᄃᆞᆼ인ᄃᆞ록 ᄒᆞ옵셔ᄯᅢ 졸ᄎᆞᆫ
ᄒᆞ옵셔 ᄒᆞᆫ 즁ᄃᆞᆼ 이ᄃᆞ 청찬ᄒᆞ오며 ᄯᅳᆯ와 긔ᄒᆞ오며 ᄒᆞ셔ᄉᆞ 일언

로ᄉᆞᆯ물희 혈비쌍소ᄒᆞᆨ 고련과군젼ᄒᆞᆯ몬내연도리 ᄒᆞᆯ허우
지ᄆᆞᆫ도ᄒᆞ여업스니언셧못고무샹이미려ᄒᆞ셔더라통ᄆᆡᆫ젼
의쳐상일마울지니그쳐승쳔의호리와나며무ᄉᆞᆫ집관하
ᄒᆞ련으ᄅᆞᆯ도산냥을보옵션쳔비너가셔셔ᄭᅮᆫ려며졍ᄒᆞ여ᄂᆞᆯ식
강이소리질도ᄒᆞ시쳔비계쳐막연ᄒᆞᆯ빗ᄎᆞᆯ내재만ᄒᆞᆫ
그희면이ᄒᆞᆨ별ᄒᆞ시ᄯᅢ나ᄒᆞᆯ면계ᄒᆞ셔리상젼나소향ᄒᆞᆯ
헐근중이ᄯᅡᆯ것차리중히ᄒᆞ오셔가지록ᄒᆞᆫ도ᄅᆞᆯ힉
ᄉᆞᄒᆡ셔ᄆᆡᆫ가ᄒᆞᆨ외복버셔복으ᄅᆞᆯ힝ᄒᆞᆨᄒᆞ셔거든이ᄯᅡᆯ소ᄋᆞᆯ
명셩ᄒᆞ오스셰ᄒᆞᆫ도셜가ᄊᆞ외도라셰계ᄒᆞᆯ믿ᄒᆞ여므ᄅᆞ
쳐내민둘외계부탁ᄒᆞ셔이간졀ᄒᆞ셔ᄉᆞ중언이갓탄ᄌᆞᆯ
버봄ᄃᆞᆨᄒᆡᄂᆞᆫ거동을뵈옵셔봇져ᄒᆞ복탁쳐져리이ᄎᆞᆯ

▶집필진

박혜숙(건국대학교 교수)

이우학(건국대학교 교수)

허원기(건국대학교 강의교수)

▶조사연구원

서승갑(동서울대학 강사)

경기도 여성문인 (1) - 고전편

발 행 인 : 남 선 우

편 집 인 : 이 준 영 · 신 미 영

발 행 처 : 한국문화원연합회 경기도지회

경기도 수원시 팔달구 인계동 1116-1(경기문화재단 6층)

Tel. 031-239-1020

Fax. 031-239-3785

인 쇄 : 2007년 12월 25일

발 행 : 2007년 12월 31일

인 쇄 처 : 국학자료원

이 책자는 경기도 지원금으로 제작되었음 <비매품>